heimelig

Blanca Imboden
heimelig

WÖRTERSEH

*Wörterseh wird vom Bundesamt für Kultur
für die Jahre 2021 bis 2025 unterstützt.*

Alle Rechte vorbehalten, einschließlich derjenigen des
auszugsweisen Abdrucks und der elektronischen Wiedergabe.

Angaben zur EU-Verordnung über die allgemeine Produktsicherheit
finden sich auf der letzten Seite dieses Buchs.

© Wörterseh, Lachen

Wörterseh-Bestseller als Taschenbuch
2. Auflage 2025

Die Originalausgabe erschien 2019 als Klappenbroschur

Lektorat: Andrea Leuthold
Korrektorat: Brigitte Matern
Umschlaggestaltung: Thomas Jarzina
Motive Umschlag und Inhalt: © shutterstock.com
Layout, Satz: Beate Simson
Druck und Bindung: CPI Books GmbH

ISBN 978-3-03763-318-2 (Taschenbuch)
ISBN 978-3-03763-105-8 (Originalausgabe)
ISBN 978-3-03763-763-0 (E-Book)

www.woerterseh.ch

»Es geht nicht darum, dem Leben mehr Tage zu geben,
sondern den Tagen mehr Leben.«

Cicely Saunders (1918–2005), englische Ärztin, Mitbegründerin
der modernen Hospizbewegung und Palliativmedizin

Was mir vorab wichtig zu sagen ist: Da Erlebnisse aus vielen Heimen in diesem Roman stecken, habe ich mein Altersheim *heimelig* sehr bewusst in keinem geografisch klar definierten Ort angesiedelt. Ähnlichkeiten mit lebenden Personen sind also reiner Zufall.

Während meiner Recherchen habe ich zum einen erfahren, wie Sparprogramme, Personalnotstand und neue Auflagen im vernetzten Arbeitsalltag das Leben für die Pflegenden immer schwieriger machen. Zum anderen aber auch, dass es trotz allem immer wieder gelingt, den alten Menschen einen glücklichen und vor allem würdigen Lebensabend zu bescheren. Dafür möchte ich all jenen danken, die ihre Arbeit in Alters- und Pflegeheimen mit Herzblut und Hingabe verrichten.

Für Madeleine, meine Mutter

1 : Seniorensammelstelle

»Habt ihrs gelesen? Sparen, sparen, sparen! Heute stand in der Zeitung, dass unser Altersheim im nächsten Jahr endlich schwarze Zahlen schreiben müsse, damit man es dann in eine Aktiengesellschaft überführen könne«, berichtet Tobias beim Mittagessen. Etwas Rahmspinat läuft ihm über das Kinn, so sehr empört er sich. »Euch ist schon klar, was das heißt: noch weniger Personal und noch schlechteres Essen. Und am Ende Privatisierung mit Gewinndruck. Mir kanns ja egal sein. Ich sterbe eh vorher. Hoffentlich.«

Ganz ehrlich: Tobias sieht wirklich so aus, als würde er es nicht mehr lange machen, doch den übelsten Diagnosen zum Trotz lebt er fröhlich weiter. Na ja, fröhlich trifft bei ihm nicht wirklich zu. Aber er lebt weiter.

»Und gleichzeitig wollen sie die Zimmerpreise erhöhen!« Tobias ist noch nicht fertig mit seiner Klage. »Diese Logik erschließt sich mir nicht. Und aus den kleinen Aufenthaltsräumen in den Stockwerken will man zusätzliche Zimmer machen. Es wird also gespart, wir leben auf einer Baustelle, und wir zahlen dafür mehr. Es lebe das Altersheim!«

Tobias hebt ironisch sein Wasserglas.

Jetzt mischt sich Marlies ein: »Man sagt nicht mehr Altersheim, sondern Seniorenresidenz.« Sie schiebt den Teller von sich und schimpft: »Dieses Schnitzel ist zu zäh für meine teuren dritten Zähne.«

Hmm. Ist das nicht der eigentliche Sinn von teuren dritten Zähnen? Dass man endlich wieder alles essen kann, was einem hier vorgesetzt wird? Sonst kann man sich doch diese Anschaffung sparen, sich alles püriert vorsetzen lassen, und irgendwann freuen sich dann die Erben.
»Pah – Seniorenresidenz – Blödsinn!« Tobias plustert sich verärgert auf. »Betagtenwohnsitz, Feierabendhaus, Seniorenwohnheim. Am Ende ist es ja dann doch ein Altersheim. Alles andere ist Marketinggeschwafel!«
»Stimmt«, gebe ich Tobias recht und nicke ihm zu, worauf Marlies mich strafend anschaut. Ich könnte sie mit ein paar wenigen weiteren Sätzen so weit bringen, dass sie sich ihre Herzmedikamente bringen lassen muss, aber ich schweige, lächle einfach in mich hinein. Meine Enkelin Kim hat nämlich noch ganz andere Bezeichnungen für meinen neuen Wohnsitz gefunden –
Seniorenzwischenlager.
Runzelsilo.
Mumienbunker.
Faltenlager.
Seniorensammelstelle.
Und – ja, das lässt sich alles noch steigern – Abkratzresidenz.

Zugegeben: Diese frechen Wortschöpfungen haben sogar meinen eigenen Sinn für Humor ein wenig strapaziert. Wo bleibt da der Respekt vor dem Alter? Ich musste zuerst einmal leer schlucken und durchatmen, bevor ich dann doch herzhaft gelacht habe. Marlies hingegen würde wohl vom Stuhl kippen, müsste sie sich das anhören. Sie hat nämlich keinen Humor, nicht nur wenig, nein, gar keinen. Dafür ein schwaches Herz. Und ihre Anfälle sind nicht schön anzuschauen. Die erspare ich mir lieber. Obwohl es mir manchmal einfach Spaß macht, sie ein wenig zu necken.

Sie ist so unglaublich engstirnig und kleingeistig, und alle ihre Reaktionen sind exakt vorhersehbar. Auf jede könnte ich schon im Voraus mein Hab und Gut verwetten.
Paul, die Nummer vier unserer erzwungenen Tischgemeinschaft, schüttelt fast unmerklich den Kopf und lächelt. Er hat mich beobachtet. Wie immer. Er sieht alles, hört alles, weiß alles. Paul ist der einzige Mann hier, der mich überhaupt sieht, der mich als Frau wahrnimmt, einer, der sogar ein wenig mit mir flirtet, für den es sich noch lohnt, eine frische Bluse anzuziehen, wenn man sich die alte gerade vor dem Essen noch mit irgendwas ruiniert hat. Er selber kommt immer in Anzug und Krawatte in den Speisesaal. Immer. Anfangs fand ich das ziemlich lächerlich. Aber dann bewunderte ich doch, wie er den Spott der anderen an sich abprallen ließ und sich nicht einen Millimeter anpasste. Solche Leute braucht es hier. Unangepasste.

Die Direktorin tritt auf. Ja, genau: Sie tritt auf. Mit einem Glöckchen wird jeweils angekündigt, wenn sie unseren Speisesaal mit ihrer Anwesenheit beehrt, weil sie uns etwas mitteilen will. Frau Meier, meist Frau Rottenmeier genannt, hat in diesem Heim-Universum den Schwarzen Peter gezogen und liegt auf der Beliebtheitsskala direkt hinter dem lausigen Chefkoch.
Die Mittvierzigerin sieht eigentlich aus wie ein blondes Engelchen, und mitten unter uns alten Leuten wirkt sie, als sei sie ein junges Mädchen. Dies schadet natürlich ihrer Autorität. Sie versucht, ihren ersten Eindruck mit grauen, tristen Kostümen zu kompensieren, und bindet ihre Haare hinter dem Kopf so straff zusammen, dass ihr Lächeln oft etwas gequält wirkt. Gut, das hat vielleicht auch andere Gründe. Was weiß ich denn schon. Möglicherweise hat sie von Grund auf ein sauertöpfisches Wesen. Heute wirkt sie allerdings ernsthaft verstimmt. Mal wieder.

»Wer war das?«, fragt sie scharf in die Runde und mustert ihre Bewohner – nein, man nennt uns nicht Insassen – mit stechendem Blick.
Das ist doch mal eine interessante Frage.
Wer war was?
Und wenn ja, wie viele?
Und warum?
»Das ist wirklich kein Spaß mehr. Ihr wisst, ich verstehe sehr viel Spaß.«
Ein Raunen geht durch den Saal. Von wegen!
»Doch, das wisst ihr. Aber jetzt hat schon wieder jemand überall im Haus unseren Namen verschandelt.«
Ach das!
Ach du meine Güte.
Ich muss gähnen. Nach dem Mittagessen pflege ich mich meist ein wenig hinzulegen. So was lernt man hier. Aber das Intermezzo der Rottenmeier kann jetzt wohl länger dauern.
Es ist nämlich so: Unser Altersheim heißt *heimelig*. Immer kleingeschrieben und kursiv. Die schräg gestellte Namensfindung ergab sich vor der Eröffnung des Hauses mit einem Wettbewerb. Ich konnte Kim damals nur schwer davon abhalten, eine ihrer schrägen – nicht kursiven – Ideen einzureichen. Jetzt heißt das Haus eben *heimelig*. Und seit ein paar Wochen macht sich nun jemand einen Spaß daraus, die Silbe »un« vor *heimelig* zu malen, wo und wann immer er kann.
»Das Wort unheimelig gibt es gar nicht«, ereifert sich die Direktorin nun. »Wo also bitte ist der Sinn bei diesen Sachbeschädigungen? Jawohl: Sachbeschädigungen!«
Ich gähne noch einmal. Diesmal etwas auffälliger. Das wirkt ansteckend. Einige gähnen mit, reißen dabei ihre Münder auf, bis ihnen fast das Gebiss rausfällt.

»Das waren sicher ein paar Kinder. Von uns Erwachsenen macht doch so was keiner«, sagt Tobias mit treuherzigem Blick.
Er meldet sich immer gern zu Wort, auch wenn er nichts zu sagen hat, ganz so, als müsse er sich und uns allen beweisen, dass er noch da ist und lebt. Jetzt sieht er übrigens so aus, als würde er bedauern, dass er nicht selber diese unheimelige Idee hatte.
Auch ich melde mich zu Wort: »Aber *unheimelig*, das ist schon ein Wort. Doch, doch. Ich glaube, das ist das Gegenteil von heimelig.« Ich lege meine Stirn in Falten, als würde mich diese Frage nun die nächsten sieben Wochen quälen.
Frau Meier wird nervös. Ihre Stimme wird eine Nuance höher, schriller. »Papperlapapp!«, bringt sie uns zum Schweigen. Sehr unhöflich, wie ich zur Kenntnis nehme. »Wir tun doch hier alles, wirklich alles dafür, dass Sie es gemütlich haben und heimelig. Das wissen Sie. Also bitte!«
Jaja.
Rhabarber, Rhabarber.
Großer Sturm im kleinen Wasserglas.
Es dauert volle zehn Minuten, bis Frau Meier all ihre Empörung und Entrüstung losgeworden ist. Auch einige Bewohner zeigen sich schockiert und schütteln den Kopf. Ich ärgere mich auch, aber eigentlich nur darüber, dass man mir kostbare Zeit raubt. Ich bin siebenundsiebzig Jahre alt. Da rinnt nicht mehr viel Sand durch meine Sanduhr. Ich habe nicht mehr so viel Zeit wie unsere junge Direktorin. Darum mag ich sie auch nicht mehr bei derartigen Ansprachen verschwenden. Natürlich ist es blöde, irgendwelche Namen zu verschandeln und Plakate zu beschmieren. Ich hasse sinnlose Sachbeschädigungen, und die sind ja immer häufiger und überall anzutreffen. Neulich hat einer aus meiner Lieblingsbank unter den schattigen Bäumen richtiggehend Kleinholz gemacht. Aber das hier? Wenn es wirklich einer von uns war,

dann steckt vielleicht eine tiefe Unzufriedenheit dahinter, und die Aktion hilft dem Betroffenen, erspart ihm gar eine Altersdepression. Möglicherweise ist es aber einfach nur ein kindisches Vergnügen eines gelangweilten Bewohners. Ich weiß es nicht und will es auch nicht so genau wissen. Ich habe genug andere Interessen, genug andere Möglichkeiten, mich zu beschäftigen, zu zerstreuen, will mich nicht um diese Thematik kümmern. Das Altersheim ist definitiv nicht mein Universum, dafür bin ich noch zu jung, zu aktiv, zu gesund.

Eigentlich sollte ich nicht hier sein.

Das wird mir jeden Tag mehr bewusst.

Aber wo sonst könnte ich hin?

Ich habe kein anderes Zuhause mehr. Und wie sagte doch Rainer Maria Rilke so schön – wenn auch in anderem Zusammenhang? *Wer jetzt kein Haus hat, baut keines mehr…*

Als wir dann endlich aufstehen können und ich mich auf meinen Mittagsschlaf freue, sehe ich meine Tochter Trudi durch das Hauptportal schreiten. Einen winzigen Moment lang regt sich in mir der Mutterstolz. Trudi ist schön und schlank, und eben, sie schreitet. Man sieht ihr an, dass sie glücklich und erfolgreich und reich ist. Dafür tut sie auch viel, besucht Yogakurse, geht regelmäßig zur Kosmetikerin, joggt fast täglich ihre Runde, trägt nur Designerkleider. »Erfolg hat drei Buchstaben: t – u – n!« Das ist ihr Lebensmotto. Ich gönne ihr, dass sie mit fünfzig immer noch daran glauben kann, das Leben selbst in der Hand zu haben. Sie wird bestimmt auch noch lernen müssen, dass es nicht so ist. Jedenfalls nicht immer. Und mit zunehmendem Alter immer weniger.

Je näher sie kommt, desto mehr verhärtet sich etwas in mir, schließt sich ein eiserner Vorhang um mein Mutterherz. Trudi hat mich enttäuscht. So richtig. Wie sie mich aus meinem Haus gedrängt hat, das kann ich ihr nur schwer verzeihen.

»Mama, gut dass du noch nicht schläfst!«, ruft sie erleichtert und gibt mir einen flüchtigen Kuss auf die Wange.

»Aber ich möchte jetzt gern schlafen«, erkläre ich ungnädig.

»Ich wollte ja nur kurz nach dir sehen«, sagt sie, schon etwas beleidigt klingend. Dabei argwöhne ich, dass sie oft mit Absicht zu dieser Uhrzeit hier auftaucht, weil sie dann schnell wieder gehen kann.

»Wir können ja einmal ums Haus spazieren«, schlage ich versöhnlich vor.

Wir umrunden die Anlage zweimal. Und schon ist sie wieder weg und geht zurück ins Leben, während ich hier auf dem Abstellgleis zurückbleibe.

Meine Tochter hat mich nur kurz auf den neusten Stand gebracht: Ihr Mann Joshua ist jetzt in seinem in Zug stationierten Konzern noch mehr aufgestiegen, arbeitet noch mehr, verdient noch mehr. Mister Noch-mehr ist Engländer und nicht nur schön, sondern großartig. Bis heute habe ich nicht durchschaut, was er eigentlich genau arbeitet. Etwas mit Chemie und mit Computern. Etwas in Englisch. Und Trudi unterrichtet Englisch am Gymnasium. Neuerdings kann sie auch in Joshuas Konzern Privatlektionen in Englisch und in Deutsch geben, je nachdem, was gefragt ist. Und dabei verdient sie unglaublich viel Geld. Ich zeige mich begeistert, wie man das von einer Mutter erwartet. Noch mehr Erfolg, noch mehr Geld, noch mehr Glück.

Friede, Freude, Eierkuchen.

Bin ich wirklich auch schon eine verbitterte Alte geworden, die sich nicht mehr mitfreuen kann, wenn die Jugend Erfolg hat? Hoffentlich nicht.

Das Heimleben verändert.
Es ist ein schleichender Prozess.
Das macht mir Angst.

2 : Heimatlos

Ich war nicht immer heimatlos. Vor nicht allzu langer Zeit wohnte ich in einem schönen, großen Haus, umgeben von einem gepflegten Rasen, im Schatten stämmiger Birken. Flieder blühte an der Hausfassade. Lavendel entlang der Einfahrt. Ich hatte ein richtiges Zuhause. Aber nach Xavers Tod setzte mich meine Tochter arg unter Druck: »Das Haus ist zu groß für dich allein. Du brauchst unbedingt einen Neuanfang.«

Dabei wollte vor allem sie einen Neuanfang. Mit ihrem Ehemann Joshua und ihrer liebenswerten Tochter Kim. In meinem Haus.

Ja, ich habe um Xaver getrauert und oft geweint, was ja normal ist, wenn man über fünfzig Jahre verheiratet war und sich geliebt hat. Und schon hieß es wieder: »Siehst du: Das Haus tut dir nicht gut!« War ich mal müde, musste ich mir anhören: »Das Haus macht zu viel Arbeit. Du solltest dich schonen.« Als ich nicht schnell genug wieder fröhlich und gesellig sein konnte, wurde mir erklärt: »Dieses Haus erdrückt dich mit all seinen Erinnerungen.«

Dabei tat das Haus mir gut. Die Erinnerungen waren schließlich alles, was ich noch hatte. Ich badete darin, wenn mir die Realität zu kalt und unwirtlich vorkam. Was wären wir denn ohne unsere Erinnerungen? Die schönen Gedanken an vergangene Zeiten sind doch wie eine warme, kuschelige Höhle, in die man sich ab

und zu verkriechen kann. Ich hatte in meinem Haus ja auch meist gute Zeiten verbracht. Und es beschäftigte mich, hielt mich auf Trab. Immer gab es etwas zu tun, im Haus und ums Haus herum. Trudi und Joshua haben das schöne Haus abreißen und eine garagenähnliche Betonvilla auf das Grundstück bauen lassen. Ein angesehener Architekt übernahm für den Gräuel die Verantwortung. Wo früher mein Garten war, sind jetzt Parkplätze. Die Birken mussten einer Garage weichen. Sicher, Trudi und Joshua hatten mir angeboten, eine Einliegerwohnung für mich einzuplanen. Aber da hatte ich doch auch meinen Stolz. Aus meinem schönen Haus ausziehen und dann in ein fremdes wieder einziehen? Nein, da ging ich lieber freiwillig ins Altersheim.
Trudi und Joshua kauften mir das Haus ab und bezahlten mich fürstlich. Das konnten sie gut, nicht nur weil sie reich sind, sondern weil sie ja mein Geld am Ende wieder erben werden. Falls dann noch was übrig bleibt. Denn eines habe ich mir geschworen: Mit dem Sparen ist es jetzt vorbei. Ich lasse es mir gut gehen.
Und da bin ich jetzt. Mit viel Geld und wenig Heim.

Ich liege in dem Bett, das noch immer nicht richtig meins ist, und der Schlaf will nicht kommen. Dabei ist schlafen so eine Gnade: einfach alle Gedanken ausschalten, ja, sich selber ausschalten. Fast ein bisschen wie sterben. Nur halt anders, nicht so endgültig. Ich starre an die weiße Zimmerdecke, bis ich das Gefühl habe, sie falle auf mich nieder.
Dann, gerade als es mir ansatzweise gelingt, mich zu entspannen, klopft jemand energisch an meine Zimmertür, und bevor ich mir überlegen kann, ob ich überhaupt jemanden sehen möchte, steht die resolute Schwester Yvonne mitten im Zimmer. Im Schlepptau hat sie eine junge Frau, eigentlich eher noch ein Mädchen, das sich neugierig umschaut.

»Hallo, liebe Frau Niederberger, das ist Melanie Zurkirchen. Ihr seid ja verabredet«, erklärt Schwester Yvonne voller Überzeugung, schiebt das Mädchen vor mein Bett und ist schon wieder weg, bevor ich protestieren kann.
Melanie steht da, schaut sich neugierig um, und ich kann nichts dagegen tun. Ein schmales, blasses, ausgehungert wirkendes Mädchen mit einem Laptop unter dem Arm. Ein kleiner Windstoß würde genügen, um das Kind aus meinem Zimmer zu pusten. Aber da ist kein Wind. Nicht einmal ein laues Windchen.
»Guten Tag, Frau Niederberger«, bringt Melanie über die gepiercten Lippen, und ihre großen Augen mustern mich ungeniert. Ich bin wirklich tolerant und offen und alles. Aber wie kann man sich Ringe durch die Lippen stechen lassen? Und was sind das für Eltern, die so etwas zulassen?
Ich bin alt.
Ich muss das nicht mehr verstehen.
»Geht es Ihnen nicht gut? Soll ich an einem anderen Tag vorbeikommen?«, schreit mich das Mädchen jetzt an.
Einen kleinen Moment lang komme ich in Versuchung, die Sterbende zu mimen, reiße mich dann aber zusammen.
»Mir geht es gut. Ich bin das blühende Leben. Sie haben mich nur bei meinem Mittagsschlaf gestört«, raunze ich unfreundlich. Immerhin ergänze ich nicht, dass sie meinetwegen gar nicht mehr wiederkommen müsste, an welchem Tag auch immer.
Melanie schreit weiter auf mich ein: »Aber wir sind verabredet. Haben Sie das vergessen? Sie wollten mir doch für meine Maturaarbeit einige Fragen beantworten. Ich mache eine Studie über das Leben im Altersheim.«
Während ich erkläre, dass mein Gehör noch funktioniert, jedenfalls noch funktioniert hat, bevor sie mich so angeschrien hat, zermartere ich mein Hirn. Ich strenge mich an. Aber da ist nicht

der geringste Fetzen von Erinnerung an so eine Abmachung. Melanie Zurkirchen? Das Mädchen habe ich noch nie gesehen, seinen Namen noch nie gehört. Ich bin mir total sicher. Absolut. Aber ich bin alt.
Was, wenn ich die Abmachung einfach nur vergessen habe?
»Na gut.«
Ich seufze tief und rapple mich hoch, ganz langsam. In meinem Alter hüpft man nicht mehr aus dem Bett wie ein Reh. Man sortiert zuerst vorsichtig seine Knochen, macht eine kurze Bestandsaufnahme, setzt sich dann erst vorsichtig in Bewegung, wenn man weiß, wo es heute zwickt oder schmerzt. Und irgendwo zwickt und schmerzt es fast immer, wenn man das eigene Verfallsdatum langsam erreicht hat.
Melanie und ich setzen uns an den kleinen Tisch, der noch aus meinem alten Haushalt stammt. Gewachste Eiche. Gewachste Erinnerungen.
Mit einer geschickten, fließenden Bewegung knotet das junge Mädchen ihre langen Haare hinter dem Kopf zusammen, klappt den Laptop auf und tippt geschäftig auf der Tastatur herum. Dabei knabbert es an seiner Unterlippe. Ich beobachte Melanie argwöhnisch wie ein exotisches Insekt.
Nein, ich kenne sie nicht.
Wenn sie jetzt nach meinem Bankkonto fragt, rufe ich die Polizei! Ich bin zwar alt, aber nicht doof.
»Können wir anfangen?«, will Melanie jetzt wissen, und ihre großen Augen richten sich auf mich. Ich nicke nur.
»Sind Sie gern hier? Auf einer Skala von eins – was negativ ist – bis zehn – der Bestnote.«
»Eins«, antworte ich wie aus der Pistole geschossen. Wahrscheinlich habe ich das noch nie so ehrlich jemandem eingestanden. Melanies Augen werden noch größer.

»Was vermissen Sie am meisten?«
»Meinen Mann, mein Haus, meine Küche, mein früheres Leben, meine...«
»Nicht so schnell!«, interveniert das Mädchen. Dabei haut sie rasend schnell in die Tasten.
»Meinen Garten, die Birken, meine Sachen, die vielen Zimmer, die Ruhe, die Selbstbestimmung, meine Freundin Lisa...«
Na ja, ich plappere wie ein Wasserfall. Mir fallen da endlos Dinge ein, die ich vermisse.
»Halt! Stopp! Es tut mir leid, mehr Platz habe ich nicht in meinem Formular. Ich dachte nicht, dass jemand so viel vermissen könnte.« Das ist ihr jetzt sichtlich unangenehm. Unschlüssig kaut sie auf ihrer Unterlippe herum und spielt mit ihren Piercings.
»Schon gut«, winke ich ab. So wichtig ist mir diese Umfrage nun auch wieder nicht.
»Wie alt sind Sie?«
»Auf einer Skala von eins bis zehn?«, frage ich zurück, und das Mädchen schaut überrascht auf. Dann lacht sie und sagt anerkennend, ich hätte wohl Humor.
»Siebenundsiebzig«, antworte ich und ringe mich zu einem Lächeln durch.
»Sind Sie krank – auf einer Skala von eins bis zehn –, wobei zehn extrem krank ist?«
»Zwei«, antworte ich. »Ich bin nur alt, ansonsten gesund.«
Jetzt schaut Melanie mich an wie ein exotisches Insekt.
»Warum sind Sie dann hier? Freiwillig?«, fragt sie, und ich nehme an, das ist keine Frage aus ihrem Katalog.
»Lange Geschichte«, gebe ich zurück. Und eine traurige Geschichte, denke ich für mich.
Melanie schweigt einen Moment und sagt dann: »Sie sind bisher die gesündeste der Frauen, mit denen ich gesprochen habe, und

gleichzeitig die, die am wenigsten gern hier ist.« Sie scheint über etwas nachzudenken und meint dann: »Das ist spannend.«
Ach?
Gern geschehen.
Es ist mir eine Ehre, Melanies jugendlichem Leben etwas Spannung einzuhauchen.
»Fühlen Sie sich einsam, auf einer Skala von eins ...«
»Jaja. Schon gut. Ich habe das System verstanden. Sieben.«
Ich nenne willkürlich irgendeine Zahl. Vielleicht wäre es in Tat und Wahrheit eine Zweiundzwanzig? Aber ich will ja nicht schon wieder Melanies selbst gebasteltes Formular sprengen. Und was heißt einsam? Natürlich habe ich hier Gesellschaft, manchmal mehr, als mir lieb ist. Natürlich bin ich nicht allein. Einsamkeit ist nicht der Mangel an Menschen, sondern das Fehlen des einen Menschen, dem man blind vertrauen kann, der einen wortlos versteht, dessen Nähe auch das Herz berührt. Es ist das Fehlen von Xaver. Das Fehlen von Lisa. Ob dieses junge Mädchen das auch nur ansatzweise verstehen könnte? Wusste ich in ihrem Alter, was Einsamkeit ist? Hätte es mich interessiert? Nein.
»An welchen Unterhaltungsangeboten nehmen Sie gern teil?«, lautet Melanies nächste Frage.
Ach Gott! Anfangs ging ich zum Singen, zum Spieltreff, zum Altersturnen. Ich habe in der Gruppe gebacken und gekocht. Nichts davon hat mir wirklich Spaß gemacht.
»Ich gehe zum Gottesdienst – manchmal. Ich besuche den Friseur und die Bibliothek – regelmäßig. Wenn der Therapiehund Chilly vorbeikommt, bin ich gern dabei. Und ich falte Putzlappen zusammen – leidenschaftlich.«
Jetzt fallen Melanie ihre riesigen Augen fast aus dem Kopf. Nur langsam und beinahe ein wenig widerwillig tippt sie meine Antworten ins Formular. Sie hat Bedenken.

»Ich frage mich, ob man den Gottesdienst als Unterhaltungsangebot betrachten kann. Und den Friseur.« Ihr Blick wirkt nun wie ein großes Fragezeichen.
»Aber das Putzlappen-Zusammenfalten, das irritiert Sie nicht?«, frage ich leicht eingeschnappt zurück. »Das hat nämlich mich sehr irritiert, als es erstmals auf dem Tagesprogramm stand. Darum bin ich hingegangen.«
Und – unglaublich, aber wahr – ich nehme immer an diesem Angebot teil, wenn es ausgeschrieben ist. Erschreckend, dass ich so etwas freiwillig tue und als Tagesbereicherung empfinde. So weit ist es mit mir gekommen. Wir sitzen jeweils alle an einem großen Tisch. Die Wäscherei liefert Berge von Putzlappen in den verschiedensten Farben, und wir sortieren und falten sie zusammen. Dazu hören wir Radio oder unterhalten uns. Das ist immerhin ansatzweise eine sinnvolle Beschäftigung. Und ich hatte die besten, persönlichsten Gespräche dabei. Als würde uns diese gemeinsame, monotone Tätigkeit verbinden und einander näherbringen. Das alles sage ich Melanie aber nicht. Sie will es wohl auch nicht wissen.
»Jetzt habe ich nur noch zwei Fragen«, verkündet sie und beruhigt mich prophylaktisch: »Ich habe große Felder für deren Beantwortung vorgesehen.«
»Na, da bin ich aber gespannt«, gebe ich zurück. »Mal sehen, ob ich die Felder mit meinen Antworten nicht doch sprengen kann.«
»Versuchen Sie es!«, fordert sie mich heraus und fragt dann: »Was würden Sie hier ändern, wenn Sie könnten? Was müsste geändert werden, damit Sie sich hier wohler fühlen könnten? Wie könnte man das Heimleben verbessern?«
Oh.
Ein Heim ist ein Heim. Es ist kein Zuhause, und es wird auch nie eines werden, wenn man auch noch so sehr versucht, sich das

einzureden. Es ist eine Übergangsstation, meist eine Endstation, mit der man sich arrangiert, irgendwie. Manchmal denke ich, dass, wer hier einzieht, schon ein ganz klein wenig gestorben ist, weil er sehr viel aufgegeben hat. Und so fällt einem das letzte Sterben dann gar nicht mehr so schwer. Sind das böse Gedanken, falsche? Viele Bewohner sind krank und erleichtert, wenn man sie von den alltäglichen Arbeiten eines Haushalts befreit. Sie brauchen Hilfe und bekommen sie. Einige wenige finden hier sogar Anschluss, Gesellschaft, sind hier weniger allein als zuvor.
Aber klar, jetzt sind Vorschläge gefragt.
Kritisieren ist leicht.
Aber wie könnte man alles besser machen?
Ich atme tief durch, und dann bricht es aus mir heraus, so, dass Melanie beim Tippen ganz schön ins Schwitzen kommt, obwohl ich mir echt Mühe gebe, langsam zu sprechen.
»Zuerst einmal sollte die Politik über die Bücher gehen. Es kann einfach nicht sein, dass wir so wenig Personal im Pflegebereich ausbilden und es dann aus dem Ausland holen, wo es auch wieder fehlt. Irgendwann müssen wir uns dieser Problematik stellen, sonst bricht das ganze System zusammen. Hier sind alle ständig gestresst und überfordert. Natürlich auch, weil die finanziellen Mittel für mehr Personal fehlen. Und im Kleinen: Wir haben hier im *heimelig* keine gute Küche. Dabei bleiben uns Alten wirklich nicht mehr viele Freuden – die Mahlzeiten sollten eine sein. Unbedingt. Vielleicht ist der Küchenchef ja sogar gut, doch sein Budget zu klein. Ich weiß es nicht. Weiter ist das W-LAN-Netz, das uns Bewohnern zur Verfügung steht, eine Katastrophe. Und leider bin ich wohl die Einzige, die es überhaupt nutzt, daher kämpfe ich auch allein um ein besseres. Dann – das muss auch mal gesagt sein – diese kleinen Konzerte ständig: Die machen sich ja gut auf dem Veranstaltungskalender, aber bloß weil ich alt bin,

freue ich mich nicht grundsätzlich über jeden Musikschüler, der hier öffentlich übt. Mein Gehör funktioniert nämlich noch einwandfrei, und selbst wenn ich schlecht hören würde, wäre mein Musikgehör immer noch intakt. Und wenn die Schüler der Sonderschule an Weihnachten hier Weihnachtslieder singen, dann ist das vielleicht etwas Besonderes – aber nur für die Sonderschüler. Übrigens liebt auch nicht jeder über sechzig automatisch Ländlermusik und Blaskapellen. Es gäbe doch Alternativen: Warum nicht mal eine Podiumsdiskussion über unser Heimleben oder das Alter an sich aufs Programm setzen? Eine Lesung? Einen Filmabend mit einem Film, der nicht schon fünfzig Jahre alt ist, und anschließend eine Diskussion darüber? Anfänglich war auch mal eine interne Heimzeitung geplant. Wurde wahrscheinlich weggespart. Die Idee gefiel mir ...«

»...Okay! Okay! Sie haben es geschafft. Ich habe keinen Platz mehr.«

Gut, ich hätte noch eine Weile weitermachen können, aber es reicht ja wohl.

»Dann kommen wir jetzt zur letzten Frage.«

Es scheint, als wäre Melanie genauso froh wie ich, dass das Verhör nun bald beendet ist.

»Wie waren Sie und wo, als Sie so alt waren wie ich? Ich bin achtzehn.«

Ach du meine Güte!

Das ist wirklich schon eine Weile her.

Ich habe ein einziges Foto von damals. Ich stehe auf, krame es umständlich aus einer Schublade und halte es Melanie hin. Ich war eine Schönheit. Eine Prinzessin. Wie Sissi, die Kaiserin. Nur habe ich das damals gar nicht realisiert.

Heute sehe ich eher aus wie die Schwester von Ruth Maria Kubitschek, der uns älteren Semestern aus vielen Fernsehfilmen be-

kannten Schauspielerin, die seit einigen Jahren einen Schweizer Pass hat und am Bodensee lebt. Ich mag sie – also gefalle auch ich mir? Meine Haare sind mal mehr blond, mal mehr grau – je nachdem, ob ich mehr oder weniger Lust auf einen Besuch beim Friseur habe –, immer sind sie nicht ganz kurz, aber auch nicht lang, mittellang also und unspektakulär. Mein Gesicht ist knitterig und zerfurcht, faltig halt, gezeichnet vom Leben, auch vom guten Leben, mit entsprechenden Lachfalten um meine grünen Augen. Immerhin habe ich noch meine gute Figur, und das, obwohl ich mich mein Leben lang nicht um Sport kümmerte und gegessen habe, was mir schmeckte. Dafür bin ich dankbar.
Aber ich soll ja an früher denken, Melanie wartet, ein bisschen ungeduldig, wie mir scheint, auf meine Antwort.
»Mit achtzehn war ich unerfahren, naiv, schüchtern, arm«, beginne ich also. »Meine Eltern hatten einen Bauernhof in Engelberg. Ich musste arbeiten und habe in Hotels Zimmer geputzt. Ich hatte wenig. Wir hatten wenig. War ich glücklich? Nicht besonders, aber ich habe mich das wohl auch nicht speziell gefragt. Gern hätte ich etwas mit Büchern gearbeitet, eventuell sogar studiert. Das stand aber nie zur Diskussion. Es war einfach, wie es war.«
Melanie klappt den Laptop zu.
»Danke!«, sagt sie und wirkt ein klein wenig erschöpft.
War ich anstrengend?
Meine Tochter Trudi behauptet oft, ich sei anstrengend.
Gerade als ich fragen will, wie denn diese Maturarbeit eigentlich genau aussehen werde, klopft es wieder an meine Zimmertür, und Schwester Yvonne stürmt herein.
»Das war das falsche Zimmer! Sie waren mit Frau Marty von nebenan verabredet«, erklärt sie Melanie etwas atemlos. »Die arme Frau hat im ganzen Haus nach Ihnen gesucht.«

Dann schaut sie mich vorwurfsvoll an: »Warum haben Sie denn nichts gesagt, Frau Niederberger? Sie mussten doch wissen, dass Sie gar nicht verabredet waren, oder?«
Verständnislos zucke ich mit den Schultern.
Ich bin platt.
Mein Kopf ist also noch klar.
Melanie wollte gar nicht zu mir.
Ha!
Ich freue mich, auf einer Skala von eins bis zehn etwa bei der Neun. Und dass mein Mittagsschlaf ausfallen musste, trage ich mit Fassung.
Man ist ja in meinem Alter so leicht zu verunsichern. Kein Wunder haben Enkeltrickbetrüger und andere Kriminelle so ein leichtes Spiel mit Senioren.
Aber das wird mir eine Lehre sein.
Mein Kopf ist klar. Glasklar. Ich werde nie mehr daran zweifeln.
Ich verabschiede mich von Melanie, und als ich höre, wie sie im Zimmer nebenan auf Frau Marty einschreit und diese in derselben Lautstärke antwortet, lächle ich in mich hinein. Die ist nämlich wirklich schwerhörig, was unsere Nachbarschaft manchmal etwas belastet.
Ich schalte den Fernseher ein und falle bei einer Kochsendung schnell in einen leichten Schlummer. Kochsendungen wirken auf mich immer einschläfernd. Schade, dass sie meist nur tagsüber gezeigt werden.

3 : Neu erwachte Lebensgeister

Und dann schreit Frau Marty nicht mehr.
Sie wird nie mehr schreien.
Frau Marty ist in der Nacht verstorben. Sie hat sich ganz leise davongemacht, ist diesen friedlichen Tod gestorben, den wir uns alle wünschen. Beim Abendessen brüllte sie noch munter am Nebentisch herum und berichtete stolz vom unglaublich wichtigen Interview mit Melanie Zurkirchen. Wohl oder übel mussten wir alle mithören.
Am Morgen brannte nur noch eine Kerze an Frau Martys Platz.
Nein, sie war nicht meine Freundin. Ich habe mich zu oft über sie geärgert. Ihr Radio lief so laut, dass ich meines gar nicht einschalten musste. Und sogar wenn sie ihr Zimmer verließ, um mit dem Rollator ihren täglichen Spaziergang zu machen, hielt sie es nicht für nötig, ihr Radio auszuschalten oder wenigstens leiser zu drehen. Nur wenn sie schlief, war es still. Und sie schlief viel und oft. Immerhin.
Gestern lief das Radio nach Mitternacht immer noch, und ich rief die Nachtschwester. Diese fand Frau Marty-Müller tot in ihrem Bett.
Inzwischen sollten mich Todesfälle nicht mehr so erschüttern. Sie gehören hier zum Alltag. Viele Bewohner warten sogar auf den Tod, auf die Erlösung von ihren Leiden oder ihrer Einsamkeit. Viele beten täglich darum. Und trotzdem habe ich immer eine Krise, wenn wieder eine Kerze an einem Platz brennt. Damit wird

mir jedes Mal neu vor Augen geführt, dass ich eigentlich noch leben sollte. Ich meine: richtig leben. Es gehe nicht darum, dem Leben mehr Tage zu geben, sondern den Tagen mehr Leben, las ich neulich irgendwo. Stimmt. Was bringt es mir, wenn ich hier bei bester Pflege und im Schongang hundert Jahre alt werde? Der Möbelriese Ikea fragt in der Werbung: »Wohnst du noch, oder lebst du schon?« Das frage ich mich auch immer öfter, wenn auch nicht im Zusammenhang mit meiner Inneneinrichtung. Und jeder Todesfall bringt diese Frage wieder in Großbuchstaben vor mein inneres Auge. Es kann ja nicht unser Ziel sein, irgendeinen Altersrekord zu brechen, sondern es geht darum, ein lebenswertes Leben zu führen. Und hier im *heimelig* wird mir täglich ins Bewusstsein gebracht, wie schnell dieses Leben zu Ende sein oder die Lebensqualität verloren gehen kann.

Worauf warte ich also? Liegt es am Heimleben, dass man hier so apathisch und lethargisch wird, eine abwartende Haltung einnimmt?

»Was ist los mit dir, Grosi? Ein kleines Altersdepressiönchen oder nur eine momentane Verstimmung?«

Meine Enkelin Kim merkt bei ihrem Besuch sofort, dass es mir nicht so gut geht. Sie mustert mich kritisch und fährt sich mit den Händen durch ihre schwarz gefärbte Stachelhaarfrisur. Letzte Woche waren ihre Haare noch blond. Ich erzähle ihr, was mich bedrückt, und sie hört zu. Kim ist der Lichtblick meiner alten Tage. Wahrscheinlich habe ich bei der Erziehung meiner Tochter Trudi einiges falsch gemacht und bin somit mitverantwortlich für ihr heutiges Wesen. Aber Kim, die ist total gelungen. Wenn ich mit vielem im Leben ihrer Eltern nicht einverstanden bin – bei Kim haben sie wohl alles richtig gemacht. Ich liebe sie von ganzem Herzen.

»Ach, Grosi. Du bist freiwillig in dieses Heim gezogen. Du bist keine Gefangene. Du könntest auch wieder ausziehen!« Sie schaut mich herausfordernd an.
Ich schüttle den Kopf. »Dazu fehlt mir die Kraft. In meinem Alter macht man nicht mehr viele Neuanfänge.«
»Aber du bist gesund. Du könntest reisen«, redet Kim auf mich ein.
»Reisen? Wohin?«
»Der Weg ist das Ziel. Einfach mal raus hier. Ich helfe dir beim Organisieren. Wieder in Bewegung kommen, mit Körper und Geist, das tut dir gut. Du wolltest doch immer mal nach Afrika!«
»Afrika?«
Ich muss ziemlich konsterniert aus der Wäsche geschaut haben, denn Kim lacht mich aus.
Stimmt, Afrika war früher, ganz früher mal als Reiseziel im Gespräch, weil Xaver und ich regelmäßig für einen Jungen Geld überwiesen haben. Ein Freund von Xaver, der in Kenia bei Ärzte ohne Grenzen im Einsatz war, hatte uns gebeten, den Kleinen zu unterstützen, weil er ihn für absolut großartig und vielversprechend hielt. Xaver tat das gern und wollte ihn irgendwann besuchen. Damals schon war ich dagegen, weil ich mich nicht als Wohltäterin feiern lassen wollte. Aber heute, da scheint Afrika weit weggerückt zu sein, auf einen anderen, unerreichbaren Planeten.
»In meinem Alter zieht man kleinere Kreise, Kim, besonders wenn man allein ist«, versuche ich meine Enkelin zu bremsen.
»Du müsstest ja nicht mit Afrika anfangen. Es gibt noch anderes, das mit A beginnt. Das neue Andermatt würde mich sogar selber interessieren. Ausserberg im Wallis ist auch sehr schön. Arbon, Adelboden, Ascona, Appenzell, Affoltern ... Fang mit Tagesausflügen an und steigere dich langsam.«
Was, wenn Kim recht hat?

Sie schaut mich herausfordernd an, ich erwidere ihren Blick mit einem Lächeln. Gerade sind ein paar winzige, sehr winzige, Lebensgeister in mir erwacht. Bei Ascona klingelt es bei mir. Am Tag, als meine Freundin Lisa bei einem Fahrradunfall starb, hatten wir uns eigentlich zu einem Ausflug nach Ascona verabredet. Wir wollten dort auf der Piazza ein Risotto essen und Leute beobachten. Vielleicht sollte ich genau das tun? Und dabei an Lisa denken? Wir haben diesen Ausflug jeden Sommer gemacht und ihn jedes Mal genossen.

»Ja, mach das!«, unterstützt mich Kim. »Und dann suchst du dir einen Ort, dessen Name mit B beginnt: Bern oder Bellinzona. Du kannst auch nach Bali fliegen und Tante Yvonne besuchen.«

»Bali? Ach ja, sicher!«, sage ich voller Sarkasmus. Bali!?! Die Schwester von Xaver war schon immer ein verrücktes Huhn. Und irgendwann war sie dann nicht mehr hier, sondern eben dort. »Ich bin keine Geografie-Expertin, aber wie weit weg Bali ist, das weiß ich sehr wohl.«

Meine Enkelin hat mich angestachelt. Reisen. Warum nicht? Das wäre ganz genau das Gegenteil von dem, was ich hier sonst tue, vom Warten auf dem Abstellgleis. Kleine Fluchten aus dem Heim-Grau könnten mir helfen. Ich bin auf einer Skala von eins bis zehn inspiriert auf Stufe sieben.

Ganz ausführlich und geduldig erklärt Kim mir mehrmals die App der SBB. Fahrpläne anschauen. Tickets kaufen. Noch mal und noch mal üben wir zusammen. Sie richtet alles ein, hinterlegt meine Kreditkartendaten. Ich gelte in unserem Heim als Expertin für Computer, dabei habe ich bloß eine Enkelin, die sich Zeit für mich nimmt, die Geduld hat, die schlau ist und mir einfach alles erklären kann. Und ich habe immer noch Lust, Neues zu lernen, sofern ich einen Nutzen darin sehe.

Ascona steht.
Fahrplan, Ticket, alles klar.
Ich reise am Mittwoch, wenn das Wetter hier eher unfreundlich ist und ich die Sonne im Süden der Schweiz umso mehr feiern werde.
Ich genieße mein Reisefieber. Meine Tischnachbarn finden meine neu erwachte Reiselust beneidenswert und spannend, möchten mir gern dabei behilflich sein, zu jedem Buchstaben ein spannendes Reiseziel zu finden.
»Aber nur in der Schweiz«, grenze ich sofort ein. »Und zuerst fahre ich jetzt mal nach Ascona. Vielleicht ist das mein erstes und letztes Abenteuer.«
Die Einzige, die sich mit meiner Reiselust schwertut, ist Frau Rottenmeier, unsere Direktorin. Ich melde mich am Dienstagabend gut gelaunt für alle Mahlzeiten am Mittwoch bei ihr ab. Ich möchte schließlich nicht, dass man sich Sorgen um mich macht.
»Reisen Sie mit Ihrer Tochter?«, will Frau Meier wissen.
»Nein, allein.«
»Weiß Ihre Tochter von der Reise?«, fragt die Rottenmeier nach.
Hallo? Ich bin empört – auf Melanies Zehner-Skala etwa bei der Dreiunddreißig. Ich bin nur alt, nicht verblödet und entmündigt!
»Liebe Frau Meier, es wäre mir neu, dass ich eine kleine Reise ins Tessin irgendwo genehmigen lassen müsste«, erkläre ich streng, »ich mache ja keine Antarktisexpedition! Ich wollte mich einzig höflich abmelden, kann das in Zukunft aber auch lassen.«
Sie wolle nur keinen Ärger, betont die Direktorin.
»Das ist ja kein Gefängnis hier, sondern ein heimeliges Heim, oder?«, raunze ich sie an.
Der Ärger mit mir scheint sie weniger zu belasten als eine mögliche Auseinandersetzung mit meiner Tochter. Ja, Trudi kann

schon sehr aufbrausend und herrisch sein. Ich lächle in mich hinein. Tatsächlich hat also sogar Frau Rottenmeier Respekt vor meiner Tochter. Das sagt ja alles.
Bevor ich ausfällig werde, lasse ich die Direktorin einfach stehen. Es ist eindeutig an der Zeit, ab und zu hier rauszukommen.

Beim Abendessen zeigt uns Tobias seine Brust und öffnet dafür ungehemmt sein kariertes Hemd. Er hat riesengroß mit einem dicken, wasserfesten Stift »STOPP« auf seine Brust geschrieben.
»Das war gar nicht so leicht. Ich musste es natürlich vor dem Spiegel machen. Da muss man ganz schön denken dabei. Ist gut geworden, nicht?«, verkündet er stolz.
»Was soll das? Hast du Angst, vergewaltigt zu werden?«, frage ich lachend. »Was, wenn der Vergewaltiger nicht lesen kann?«
»Aber, aber, Nelly!«, tadelt mich Marlies kopfschüttelnd.
Tobias bleibt ernst.
»Das ist für die Rettungssanitäter oder für jeden, der meint, mich nach einem Herzstillstand reanimieren zu müssen.«
Und dann hält er uns wieder einmal einen Vortrag. Er habe heute Morgen aus der Zeitung erfahren, dass die Gemeinde anscheinend plane, an zehn Stellen öffentlich zugängliche Defibrillatoren zu installieren. Dies sei der Grund, weshalb er seine Brust bemalt habe.
»Die Chance, nach einer Reanimation ohne Gehirnschaden oder andere Beeinträchtigungen davonzukommen, ist sehr klein. Viele Menschen werden wiederbelebt und sterben dann im Spital. Und das mag vielleicht sogar ein Glück sein. Besser jedenfalls, als für den Rest des Lebens nur noch wie ein Weißbrot dazuliegen. Darum: Stopp! Die Erfolgsquote bei einem Herz-Kreislauf-Stillstand liegt bei unter zehn Prozent. Für solche Experimente bin ich zu alt.«

Tobias erklärt uns immer gern die Welt, und meist erzählt er keinen Blödsinn. Er informiert sich jeweils gründlich.
Stopp? Im Moment möchte ich mir lieber »GO« auf die Brust schreiben.
Raus ins Leben!
Go!

4 : A wie Ascona

Reisen ist auch nicht mehr das, was es einmal war. Die Züge sind schneller und voller, das Umsteigen hektischer, das Ein- und Aussteigen beschwerlicher und umständlicher. Nun, wahrscheinlich bin ich einfach langsamer und etwas steif geworden. Trotzdem: Im Urnerland bekomme ich nicht ein einziges Mal mehr die Kirche von Wassen zu Gesicht. Früher, wenn wir ins Tessin fuhren, erklärte Xaver Trudi und mir jedes Mal ausführlich die Konstruktion des Kehrtunnels und somit den Grund, warum man dreimal an der kleinen Kirche vorbeifuhr. Und wir ließen ihm den Spaß, obwohl wir längst Bescheid wussten. Heute braust der Zug mit zweihundert Kilometern pro Stunde durch einen langen, dunklen Tunnel, von Erstfeld bis Bodio. Mein Xaver würde mir jetzt sicher erklären, dass der neue Gotthard-Basistunnel mit seinen siebenundfünfzig Kilometern der längste Eisenbahntunnel der Welt sei. Das hat mein Tischnachbar Tobias an seiner Stelle getan, schon gestern Abend, sozusagen als Einführung für meine Reise.
Ich sitze in der ersten Klasse. Man gönnt sich ja sonst nichts. Ich komme mir vor wie in einem rollenden Großraumbüro: Um mich

herum tippen Männer in Anzügen auf ihren Laptops herum, verbissen und hektisch, als gäbs kein Morgen. Dafür gibt es keine Gespräche. Was ist bloß aus den Menschen geworden! »Je älter man wird, desto merkwürdiger werden die anderen«, las ich neulich. Vielleicht – möglicherweise sogar ziemlich sicher – bin tatsächlich ich es, die seltsam geworden ist. Und eigentlich, wenn ich es mir genau überlege, gab es schon früher kaum Gespräche im Zug. Man verschanzte sich hinter einer Zeitung oder strickte. Man traute sich nicht, das Gegenüber anzusprechen. Ein lockeres Gespräch war ein Glücksfall, etwas, woran man sich noch lange gern erinnerte, aber eben auch nicht alltäglich. Ich muss aufpassen, dass ich nicht in die Früher-war-alles-besser-Falle tappe. Früher war alles anders. Das schon.
Ich schaue mich unauffällig um, werde aber ignoriert. Trotzdem möchte ich nicht die Einzige sein, die einfach so dasitzt, als hätte sie nichts zu tun. Obwohl mir gerade das beim Zugfahren jeweils immer gut gefallen hat: entspanntes Sitzen und Schauen. Kim würde das wohl chillen nennen.
Ich nehme also das kleine Büchlein, das ich mir als Lektüre mitgenommen habe, aus meiner Handtasche und beginne zu lesen. Immer wieder erkenne ich in der Geschichte von Harry und Lore, einem alten Ehepaar, Xaver und mich: viel Gezänke, viele Missverständnisse, viel Schweigen. Aber trotzdem halt Liebe. »Alte Liebe« heißt das kleine Buch von Elke Heidenreich und Bernd Schroeder, und ich mag es sehr. Manchmal ertappe ich mich dabei, wie ich laut auflache. Dann schaue ich mich erschrocken um und muss einige neugierige, irritierte Blicke aushalten. Ich lächle die Leute an, und sie lächeln zurück. Eine schrullige Alte, werden sie wohl denken. Hoffe ich jedenfalls. Aber gell, wenn da der Autor Philip Roth zitiert wird: »Das Alter ist kein Kampf; es ist ein Massaker«, dann ist das einfach erstaunlich treffend. Die-

se Aussage würden viele Heimbewohner sofort unterzeichnen. Oder wenn eine Figur sagt, sie habe das Gefühl, dass der Tod immer mit am Tisch sitze und abwarte, wer als Nächster dran sei, dann könnte das eine Szene aus unserem *heimelig* sein, direkt von unserem Tisch. Und ja, ich will darüber lachen. Denn sonst müsste ich darüber weinen.

Neuerdings muss man in Bellinzona umsteigen, aber immerhin keinen Treppen-Marathon bewältigen. Man kann einfach auf dem gleichen Perron stehen bleiben. Dafür haste ich dann in Locarno den Geleisen entlang durch den Bahnhof, überquere die Hauptstraße und bin völlig außer Atem, als ich an der Bushaltestelle ankomme. Mein Herz klopft wie verrückt. Und dann warte ich in der gleißenden Sonne auf den verspäteten Bus. Hier ist es wirklich heiß. Süden halt. Die Nylonstrümpfe hätte ich mir schenken können. Es ist, als wäre man in Italien. Ich atme tief durch, beruhige mich und spüre ein klein wenig Ferienstimmung aufkommen. Dieses Gefühl hatte ich lange nicht mehr.
Und dann erreiche ich Ascona, schlendere durch die Gassen zur Piazza und bin in Gedanken bei meiner Freundin Lisa. Dass sie kurz nach Xaver gestorben ist, gerade als ich sie am meisten gebraucht hätte, war ein schwerer Schlag. Ich nehme Lisa in meinem Herzen mit, höre im Geiste ihre Stöckelschuhe neben mir auf die Pflastersteine klopfen.
Das ist schwierig im Alter: Man muss viel zu oft Abschied nehmen. Von Freunden, Verwandten, Geliebten, Kollegen. Und wenn man seinen eigenen Abgang verpasst, zu spät stirbt, alle anderen vorher gehen, dann steht man plötzlich ganz allein da.
Hier in Ascona bin ich nicht allein. Ganz und gar nicht. Die Restaurants scheinen alle voll zu sein. Ich spaziere an einem Musiker vorbei, der Gitarre spielt und singt. Ein sympathischer jun-

ger Mann mit einer warmen, kräftigen Stimme. Er singt alte italienische Songs, die sogar ich kenne und die mich an gute Zeiten erinnern. Darum klaube ich großzügig einen Fünfliber aus dem Seitenfach meiner Tasche, wo immer ein paar Münzen drinstecken. Ich werfe das Geldstück in seinen Gitarrenkasten, er zwinkert mir zu. Ich zwinkere zurück.
Wir lachen uns an.
In einem Kiosk will ich mir eine Zeitschrift kaufen. Ich bin es nicht gewohnt, allein ein Restaurant zu betreten, und mit einer Zeitschrift könnte ich mich ein wenig beschäftigen und würde mir weniger verloren vorkommen. Aber als ich meine Geldbörse aus der Handtasche fischen will, ist keine da. Mir wird schwindlig. Meine Gedanken rasen wie Blitze durch meinen Kopf. Heute habe ich die schwarze, große Handtasche mitgenommen. Das letzte Mal war ich allerdings mit der kleinen, blauen unterwegs. Und genau: Ich habe das Portemonnaie nicht in die Tasche von heute umgepackt.
Zuerst einmal ist es mir einfach nur peinlich. Ich lege die Zeitschrift wieder zurück und verlasse fluchtartig den Kiosk.
Nein!
Ich bin zu alt zum Reisen. Zu blöde. Das Gehirn schon angegriffen vom Kalk oder ersten Anzeichen von Demenz.
Ich setze mich auf eine Bank und weine.
Ich bin so enttäuscht.
Von mir. Vom Leben. Von der Welt.
Und ich fühle mich uralt.
Ich schaffe es nicht einmal, einen Tag lang dem Heim zu entfliehen.
Das ist traurig.
Und jetzt sitze ich in Ascona am See und weine.
Genau hier, wo ich so oft glückliche Stunden verbracht habe.

»Santo cielo, che cosa è successo?«
Ich schaue erschrocken auf. Der Musiker von eben hat sich neben mich gesetzt und reicht mir ein Papiertaschentuch.
»Danke.« Ich schnäuze mich, wische meine Tränen weg und versuche mich zu fassen. Man weint nicht einfach so in der Öffentlichkeit. Wirklich nicht.
»Was ist passiert?«, fragt der Musiker nun auf Deutsch, und es scheint ihn tatsächlich zu kümmern.
»Ich habe mein Portemonnaie daheim vergessen. Dabei wollte ich nur einen kleinen Ausflug hierher machen, ein Risotto essen, ein Glas Wein trinken. Es ist nicht so schlimm. Dann fahre ich halt wieder heim.«
Er glaubt mir nicht.
»Warum weinen Sie dann, wenn es nicht so schlimm ist?«, will er wissen.
Ich erzähle ihm, dass das mein erster Versuch war, wieder Bewegung in mein Leben zu bringen. Mein erster Fluchtversuch. Meine erste Reise. Als Probe sozusagen. Und die ist eindeutig misslungen.
»Ich bin wohl zu alt, um noch in der Welt herumzureisen«, sage ich abschließend. Immerhin weine ich nicht mehr. Nur ab und zu meldet sich ein ungewollter Schluchzer aus meinem tiefsten Inneren.
»Contenance!«, hätte Frau Amstutz, die böseste Chefin, die ich je hatte, befohlen. Sie führte das Hotel Landhaus in Engelberg mit eiserner Hand. Eigentlich eher mit eisernem Herzen. Und an der Hand trug sie einen Brillantring, mit dem sie einem ganz schnell, fast beiläufig, sehr wehtun konnte, wenn eine Arbeit nicht in ihrem Sinne ausgeführt worden war.
Contenance.
Haltung.

Ich meine, ihre Stimme zu hören, und richte mich ein wenig auf.
»Ich heiße Matteo? Und du?«, ertönt es jetzt aber ganz real an meiner Seite.
Ich mag es gar nicht, ungefragt geduzt zu werden. Diese neumodische Art, sich mit jedem gleich zu verbrüdern, ist mir zuwider.
»Niederberger«, sage ich darum steif.
Matteo lächelt nachsichtig.
»Allora, Signora Niederberger, was machen wir jetzt?«
Er stolpert dermaßen über den für ihn wohl schwierigen Nachnamen, dass ich über meinen Schatten springe und ihm doch noch meinen Vornamen nenne.
»Allora, Signora Nelly: Ich lade Sie zum Essen ein, genau dort, wo Sie essen wollten!«
Matteo strahlt mich an.
Ich habe jedoch keine Ahnung, wie ich mit seiner Einladung umgehen soll. Der junge Mann macht mich sprachlos. Ich kenne ihn doch gar nicht. Ist das irgendeine Falle? Ein neuer Enkeltrick? Am Ende läuft er weg, und ich sitze da mit einer saftigen Rechnung und ganz ohne Geld? Matteo spürt wohl meine Bedenken und zeigt mir seine Geldbörse, die reichlich gefüllt zu sein scheint.
»Ich habe gut gearbeitet. So viele schöne Tage! Wir können ja auch einen Deal machen, wenn Ihnen das lieber ist?«
Ich bin auf der Hut und warte auf seinen Vorschlag.
»Ich bezahle, Sie schicken mir das Geld später wieder. Und ich darf über Sie in meinem Blog schreiben.«
Ich schaue ihm in die Augen und denke, dass ich doch eigentlich genug Lebenserfahrung haben sollte, um diesen Menschen richtig einschätzen zu können. Er gibt mir seine Visitenkarte, die allerdings irgendwie selbst gebastelt wirkt.
Mein Xaver würde sich die Haare raufen.
Meine Freundin Lisa würde den Kopf schütteln.

Genau das sind wohl die ausschlaggebenden Gedanken. Ich sage zu. Gerade habe ich Lust auf ein wenig Abenteuer, spüre einen Anflug von Aufmüpfigkeit in mir. Wenn alles schiefgeht, lande ich als Zechprellerin bei der Polizei. Was solls? Ich habe schon Schlimmeres überlebt.

Xaver ist gestorben.

Lisa ist gestorben.

Das Leben kann mir doch gar nichts mehr anhaben.

5 : Risotto-Schmaus

Das Risotto-Essen mit Matteo ist ein voller Erfolg. Wir unterhalten uns großartig und lachen viel, fragen einander aus. Das Essen schmeckt himmlisch – nach den vielen Wochen Verköstigung im Heim bin ich allerdings leicht zu begeistern. Dazu trinken wir auch beide ein Glas Rotwein. Matteo scheint den Wirt und das Personal zu kennen. Es fühlt sich alles sehr familiär an. Ich lehne mich zurück und genieße den Blick auf den See und die knorrigen Platanen mit ihrem üppigen Grün, die ich so sehr mag.

»Ende des neunzehnten Jahrhunderts brachten ehemalige Auswanderer siebenundvierzig Platanen aus Frankreich hierher und schenkten sie Ascona«, weiß Matteo. Und da stehen sie seither, wie Wahrzeichen, wunderschön.

Möwen kreisen kreischend über den bunten Booten. Pure Idylle. Einmal steht plötzlich eine Ente an unserem Tisch, und ich ziehe erschrocken meine Füße zurück. Alle amüsieren sich über meinen Schrecken.

Matteo erzählt von seinen Reisen. In Ascona ist er meist nur im Sommer. Ansonsten trampt er durch die Welt, wohnt bei irgendwelchen Bekannten und macht Musik.

»Jede Stadt – nicht etwa jedes Land – hat eigene Gesetze und Regeln für Straßenmusiker«, sagt er. »Das ist etwas anstrengend. Hier in Ascona kaufe ich jeweils eine Jahreslizenz für vierhundert Franken. Doch schon in Locarno gilt die nicht mehr, darf ich nicht auftreten. Und in München – man glaubt es kaum – musste ich sogar vorspielen, also beweisen, dass ich gut genug bin. Eine Schlafgelegenheit zu finden, ist hingegen nicht so schwer. Hier wohne ich bei meiner Freundin Lucia.«

»Und sie hält das aus, wenn Sie so oft unterwegs sind?«

»Na ja. Sie macht schon immer mehr Druck. Sie findet, ich sei langsam zu alt für dieses unstete Leben. Dabei haben wir uns in Barcelona kennen gelernt, als ich genau so lebte wie heute, und sie wusste immer, wer ich bin und was ich will ... Im Moment einfach noch nicht sesshaft werden. Ich bin noch nicht so weit für Heirat, Kinder, Haus ...«

Da kann ich nur hoffen, dass es gut geht mit den beiden, auf die Länge gesehen. Aber die jungen Leute heutzutage denken ja in Beziehungssachen ohnehin nicht mehr so langfristig, wie wir es damals taten.

Matteo scheint Mitte zwanzig zu sein, wie meine Enkelin Kim ungefähr. Nur wirkt sie im Gegensatz zu ihm sehr zielstrebig und ehrgeizig. Sie weiß genau, was sie will. Andererseits weiß Matteo das ja auch. Und ebenso genau.

Matteo lässt den Kellner ein paar Fotos von uns beiden machen. Wir prosten uns dafür mit dem letzten Schluck Rotwein zu und lassen die schönen Gläser klingen.

»Die sind für meinen Blog. Wissen Sie, was ein Blog ist?«, fragt Matteo.

»Ja, klar. Meine Enkelin wollte mir einen Blog für mein Leben im Altersheim einrichten. Ich habe mir das alles genau angeschaut. Aber es ist nichts für mich.«

Matteo erzählt von zwanzigtausend Followern. Er könne mit seinem Blog schon etwas Geld verdienen, bekomme auch mal eine Hotelübernachtung geschenkt, wurde schon zu Straßenmusikfestivals auf der ganzen Welt eingeladen.

»Meine Follower werden dich lieben. Sie. Scusa!«

Beim Tiramisu, das der Wirt großzügig spendiert, wechseln wir dann doch noch zum Du. Nach dem Espresso übernimmt Matteo wie vereinbart die Rechnung und will sich verabschieden. Er muss seinen Standplatz verteidigen, der unterdessen von einer lebenden Statue übernommen worden ist. Ich begleite ihn, höre ihm noch eine Weile zu. Er spielt wirklich gut. Und ich bin glücklich.

Auf dem Rückweg im Zug nicke ich ein wenig ein. Zum Glück verpasse ich aber nicht das Umsteigen und komme am frühen Abend ins *heimelig* zurück. Nein, ich melde mich nicht bei Frau Meier, sondern gehe einfach in mein Zimmer. Ausnahmsweise mal mit dem Lift. Sonst benütze ich immer die Treppe. Das fällt mir zwar manchmal schwer, aber ich lasse es mir nicht anmerken, da ich Neid und Bewunderung im Rücken spüre. Wenn ich jeweils nach dem Essen an der Warteschlange vor dem Lift vorbeigehe und die Tür zum Treppenhaus öffne, schiebt mich das richtiggehend an. Ich bin die einzige Bewohnerin des *heimelig*, die Treppen steigt – die Treppen steigen kann.

Das sind halt die kleinen Freuden, die ich noch habe.

Und ich weiß: Das tut mir gut. Sportlich und menschlich.

Im Zimmer hole ich sofort eine Hunderternote und einen Fünfziger aus meinem Geldbeutel in der blauen Tasche. Ich adressiere ein Couvert, stecke das Geld hinein und schreibe ein paar Zeilen auf eine Ansichtskarte vom *heimelig*. Den Umschlag will ich gleich anschließend in die Post-Box unten beim Empfang werfen. Nein, ich habe nicht gern Schulden. Und ich zahle Matteo gern großzügige Zinsen. Er hat schließlich meinen Tag gerettet.

Endlich im Bett, merke ich, dass ich ziemlich erschöpft bin. Das war doch ordentlich viel Aufregung für eine alte Frau. Ich lasse meinen Tag Revue passieren und finde, dass sich die Anstrengung gelohnt hat. Ich hatte zwar leichte Startschwierigkeiten, fand dann aber einen Schutzengel und habe ein paar richtig vergnügliche Stunden verbracht.

Ich glaube, ich mache weiter. Mit B.

Zum Einschlafen zähle ich nicht Schafe, sondern versuche, Orte mit B zu finden.

Beckenried, Beromünster, Bürchen, Bad Zurzach...
Baden, Buchs, Bauma, Benken, Birmensdorf...
Bünzen bei Boswil...
Burgdorf...

6 : Reise-Wunschkonzert

Normalerweise sitze ich beim Frühstück um halb acht allein am Tisch. Die anderen schlafen länger. Verständlich. Für die meisten hier hat der Tag sowieso viel zu viele Stunden. Wieso sollten sie ihn also unnötig früh beginnen?

Ich kann nicht anders. Ich bin eine unverbesserliche Frühaufsteherin. Meine innere Uhr weckt mich kurz vor sieben. Außerdem

sitze ich am Morgen ganz gern allein am Tisch, schweige vor mich hin und kaue gedankenverloren mein Brötchen. Manchmal lege ich mich dann nach dem Frühstück noch ein wenig aufs Sofa. Doch heute bleibe ich nicht lange für mich. Alle trudeln früher ein: Tobias, Marlies und Paul. Ich lächle in mich hinein. Die Neugierde hat sie aus dem Bett getrieben.
»Wie wars?«
»Wie geht es dir?«
»Wann bist du heimgekommen?«
»Wirst du wieder verreisen?«
Sie löchern mich mit Fragen.
Und ich erzähle. Ausführlich.
Es tut mir gut, so viel Aufmerksamkeit zu bekommen. Meine Tischkameraden hängen an meinen Lippen, speziell an der Stelle der Geschichte, an der ich meinen unerwarteten »Bankrott« feststelle. Da mache ich gekonnt eine kleine Kunstpause und hole mir eine neue Tasse Kaffee, ganz ohne jede Eile. Das nennt man Dramaturgie. Cliffhanger. Spannungsaufbau. So etwas weiß ich.
»Und dann?«
»Machs nicht so spannend!«
»Erzähl weiter!«
»Hast du nichts gegessen?«
Die Fragen prasseln wieder auf mich ein. Und so berichte ich auch noch von Matteo, vom Risotto und dem ganzen schönen Mittag in Ascona. Auch die Ente lasse ich nicht aus.
»Schön«, kommentiert Tobias.
»Gut gemacht«, meint Paul wohlwollend.
»Na ja«, kommt jetzt natürlich Marlies daher. »Sich von einem fremden Mann einladen zu lassen … So etwas käme mir nie in den Sinn.«
Das glaube ich ihr.

»Bei uns gab es gestern Tomaten-Spaghetti«, lenkt Tobias ab.
»Ach ja. Stimmt«, bestätigt Paul und sieht dabei etwas verärgert aus. »Das ist einfach kein Essen für Senioren«, schimpft er.
Ich wüsste jetzt nicht, warum es Altersbeschränkungen für Spaghetti geben sollte.
Auf meinen fragenden Blick fährt Paul fort: »Ich habe mir eine kostbare Seidenkrawatte verdorben.«
»Oh!« Ich verkneife mir ein Lächeln.
»Spaghetti kann man einfach nicht ordentlich essen!«, betont Paul noch einmal. »Du hättest Esther sehen sollen« – Esther ist leicht dement und sitzt im Rollstuhl –, »als sie fertig gegessen hatte, war sie mit Spaghetti behängt wie ein italienischer Christbaum.«

Hängen an italienischen Christbäumen Spaghetti?
Eine lustige Vorstellung.
Wenn es nach Paul ginge, müsste man also auf die Spaghetti-Packungen einen Warnhinweis drucken: »Nicht für Kleinkinder und Senioren geeignet!« Oder: »Kleinkindern und Senioren nur püriert servieren!« Noch besser: »Nur ohne Krawatte einnehmen.«
Manchmal – ich gebs zu – amüsiere ich mich ganz gut mit meinen eigenen Gedankengängen. Ja, ich werde langsam komisch. Immer öfter ertappe ich mich bei Selbstgesprächen. Das mag ja gehen, solange ich allein bin. Aber ich habs nicht mehr wirklich unter Kontrolle und plappere an den unmöglichsten Orten vor mich hin, zum Beispiel im Wartezimmer beim Zahnarzt. Neulich las ich allerdings in irgendeiner Zeitschrift, die ich eben beim Warten irgendwo durchblätterte, einen Spruch, der mich wieder mit meiner neuen Eigenart versöhnte: »Kein Wunder, dass ich Selbstgespräche führe. Ab und zu brauche ich einfach einen intelligenten Gesprächspartner.«
Ha! So kann man es auch sehen.

»Was ist dein nächstes Ziel?«, will Tobias jetzt wissen. »Baden, oder gar Baden-Baden?«
»Bern würde mich reizen«, sage ich spontan. »Gut erreichbar, schöne Altstadt.«
Meine Tischkameraden sind nicht begeistert.
»Brissago, das wäre wunderschön. Es liegt auch im Tessin. Da gibt es eine herrliche kleine Insel«, schlägt Marlies vor.
»Dann könntest du mir einen Brissago-Stumpen mitbringen«, lacht Paul.
»Nein«, wehrt sich Marlies. »Dort fährt man hin, weil man die Insel besucht, den botanischen Garten des Kantons. Sehr sehenswert.«
»Brissago ist mit hundertsiebenundneunzig Metern über Meer der tiefste Punkt der Schweiz«, steuert jetzt auch Tobias sein Wissen bei.
Ich erkläre entschieden: »Nein danke, Tessin, das hatte ich doch gerade.«
Tobias bringt leise einen neuen Vorschlag: »Du könntest für mich nach Buochs fahren.«
Buochs?
Gar nicht so weit weg. Warum nicht?
Ich mustere Tobias, und mir fällt auf, dass er noch schlechter aussieht als sonst. Die Haut spannt über seinen Wangenknochen, die Augen wirken eingefallen.
»Buochs. Gut. Abgemacht!«, sage ich spontan.
Tobias lächelt mir zu, und ich weiß, es steckt bestimmt noch irgendeine Geschichte hinter seinem Vorschlag. Aber ich kann warten.
Nach dem Frühstück nimmt Paul seinen Stock und geht auf seinen täglichen Spaziergang. Marlies schleicht an ihrem Rollator zum Lift, weil sie sich irgendeine Serie im Fernsehen anschauen will.

»Warum soll ich also nach Buochs fahren?«, will ich jetzt, wo wir ganz unter uns sind, von Tobias wissen.
Er rückt seinen Stuhl näher zu mir ran und beginnt zu erzählen.
»Ich war ein schlechter Vater. Ein ganz schlechter.«
»Was? Bist du sicher? Wir haben doch alle Fehler gemacht mit unseren Kindern. Das ist normal. Eltern, die sich später keine Vorwürfe machen, gibt es wohl gar nicht. Und Kinder, die ihren Eltern keine Vorwürfe machen, leider genauso wenig.«
»Das stimmt. Aber ich war richtig schlimm.«
»Oh, aber du hast nicht…«
»… nein, keine Gewalt oder so. Ich bitte dich!«
Ich bin erleichtert.
»Meine Frau ist früh gestorben, und dann habe ich mich einfach von allen und allem abgekapselt und meine Trauer ausgelebt, mich am Ende nur noch selbst bemitleidet. Sogar gesoffen hab ich. Meine Tochter Käthi habe ich alleingelassen, in einer Zeit, in der sie mich dringend gebraucht hätte. Dabei war Käthi bezaubernd. Sie glich immer mehr ihrer Mutter, meiner geliebten Katharina. Ihre Gesten, ihr Lachen, ihre Bewegungen. Ich hielt es genau deshalb kaum mehr aus mit ihr. Und das habe ich sie spüren lassen. Ich war kalt und ungerecht.«
Tobias' Stimme zittert, wie seine Hände es immer tun.
»Es geht mir schlechter. Ich machs wirklich nicht mehr lange. Das ist okay. Ich muss nicht ewig leben. Ich bin bereit. Ich würde nur gern noch einmal mit meiner Tochter sprechen. Aber sie kommt natürlich nicht. Ich weiß gar nicht, wann ich sie zum letzten Mal gesehen habe.«
»Warum schreibst du ihr nicht? Warum rufst du sie nicht an?«
»Ich kann nicht mehr schreiben, und ein Anruf nach all dieser Zeit scheint mir einfach unangemessen. Sie lebt in Buochs.«
Ach, jetzt verstehe ich langsam, in welche Richtung das hier läuft.

»Du willst, dass ich vermittle?«
»Ja! Du schaffst das. Ich kann das Haus nicht verlassen, weil ich viel zu schwach bin. Bitte Käthi um einen letzten Besuch bei mir. Ich möchte ihr sagen, dass ich heute alle meine Fehler klar erkenne und es mir leidtut.«
Ich nicke und nehme Tobias' Hände in meine.
»Ich versuche es gern.«
Wir haben beide Tränen in den Augen.
»Der Arzt gibt mir nicht mehr lange«, flüstert er.
»Das hat er doch schon oft gesagt«, beruhige ich ihn.
»Ja, aber jetzt fühlt es sich an, als hätte er recht.«
Er gibt mir einige Informationen zu seiner Tochter. Sie habe das Hotel Schiff geführt, direkt beim Steg. Dort solle ich zuerst nach Käthi fragen. Aber ob sie noch dort arbeite? Sie sei inzwischen ja auch schon siebzig.
»Siebzig? Dann hast du vielleicht schon Enkel und Urenkel, die du noch nicht kennst?«
Er nickt. Tobias ist unser ältester Bewohner: Neunundneunzig Jahre hat er auf dem Buckel. Alle freuen sich schon auf die Party, wenn er hundert wird. »Ich steige dann aus dem Fenster und verschwinde«, droht er immer, wenn die Rede darauf kommt, in Anlehnung an den weltbekannten Roman von Jonas Jonasson, den wir beide gelesen haben.
Ich mag Tobias sehr. Er hat einen extrem wachen Geist, Witz und Gefühl. Mit viel Anstrengung und einer speziellen Lupe liest er jeden Tag die Zeitung und berichtet uns dann das Wesentliche, sodass ich keine eigene Zeitung mehr brauche. Mit ihm kann man diskutieren, er hinterfragt alles und anscheinend auch sich selber. Ich hoffe, er bleibt noch lange unter uns. Wer weiß … wenn Käthi wieder da wäre, hätte er vielleicht wieder mehr Lebensmut? Seinen Kampfgeist hat er ja längst bewiesen.

Die Reise nach Buochs wird ein Klacks: Mit dem Bus nach Gersau, mit dem Schiff über den Vierwaldstättersee nach Buochs. Da brauche ich nicht einmal die Hilfe von Kim. Vielleicht dann wieder beim Buchstaben C.
Aber zwei, drei Tage Ruhepause gönne ich mir trotzdem, bevor ich wieder losziehe. Ich muss ja nicht schon in zwei Monaten das ganze Abc durchhaben.

Auch Kim nimmt regen Anteil an meinen Reiseerlebnissen, als sie mich das nächste Mal besucht. Für Matteo, den jungen Musiker, interessiert sie sich natürlich besonders, und sie findet schnell seinen Blog, der MatteoMusicista heißt.
»Ein hübscher Kerl«, meint sie anerkennend. »Aber doch eher in meiner Liga als in deiner.«
Wir lachen.
Matteo hat unsere Begegnung – mit Foto – schon publiziert.
»Schau mal, wie viele Leute das schon kommentiert haben! Sie mögen dich! Ich habe immer gesagt, dass du einen Altersheim-Blog schreiben solltest. Stell dir vor, wie nett hier alle zu dir wären, wenn du die ersten tausend Follower hättest. Plötzlich hätte man Angst vor deinen Einträgen und würde sich um dich bemühen.«
Ich erzähle ihr, wie Frau Meier mir die Reise madigmachen wollte. »Sie meinte wirklich, ich bräuchte dazu von irgendjemandem eine Erlaubnis«, berichte ich empört.
»Eine unheimelige Person«, findet Kim.
»Unheimelig – komisches Wort. Denkst du, das gibt es wirklich?«
Über so eine Frage kann Kim nur lachen. »Die Sprache ist im Wandel. Lass uns einfach jeden Tag einmal das Wort in Umlauf bringen, und plötzlich steht es im Duden. In den letzten Jahren kamen so schon Wörter wie liken, googeln oder durchzappen dazu.«

Kim zückt ihr Handy und posaunt dann heraus: »Unheimelig steht längst im Duden! Wird mit unheimlich gleichgesetzt. Sei vor allem im achtzehnten/neunzehnten Jahrhundert verwendet worden und gilt wohl als besonders schweizerisch.«
»Ach was!?«, rufe ich erstaunt aus.
»Genau so könntest du deinen Blog nennen: Unheimelig«, spinnt Kim ihren Faden weiter.
Als ich versuche, mehr über das Wort heimelig im Computer zu finden, ärgere ich mich einmal mehr, dass das W-LAN tot ist. Toter als tot. Kein Netz. Gar keines. Das Schlimme dabei ist, wie ich es schon Melanie bei ihrer Befragung für die Maturaarbeit erzählt habe: Ich bin die Einzige in diesem Heim mit immerhin fast hundert Bewohnern, die sich darüber ärgert. Darum dauert es auch immer so lange, bis es wieder läuft, vor allem, wenn ich mich nicht höchstpersönlich bei der Rottenmeier darüber beschwere. Darum bin ich sicher nicht ihre Lieblingsbewohnerin. Zu oft stehe ich mit einer Beschwerde in ihrem Büro.
»Das ist eine Zumutung«, schimpft Kim. »Wenn dann mal unsere Generation hier wohnt, gibt es garantiert einen heftigen Aufstand, wenn wir kein schnelles, zuverlässiges Netz haben – und zwar rund um die Uhr!«
Das bezweifle ich keinen Moment. Und da Kim Informatikerin ist, würde sie notfalls auch selber Hand anlegen. Doch im *heimelig* will sie sich nicht wirklich einmischen. Das ist bestimmt besser so.
Als sie sich verabschiedet, verspricht sie mir aber, die Netzstörung ganz und gar höflich und anständig im Büro zu melden.
Kim im Altersheim? Das kann und will ich mir beim besten Willen nicht vorstellen. Und doch: Wir alle werden alt und älter – außer wir sterben vorher. Aber daran möchte ich auch nicht denken.

7 : B wie Buochs

Drei Tage später bin ich bereit. Ich sage nichts zu Tobias. Und ja, ich melde mich auch nicht ab in unserem Heim. Ich lege bloß einen Zettel auf mein Bett: »Bin heute in Buochs.« Den werden sie schon finden, bevor sie die Polizei alarmieren.

Die Anreise macht mir Spaß.
Im Bus setzt sich ein sehr gesprächiger Mann zu mir. Wie ein Wasserfall erzählt er von seinen Reisen kreuz und quer durch die Schweiz. Er habe ein Generalabonnement und fahre jeden Tag durch die Gegend. Stundenlang. Mit Bus, Bahn, Postauto, Seilbahn. Alles, was möglich sei, benütze er regelmäßig. So habe er sein teures Ticket jeweils schon nach drei Monaten amortisiert und fahre dann für den Rest des Jahres sozusagen gratis. Er führe genau Buch über das Geld, das er nicht ausgeben müsse, und könne die Rentabilität seines Ausweises ganz genau nachweisen. Mit seinem GA spare er jedes Jahr etwa zweitausend Franken.
Ich lächle und sage gar nichts, denke mir nur meinen Teil.
Der Wasserfall versiegt nicht.
Als ich erstaunt feststelle, dass der Mann karierte Filzpantoffeln trägt, frage ich mich, ob er vielleicht im öffentlichen Verkehr wohnt, sich nur da zu Hause fühlt? Wenn bei uns einer mit Finken das heimelige Heim verlässt, wird sofort an seinem Geisteszustand gezweifelt. Dieser Mann hier kann sich das offenbar leisten, und keiner sperrt ihn deswegen ein.

Schön für ihn.

In Gersau wechsle ich aufs Schiff, während der Gesprächige weiter nach Küssnacht fährt, wo er auf den Zug umsteigen will.

Endlich mal wieder aufs Schiff und über den Vierwaldstättersee tuckern! Ich merke, wie ich mich entspanne. Das ist ein Reisetempo, das mir entspricht.

Kein Stress, keine Hetze.

Wasser, Wellen, Wind, Wonne.

Das Schiff ist gut besetzt. Vor allem in der zweiten Klasse. Dort versuchen verschiedene Schulklassen und ausländische Reisegruppen, aneinander vorbeizukommen. Ich habe mir aber wieder ein Ticket für die erste Klasse gegönnt. Und dort ist es praktisch leer, weshalb ich einen Moment lang ein schlechtes Gewissen habe. Aber wirklich nur einen ganz kleinen Moment lang.

Ich finde einen herrlichen Sitzplatz, halbschattig, direkt an der Reling, und genieße die Fahrt. Ich bewundere einmal mehr unsere bezaubernde Gegend und die beeindruckenden Berge.

Fast ein wenig widerwillig verlasse ich in Buochs als Einzige das Schiff. Immerhin brauche ich nicht zu suchen: Das beschriebene Hotel steht direkt bei der Station. Ein schönes, stolzes Haus, das aussieht, als stehe es schon seit hundert Jahren hier, und von dem man annehmen könnte, dass es auch noch weitere hundert Jahre da stehen wird.

Es heißt aber nicht mehr Hotel Schiff, sondern ist italienisch geworden und nennt sich jetzt »Lago«.

Das ist der Zahn der Zeit. Auf jeden Fall sieht es nach Pächter- oder Besitzerwechsel aus. Käthi wird ja wohl kaum plötzlich eine Pizzeria führen wollen.

Ich stehe eine Weile unschlüssig vor dem großen Kasten herum. Jetzt habe ich doch ein wenig Herzklopfen. Ich mische mich da

in Privatangelegenheiten ein. Das ist sonst nicht meine Art. Wenn Tobias' Tochter mich zum Teufel jagt, kann ich es ihr wirklich nicht verübeln.
Aber ich habe ja eine Mission.
Es geht hier nicht um mich.
Ich recke also die Schultern und trete ein.

Ein junger Mann tritt mir entgegen und ruft überschwänglich: »Buongiorno, signora! Benvenuta, willkommen!« Ich habe gar keine Gelegenheit, herumzustottern oder nach Käthi zu fragen, weil er mich derart charmant an einen Tisch mit Seeblick lotst. Aus Verlegenheit bestelle ich erst einmal einen Cappuccino. Er bringt ihn mir persönlich und fragt dann: »Kann ich sonst noch etwas für Sie tun, Signora?«
Ich nicke heftig und frage nach Käthi, die ja früher hier das Haus geführt habe. Ob sie noch da sei, und ob er sie überhaupt kenne.
»Käthi. Oh. Sì, sì! Certo!«
Er will zuerst wissen, was ich von ihr wolle. Ganz schön vorsichtig, der Kerl. Als ich ihm erkläre, dass ich Grüße und eine Nachricht von ihrem Vater hätte, der im gleichen Altersheim wohne wie ich, ist er total gerührt.
»Familie ist wichtig. Familie ist alles!«, sagt er euphorisch. »Sie haben Glück. Sehr viel Glück. Sie wohnt nämlich nicht mehr hier und hat das Hotel längst verkauft. An meinen Onkel Sergio, für den ich das Haus führen darf. Käthi ist wie eine Mutter für uns. La mamma. Mamma, die zweite.«
Er nimmt mich an der Hand und führt mich zu einem Saal. Er lässt mich kurz durch die offene Tür schauen.
»Käthi feiert heute Geburtstag. Sie ist hier. Mit all ihren Kindern und Großkindern. Dort hinten die Frau mit dem blauen Kostüm,

das ist Käthi.« Er deutet auf eine Frau mit hochgesteckten, schwarz gefärbten Haaren und einer Perlenkette um den Hals. Meine mag ich nicht mehr tragen, seit der TV-Hellseher Mike Shiva sie jahrelang als Markenzeichen benützt hat.
So wie ich das aus der Entfernung sehen kann, scheint Käthi ein wenig missmutig in ihre Suppe zu schauen. Aber schon bittet mich der Wirt, wieder mitzukommen.
»Wir haben gerade die Suppe serviert. Minestra di pomodori. Wenn der Gang durch ist, bringe ich Käthi zu Ihnen. Ist das okay?«
Ich nicke.
Da habe ich aber wirklich sehr viel Glück gehabt.
Obwohl Tobias' Tochter eigentlich weg ist, ist sie hier.

Wieder an meinem Platz, werde ich von Sekunde zu Sekunde nervöser. Da platze ich einfach so in ein Fest hinein mit meinem Anliegen. Ob das ein guter Zeitpunkt ist?
Egal. Zu spät. Denn schon steht Käthi vor mir.
»Guten Tag. Was wollen Sie?«, begrüßt sie mich unfreundlich.
Ich stelle mich vor, bitte sie, sich ganz kurz zu mir zu setzen.
»Sie stören bei einem Familienfest«, erklärt sie.
Lieber würde sie mich wohl wegschicken, aber sie ist halt auch neugierig. Gut für mich.
»Ich habe nur drei Minuten Zeit«, unterbricht sie ungnädig meine Gedanken.
»Ihr Vater schickt mich. Tobias«, beginne ich zögernd und erzähle dann mit stockendem Atem, weshalb ich hier bin: »Ihr Vater und ich leben im gleichen Altersheim. Er hat mir aufgetragen, Ihnen zu sagen, wie leid es ihm tut, dass er ein so schlechter Vater war. Er sieht heute ein, dass er alles falsch gemacht hat. Tobias hat nicht mehr lange zu leben und kann das Heim nicht mehr ver-

lassen. Er würde sich wahnsinnig gern noch mit Ihnen aussprechen und Sie um Verzeihung bitten. Darum hat er mich vorbeigeschickt.«
Sie schweigt mich an.
Ich schweige jetzt auch.
Und ich atme wieder etwas ruhiger. Ich habe meinen Auftrag erfüllt. Alles andere liegt nicht mehr in meiner Hand.
»Ah, jetzt stirbt er also, und damit er sein Gewissen vorher noch schnell erleichtern kann, soll ich ihm verzeihen? Plötzlich spürt er Familienbande, die er so lange einfach vergessen hat.«
Wie Giftpfeile schießen mir nun Käthis Worte entgegen.
»Wie kommen Sie dazu, hier aufzutauchen und sich in unsere Familienangelegenheiten einzumischen? Sie haben keine Ahnung. Von gar nichts.«
Jetzt wehre ich mich doch: »Ein bisschen weiß ich schon. Und ich kenne Tobias, so wie er jetzt ist, ein herzensguter Mensch.«
Seine Tochter erdolcht mich beinahe mit ihrem Blick. Mir wird in meinem Innersten für einen Moment eiskalt. Dann steht Käthi auf und erklärt: »Die drei Minuten sind um.« Zum Wirt ruft sie hinüber: »Osvaldo, du kannst den Cappuccino auf meine Rechnung schreiben. Aber bitte schau, dass Frau Niederberger uns nicht mehr stört.«
Und dann rauscht sie davon. Nur eine Duftwolke ihres widerlich süßen Parfüms bleibt zurück.
Ich bin traurig, ja fast ein wenig erschüttert über so viel Groll, der mir da entgegenkam. Tobias muss es wirklich gründlich mit ihr verdorben haben. Ob man da nach so langer Zeit noch etwas kitten kann?
Hier und jetzt nehme ich mir vor, mein Verhältnis zu meiner Tochter nie so ausarten zu lassen.
Niemalsnie.

Ich nehme meine Handtasche und verlasse das Haus. Der Wirt ruft mir noch irgendetwas hinterher, aber ich höre nicht mehr zu. Ich will jetzt in mein heimeliges Heim zurück. Das hat doch einiges an Kraft gekostet. Ich bin nicht so gut darin, solche schlimmen Stimmungen auszuhalten. Darum hat ja auch die Ehe mit Xaver so lange funktioniert: Ich bin harmoniebedürftig. Ich vermittle und schlichte gern, habe früher auch immer Kompromisse gemacht und dem Frieden zuliebe geschwiegen oder nachgegeben, selbst wenn mir dabei fast der Kragen platzte.
Jetzt wurde ich mit reichlich Hass und Groll eingedeckt und muss später Tobias davon erzählen. Das ist keine schöne Aufgabe.
Das Reiseerlebnis B ist ein Flop.

Ich stehe einen Moment lang niedergeschlagen vor dem Hotel, muss mich zuerst einmal sammeln, bevor ich die Bushaltestelle suche. Ja, es halten kaum mehr Schiffe hier in Buochs. Bei der Anreise hatte ich Glück. Jetzt aber muss ich zuerst mit dem Postauto nach Beckenried, von wo ich dann das Schiff nach Gersau nehmen kann.
Und während ich noch so vor mich hin grüble, ruft jemand: »He Sie, warten Sie einen Moment!«
Ich drehe mich um, und da stehen zwei junge Menschen, fast noch Kinder. Es fällt mir immer schwerer, das Alter von Leuten einzuschätzen. Für mich sind irgendwie alle, die jünger sind als ich, noch Kinder.
Die beiden kommen auf mich zu und begrüßen mich höflich.
»Wir sind Martha und Martin. Zwillinge. Wir sind die Urenkel von Käthi, also die Ururenkel von dem Mann, der Sie hergeschickt hat.«
Das ist aber herzig. Ich bin gerührt.

»Wollen wir ein paar Schritte gehen?«
Warum nicht? Sie wollen wohl etwas Distanz zu der Familie schaffen. Das ist mir auch recht.
»Wir haben gehört, dass es zu einer unschönen Begegnung mit unserer Uroma gekommen ist. Würden Sie uns noch einmal erzählen, was Sie genau zu ihr gesagt haben? Sie sind mit ihrem Vater, also unserem Ururgroßvater, befreundet?«
Ich erzähle es den beiden gern.
»Wissen Sie, unsere Uroma ist eine verbitterte, griesgrämige, alte Nörglerin«, sagt Martin dann geradeheraus. »Sie macht uns allen das Leben schwer.«
»Nun, so hätte ich es jetzt nicht gesagt, aber es stimmt«, bestätigt Martha. »Daran ist vielleicht auch dieser Tobias, ihr Vater, schuld. Wer weiß. Aber ich glaube nicht, dass man ein ganzes Leben lang einen schlimmen Vater als Entschuldigung für alles ins Feld führen kann. Irgendwann muss man für sich selber die Verantwortung übernehmen.«
»Also ich fände es cool, wenn die beiden sich versöhnen könnten«, fügt Martin an. »Vielleicht würde sie dann weniger auf uns allen herumhacken.«
Oh, die Dame scheint nicht gerade den Beliebtheitspreis der Familie gewonnen zu haben.
Aber ganz schön klug scheinen mir die beiden jungen Leute, wie sie das alles einordnen.
»Was machen Sie jetzt?«, wollen sie nun von mir wissen.
»Ich fahre mit Bus und Schiff und Bus wieder heim«, erkläre ich meine Pläne.
»Wissen Sie was, ich fahre Sie heim und besuche dabei meinen Ururopa«, erklärt Martin spontan, worauf Martha sofort sagt, sie wolle auch mitkommen.
Ui, ich glaube nicht, dass das hier in die richtige Richtung läuft.

»Eine schöne Idee, aber es ist dem Frieden ja nicht gedient, wenn ihr jetzt einfach das Geburtstagsfest schwänzt und schon nach der Suppe abhaut!«, wehre ich ab.
»Egal. Die merkt das doch gar nicht. Sie denkt sowieso, dass wir das Letzte sind, völlig schlecht erzogen und verwöhnt noch dazu.«
Nun, dieser Zwillingsbesuch würde Tobias bestimmt sehr glücklich machen. Aber klug ist das nicht. Ich will keinesfalls, dass sich die Fronten noch mehr verhärten.
»Nein, nein, ich glaube, es gibt eine bessere Lösung«, sage ich deshalb schnell. »Ich fahre mit dem Bus nach Beckenried. Dort setze ich mich ins Restaurant direkt an der Schiffstation und esse gemütlich zu Mittag. Ihr könnt mich dort abholen, sobald ihr fertig gegessen habt und euch eine gute Ausrede eingefallen ist.«
Die Zwillinge sind einverstanden.
»Und lasst euch Zeit. Ich kann warten. Ich sitze gern am See, und ich habe ein Buch dabei.«

Nun verlasse ich Buochs doch irgendwie beschwingter, aufgestellter. Die erboste Frau kann ich verdrängen und stattdessen an die herzlichen Zwillinge denken. Sie haben den Tag, die Reise, den Buchstaben B gerettet. Vielleicht kann man die Versöhnung von unten her aufrollen. Tobias wird sich freuen. Riesig. Das wird ihn über die Enttäuschung hinwegtrösten, dass seine Tochter nicht einlenken will. Und wie gesagt: Es ist ja noch nicht aller Tage Abend. Obwohl – das ist ein blöder Spruch. Man weiß nie, wann es wirklich Abend ist. Für alles zu spät. Ich nehme mir vor, in meinem persönlichen Umfeld etwas versöhnlicher zu sein. Gerade meiner Tochter Trudi gegenüber will ich in Zukunft mein Herz wieder mehr öffnen, auch wenn sie die Tür dazu selber zugeschlagen hat.

8 : Eierkarton

Ich sitze im Hotel Rössli, direkt am Vierwaldstättersee. In diesem schönen Gartenrestaurant kommen Feriengefühle auf. Ich gönne mir eine Bananen-Curry-Suppe. Dann einen Schweinsbraten mit Preiselbeersauce und hausgemachte Spätzle. Schön, wenn man bestellen kann, worauf man Lust hat. Natürlich gehört auch ein winziges Fläschchen Wein dazu.
Dazwischen und danach lese ich »Alte Liebe«, das kleine Buch, in dem ich schon bei meiner Reise ins Tessin gelesen habe, zu Ende. Ich hätte besser mittendrin aufgehört. Warum enden alle Geschichten über alte Leute immer mit dem Tod? Na ja, dumme Frage. Weil es das Schicksal der alten Leute ist: Sie sterben.
Ich verdrücke ein paar Tränen.
Lore aus dem Buch ist gestorben.
Ich bin traurig. Wegen Lore und vor allem wegen Harry, der jetzt allein weiterleben muss. Das kenne ich, dieses Gefühl. Es ist so schwer, allein zurückzubleiben.
Noch immer.
Ich hebe mein Weinglas auf meinen Xaver, der meine einzige große Liebe war und bleiben wird. Nein, er war nicht perfekt. Manchmal hätte ich ihn gern auf den Mond katapultiert. Aber auch in den schlimmsten Zeiten unserer Ehe hätte ich eine Trennung nie als Alternative gesehen, weil ich tief in mir immer wusste: Wir gehören zusammen. Heute trennen sich Paare ja schon beim ersten kühlen Windchen oder sobald die Schmetterlinge im

Bauch etwas flügellahm geworden sind. Schade. Sie verpassen etwas, nämlich die tiefe Verbundenheit mit einem Menschen, die sich nach vielen gemeinsamen Jahren einstellt, dieses wunderbare Gefühl von Zweisamkeit, die sichere Geborgenheit. Ich bin ja nicht grundsätzlich gegen Ehescheidungen. Gott bewahre! Vielen Paaren in meinem Umfeld hätte ich eine saubere Trennung gewünscht und gegönnt. Wenn man sich nur noch gegenseitig verletzt und quält, hat die Ehe keinen Sinn mehr.

Meinen Xaver habe ich kennen gelernt, weil er ein schwieriger Jugendlicher war. Das glaubte zumindest sein Vater und steckte ihn in Engelberg ins Internat. Wir sahen uns das erste Mal, als ich schluchzend auf der Straße stand, nachdem ich einen Karton Eier fallen gelassen hatte. Und wie gesagt: Meine Familie war arm. Ich hätte die Eier in der Papeterie abgeben müssen, denn wir bezahlten damals oft in Naturalien. Und jetzt waren sie mehr oder weniger futsch. Da kam er daher, Xaver, der groß gewachsene, schlaksige Junge, der mir wie ein Mann vorkam. Er bot mir an, die Eier zu kaufen. Und er tat es auch. Der charmante Retter in der Not beeindruckte mich schwer.
Erst Jahre später sind wir uns wiederbegegnet, als er bereits Zahnmedizin studierte und nach Engelberg zu einem Treffen der Studentenverbindung kam. Ich arbeitete in dem Hotel, wo er sein Zimmer gebucht hatte.
Wir erkannten uns wieder, und irgendwie entstand da etwas, obwohl wir kaum Zeit zusammen verbrachten. Wir schrieben uns Briefe, trafen uns ein paarmal, kurz, versteckt. Als er seine Praxis eröffnete, machte er mir einen Heiratsantrag. Ich sagte Ja. Vielleicht hätte ich jeden Antrag angenommen. Ich wollte weg, fort aus meinem Elternhaus, weg von diesem Job, träumte von einer eigenen Familie, dachte, meine biologische Uhr würde ticken.

Ich hatte Glück.
Viel Glück.
Das weiß ich jetzt.
Heutzutage sucht man sich übers Internet, wird analysiert, geprüft, verglichen. Man versucht, den unbedingt perfekten, maßgeschneiderten Partner zu finden, der keine Kompromisse abverlangt. Eigentlich sollten nur noch überglückliche Paare unterwegs sein. Trotzdem bleibt die Scheidungsrate hoch.
Die ausgefuchstesten Algorithmen sind also nicht viel mehr wert als ein Eierkarton auf der Straße.

Während ich noch so vor mich hin denke, bahnt sich eine richtig große Überraschung an. Für mich – aber vor allem für Tobias. Als die Zwillinge mich abholen und wir nach draußen treten, sehe ich: Sie sind nicht allein gekommen. Zehn Personen stehen mir plötzlich gegenüber, und ich schüttle die Hände diverser Verwandter von Tobias. Seine Tochter ist nicht dabei. Aber trotzdem: Das ist einfach großartig. Ich glaube, ich werde Tobias auf den Besuch vorbereiten müssen. Zehn Verwandte! Ich bin wirklich gerührt.
Es ist eine eigenartige Begegnung. Namen und Verwandtschaftsgrade fliegen mir um die Ohren. Einige scheinen etwas nervös zu sein, andere freudig aufgeregt. Allen scheint bewusst zu sein, dass dies ein ganz besonderer Tag wird, vor allem für Tobias.
Bald fahren wir im Konvoi durch den Seelisbergtunnel und über die Axenstraße, und als wir vor dem Heim ankommen, ist es genau vier. Ich bitte die Überraschungsgäste, in der Cafeteria zu warten. Schnell gehe ich hoch zu Tobias' Zimmer, klopfe an seiner Tür. Da er nicht reagiert, öffne ich sie vorsichtig. Tobias sitzt zusammengesunken in seinem Fernsehstuhl und macht ein Nickerchen. Hoffe ich jedenfalls.

»Tobias!«, rufe ich, als ich neben ihm stehe, fast ein wenig in Panik. In diesem Haus rechnet man ja immer mit allem. Aber er lebt. Erschrocken zuckt er auf, lächelt aber, sobald er mich sieht.
»Du warst in Buochs, gell«, sagt er aufgeregt, und nachdem er seine Zähne ein- und die Brille aufgesetzt hat, will er alles hören. Er fummelt kurz an seinem Hörgerät herum, dann ist er bereit.
»Erzähl schon!«, fordert er mich auf.
»Zuerst die schlechte Nachricht?«, biete ich an.
»Gut. Wie du möchtest.«
»Käthi wird nicht kommen. Noch nicht. Sie hatte heute übrigens Geburtstag.«
»Oh! Stimmt. Das ist schade.« Tobias fällt wieder ein wenig in sich zusammen. »Ich habe es nicht anders verdient.«
Wir schweigen. Ich warte auf seine Frage nach der guten Nachricht, aber da kommt nichts. Er hängt wohl in seinen Gedanken bei der schlechten fest.
»Hallo? Willst du die gute Nachricht gar nicht hören?«
Er schaut überrascht auf und meint: »Doch, doch, wenn es eine gibt. Sicher. Her damit!«
»Unten in der Cafeteria warten zehn Leute auf dich. Die sind alle mit dir verwandt. Urgroßkinder, Ururgroßkinder, sogar eine von Käthis Töchtern. Sie alle wollen dich kennen lernen.«
»Was? Warum sagst du das nicht gleich?!«
Er schießt auf und fällt fast wieder in den Sessel zurück.
»Langsam. Sie warten gern auf dich.«
Tobias will sich noch frisch machen, umziehen und kämmen. Ich helfe ihm dabei. Jetzt ist er nämlich völlig aus dem Häuschen. Und dann führe ich ihn hinunter, selber total aufgeregt. Ich halte mich im Hintergrund, lasse ihn vorausgehen.
Die herzliche Begrüßung und die vielen Umarmungen, Tobias' Freudentränen werde ich nie vergessen. Es ist ein richtiges Fest!

Der Buchstabe B wird für immer mein Lieblingsbuchstabe bleiben. Und ich bin jetzt überzeugt davon, dass auch Käthi eines Tages hier auftauchen wird. Ganz bestimmt.

Man kann unsere Direktorin Frau Rottenmeier nennen, und das mag auch oft passen. In solch besonderen Momenten zeigt sie dann allerdings wirklich Größe und ist definitiv für uns da. Sie organisiert sofort einen Raum für die kleine Gruppe, Kaffee und Kuchen für alle, hält sogar alles fotografisch fest, und man spürt, dass sie sich mitfreut, dass sie mitfühlt.
Ich will mich zurückziehen, aber Tobias lässt das nicht zu. »Du hast das doch alles in die Wege geleitet«, sagt er mit Tränen in den Augen. »Du sitzt neben mir!«
Und so darf ich die ganze schöne Familienfeier miterleben. Alle stellen sich einzeln vor. Dabei wird viel gelacht und herumgealbert. Es wird nur ernst, als Käthis Tochter Ruth an der Reihe ist.
»Deine Tochter, meine Mutter, ist leider eine verbitterte und oft auch sehr gehässige Frau geworden. Daran bist du wohl auch mitschuldig. Aber wer weiß, wenn wir ihr Zeit lassen ... Wir werden ihr auf jeden Fall von dem schönen Treffen hier erzählen, ob sie es hören will oder nicht. Und ich, ich freue mich, jetzt einen Großvater zu haben!«
Ja, es gibt auch ein paar Tränen. Aber im Großen und Ganzen ist es ein fröhliches Zusammentreffen von Generationen. Und alle schließen Tobias in ihr Herz. Er sitzt da und strahlt übers ganze Gesicht. Das rührt mich so richtig. Vielleicht lebt er nicht mehr lange, aber jetzt – genau jetzt –, da lebt und liebt er und ist glücklich.
Irgendwann müssen wir das Fest dann beenden, weil Tobias fast vom Stuhl kippt. Er ist erschöpft, und das kann jeder sehen.

Ruth bringt ihn aufs Zimmer, und wir alle verabschieden uns herzlich.
Was für ein Trubel!
Ich bin ja selber ganz mitgenommen!

Das Abendessen lasse ich aus, gehe früh zu Bett. Der großartige, erlebnisreiche Tag hallt in mir nach. Ich kleine, alte Frau habe etwas Großes, Nachhaltiges bewirkt. Ja, ich bin ein wenig stolz. Und glücklich.
Mit einem kleinen Lächeln schlafe ich zufrieden ein.
Buochs hat uns allen Glück gebracht.
Da kann man ja nur gespannt auf das C sein.
Aber das hat Zeit.

9 : Standschäden vermeiden

Tobias erscheint am nächsten Tag nicht im Speisesaal. Er verträgt in seinem Zustand wohl nicht mehr so viel Aufregung. Dafür ist das spontane Familientreffen das Thema im *heimelig*. Meine Tischgemeinschaft will natürlich genau wissen, was passiert ist.
»Respekt«, sagt Paul. »Gut gemacht, Nelly.«
Und Marlies – wie nicht anders erwartet – kommentiert: »Das hätte aber auch ins Auge gehen können. Man mischt sich nicht in fremde Angelegenheiten ein. Ich würde das jedenfalls nie tun. Meist hat man ja genug mit der eigenen Familie zu tun.«
Da hat sie natürlich auch wieder recht. Ein ganz klein wenig. Aber ich habe Tobias glücklich gemacht. Das war es wert.

Zwei Tage später ist Tobias wieder Teil unserer Tischgemeinschaft und hat mehr Energie denn je. Er erzählt Skandalöses aus seiner Zeitung, ist also wieder ganz der Alte.

»Da steht, dass in den meisten Altersheimen Bewohner mit Medikamenten ruhiggestellt würden, damit man Pflegepersonal einsparen könne. Benzodiazepine würden verteilt wie Smarties, vor allem nachts. Klar, die sind günstig, sie machen aber abhängig und versetzen die Leute in einen Dämmerzustand.«

»Benzo... was?«, frage ich. Wie locker und selbstverständlich ihm dieses Wort aus dem Mund purzelt. Ich habe es noch nie gehört.

»Ach, das ist so was wie Valium oder Xanax«, erklärt Tobias. »Wenn man lange krank ist und sich dafür interessiert, was mit einem geschieht, dann wird man irgendwie selber zum Arzt und Apotheker.« Er grinst und redet dann weiter: »Aber das ist ja nicht das Thema. Es ist einfach skandalös, wie in den Heimen gespart wird. Skan-da-lös!«

Bei der Betonung der drei Silben haut er jedes Mal mit der Handfläche auf den Tisch, und Marlies fällt vor Schreck die Gabel aus der Hand.

»Tobias!«, tadelt sie vorwurfsvoll.

»Wenn du so weitermachst, bekommst du das nächste Valium«, spottet Paul, »vielleicht hast du es schon in deinem Kaffee.« Das findet Tobias gar nicht lustig. Er verzieht sein Gesicht, stellt seine Tasse hin und trinkt keinen Schluck mehr.

Medikamente und deren Sinn und Unsinn sind hier oft ein Thema. Jeder vergleicht seine Tabletten mit denen anderer und fragt sich, warum er diese und nicht jene bekommt. Es gibt auch Bewohner, die ihre Tabletten in den Hosensack stecken und wohl gar nicht einnehmen. Andere neiden sich hingegen die Zahl der

Pillen oder wollen auch eine grüne, wenn doch der Tischnachbar jetzt auch so eine bekommen hat.
Ich bin ganz ehrlich stolz darauf, dass ich die Einzige hier bin, die noch gar keine täglichen Medikamente braucht. Stolz ist vielleicht das falsche Wort, da dieser Umstand wohl kaum mein persönlicher Verdienst, sondern ein großes Glück, eine Gnade ist. Und ich weiß: Das kann morgen schon anders sein.

»Wie geht es jetzt mit dir weiter, Nelly? Wie sehen deine nächsten Reisepläne aus?«, wechselt Paul gekonnt das Thema. »Crans-Montana«, meint Marlies, »das wäre doch so richtig mondän.«
Suche ich etwas Mondänes? Das sind wohl eher ihre Träume als meine.
»Cham wäre nahe«, schlägt Tobias vor.
Ist Cham eine Reise wert? Der Name weckt jetzt wirklich nicht meine Reiselust. Aber vielleicht tue ich dem Ort ja unrecht.
»Chiasso«, tönt es vom Nebentisch herüber.
»Cademario«, ruft jemand von hinten.
Schon wieder Tessin?
»Chur«, sagt die Bedienung, die gerade den Nachtisch abräumt.
So viel zur Privatsphäre ...
Doch, warum nicht? Chur?
Gut, dass ich mich nicht jetzt entscheiden muss. Ich brauche immer ein paar Tage Ruhe zwischen meinen Abenteuern.

Heute bekommen wir ein Werbegeschenk. Jeder erhält ein Magazin für Senioren aufs Zimmer. So etwas interessiert mich tatsächlich. Die Werbung zeigt Medikamente, einen Badelift, Uhren mit Notruf, Lesebrillen. Ich lächle in mich hinein. Trotzdem schnuppere ich im redaktionellen Teil und entdecke einen Artikel über Sex im Alter, der mich neugierig macht. Natürlich spricht

eine junge Frau im Interview über Sex im Alter. Das ist wieder typisch. Ehrlich: Was will sie schon über Sex im Alter wissen? Und dann sagt sie etwas, was mich laut auflachen lässt. Da steht tatsächlich, dass man unbedingt Standschäden vermeiden solle. Die Intimzone müsse zweimal pro Woche durchblutet werden, notfalls halt, indem man sich selber verwöhne. Ich kriege das Grinsen gar nicht mehr aus dem Gesicht.
Standschäden!?!
Wenn Marlies das liest, fällt sie bestimmt vom Hocker und braucht Medikamente. Benzo-dings oder so.
Standschäden!
So was aber auch.
Und Paul wird missbilligend sagen: »Man sollte uns alten Leuten keine solchen Magazine geben.«
Ich lache weiter vor mich hin.
Was heute in diversen Zimmern vor sich geht, möchte ich lieber nicht wissen.
Und warum hatte dieses Mädchen von neulich – wie hieß es noch mal? –, genau, Melanie, wieso eigentlich hatte Melanie in ihrer Umfrage das Thema »Sex im Alter« ausgeklammert?
Haben Sie noch Sex – auf einer Skala von eins bis zehn?
Möchten Sie noch – auf einer Skala von eins bis zehn?
Wer weiß, vielleicht wäre sie nicht einmal errötet dabei. Ich jedoch bestimmt. Heute redet ja jeder über Sex. Wir habens damals einfach gemacht. Aber gut: Oft wäre es besser gewesen, man hätte mehr darüber geredet.
Na ja. Vorbei.
Immerhin schreibt die Frau dann noch, dass der Körper kein Ablaufdatum für Sex habe. Ein Hoffnungsschimmer für die, die diesbezüglich noch Pläne haben.

Plötzlich klopft jemand energisch an meine Zimmertür und holt mich aus meinen Gedanken. Ich überlege eine Sekunde lang, ob da einer – inspiriert von diesem Artikel – etwas von mir will. Aber dann geht die Tür schon auf. Wie ich das hasse: Mein Zimmer ist doch kein Rummelplatz! Hier kommt und geht jeder, wie es ihm passt. Ich kann nichts dagegen tun. Sicher, man klopft an. Das schon. Aber dann: Zack, schon steht wieder jemand im Raum. Einer bringt die frisch gewaschene Wäsche, eine kommt putzen, wieder jemand anders bringt Tee, wenn man Glück hat, kommt die Post. Dann wird wieder einmal jedem Bewohner von der Auszubildenden (Lehrling war gestern) der Blutdruck gemessen ... Ich bin doch nicht krank! Sogar nachts schaut man nach mir, obwohl ich dagegen protestiert habe. Da schlafe ich dann endlich ein, und plötzlich schleicht sich die Nachtwache herein und – nein, sie leuchtet natürlich nicht mit einer Taschenlampe in mein Gesicht, das nicht, aber sie erschreckt mich oft fürchterlich.
Heute ist es die Chefin persönlich, die geklopft hat und bei mir vorbeikommt.
Ich fühle mich zurückversetzt in meine Kindheit und überlege sofort, ob ich etwas falsch gemacht habe.
Nein.
Nicht, dass ich wüsste.
»Haben Sie kurz Zeit, Frau Niederberger?«, fragt Frau Meier höflich. Sie hat einen Brief in der Hand. Will sie mich rausschmeißen? Bloß weil die Taxen erhöht werden, kommt sie sicher nicht selber vorbei.
»Ich habe eine spannende Anfrage bekommen«, fängt sie an. Frau Meier setzt sich graziös auf mein blaues Sofa. Das wird wohl eine längere Audienz. Sie trägt heute ein dunkelgrünes Kleid, hochgeschlossen, knitterfrei. Die schöne Frau macht sich gut auf meinem noch schöneren Sofa.

»Sie haben doch über viele, viele Jahre einen Jungen in Kenia finanziell unterstützt?«

»Ja, Kipkogei hieß er. Aus dem kenianischen Hochland.«

Sie nickt, blickt auf ihren Brief und nickt weiter.

»Wussten Sie, dass er inzwischen ein erfolgreicher Buchautor geworden ist? Sein erstes auf Deutsch übersetztes Buch, ›Rosenkrieg‹ heißt es, ist gerade auf Platz Nummer vier in die Schweizer Bestsellerliste eingezogen.«

»Das freut mich. Freut mich sehr. Meinen Mann würde es noch viel mehr freuen. Es war seine Idee, sein Wunsch, den Jungen zu unterstützen. Schade, dass er das nicht miterleben durfte.«

Ich gehe zu meiner Kommode und muss nicht lange suchen. Da gibt es das Foto von dem kleinen, schwarzen Jungen in Schuluniform, vor einer Lehmhütte mit Strohdach. Es ist schon etwas vergilbt und abgegriffen. Ich habe es nur aufgehoben, weil es Xaver so viel bedeutet hat.

»Das ist er!« Ich halte ihr das Bild hin, und Frau Meier ergreift es fast ehrfürchtig. Noch habe ich nicht die geringste Ahnung, warum sie sich für das umstrittene Unterstützungsprojekt meines Xavers interessieren könnte.

»Ich habe vom Schweizer Fernsehen einen Brief bekommen. Man wollte wissen, wie gut es Ihnen gehe. Die Fernsehleute möchten nämlich mit dem Autor hier vorbeikommen. Er will sich persönlich bei Ihnen bedanken.«

Fernsehen? Nein! Ich schüttle den Kopf, noch bevor ich den Gedanken fertig denken kann.

»Zu viel Aufregung für mich«, lehne ich dankend ab. »Und es wäre auch nicht ehrlich. Ich selber habe diese Geldüberweisungen nämlich oft kritisiert. Xaver müsste die Ehrung bekommen. Aber ich freue mich schon sehr, dass etwas aus dem Jungen geworden ist.«

»Etwas? Seine Bücher werden in alle möglichen Sprachen übersetzt und sogar verfilmt. Und ohne Sie wäre das nicht möglich geworden.«
»Ach, er hätte bestimmt auch so seinen Weg gemacht. Er ist ja anscheinend ein schlaues Bürschchen«, wage ich einzuwenden. »Allerdings freue ich mich schon darauf, seine Bücher zu lesen.«
»Keine falsche Bescheidenheit. Er will Ihnen höchstpersönlich seine Bücher vorbeibringen. Ist das nicht toll?«, schwärmt Frau Meier mir vor. Worauf ich entgegne: »Ja, das wäre toll – wenn nicht das Fernsehen dabei wäre.«
Frau Meier schweigt. Es scheint, als hätte ich sie mit meiner Ablehnung total aus dem Konzept gebracht. Darum wiederhole ich gern: »Ich freue mich, wenn er hier vorbeikommt. Aber ohne Presse, ohne Fernsehen, einfach so. – Haben Sie sonst noch etwas auf dem Herzen?«
Die Direktorin druckst ein wenig herum. Es scheint ihr irgendwie peinlich zu sein.
»Na los!«, ermuntere ich sie.
»Gut. Es ist so: Ein wenig positive Presse würde uns sehr helfen. So eine spannende Geschichte wäre ausgesprochen gute Werbung. *Sie* wären gute Werbung für das *heimelig*. Ich könnte Ihnen sogar ein Honorar für den Fernsehauftritt bezahlen, wenn Sie das umstimmen würde.«
Ich lache sie aus. Sie kennt ja meine finanziellen Verhältnisse. Geld, das ist nun wirklich kein Argument für mich.
»Ich könnte Ihnen am Morgen vor den Aufnahmen die Friseuse vorbeischicken, eine Kosmetikerin, die sie ein wenig schminkt. Wir könnten zusammen ein schönes Kleid kaufen gehen?«
Meine Güte! Sie zieht wirklich alle Register.
»Diese Sache mit der Kapelle, die hängt mir einfach nach. Ich bräuchte gute Nachrichten aus dem Heim.«

Oh, ja, ich weiß, wovon sie spricht. Jemand hatte den Zeitungen gesteckt, wie unglücklich hier alle über die viel zu klein geratene Kapelle sind. Wahrscheinlich war es die Katechetin. Diese Kapelle ist ein konfessionsloser Gebetsraum. Damit könnten wir schon leben. Aber sonntags hat es da einfach viel zu wenig Platz. Letzten Sonntag haben wir deshalb eine kleine Demo organisiert und sind wirklich alle zum Gottesdienst gegangen. Mit Angehörigen. Mit den Leuten aus den benachbarten Alterswohnungen. Kim war auch da. Sie nannte das einen Flashmob und fand die aufmüpfige Aktion voll krass. Und ja, die Presse war auch eingeladen. Es gab dann auch prompt ein riesiges Chaos. Esther, die leicht demente Rollstuhlfahrerin, geriet in Panik und schrie herum. Und dann konnte man sie mit ihrem Stuhl kaum mehr wieder hinausfahren, weil alles so zugestellt und vollgeparkt war mit Rollatoren und Extrastühlen. Abgesehen von Esthers Geschrei war es ein friedlicher, aber effektvoller Protest. Der Gottesdienst musste abgesagt werden. Der katholische Pfarrer, der da war, segnete alle, hüllte uns in eine Weihrauchwolke, lächelte und erklärte anschließend der Presse, wie schockiert er über diese Zustände sei: »Ein neues Heim müsste doch eine besser durchdachte Infrastruktur haben. Es gab ja schließlich Erfahrungswerte aus dem alten Heim. Auch da war es schon immer sehr eng. Gerade am Lebensende suchen doch viele wieder Halt bei der Kirche, und dafür müsste man doch einfach einen Raum bieten können. Alles andere ist erbärmlich, beschämend.«

Die Medien stürzten sich im Sommerloch natürlich gern auf so ein Thema. Sogar das Fernsehen fragte nach. Bis ins »10 vor 10« hatte es unsere Aktion geschafft. Aber ändern können wird man an den räumlichen Gegebenheiten wohl nichts mehr. Dafür ist kein Geld da.

Ob da ein Autor aus Kenia noch etwas retten kann?

»Nennen Sie mir Ihre Bedingungen«, sagt Frau Meier kleinlaut.
Ich überlege.
Ich denke nach.
»Spiegeleier für alle!«, platzt es schließlich aus mir heraus.
»Spiegeleier? Für alle?«, fragt Frau Meier nach, völlig konsterniert. Wahrscheinlich zweifelt sie an meinem Geisteszustand.
»Sie wissen wirklich nicht, was hier im Heim los ist«, antworte ich leicht tadelnd. »Einige Bewohner haben schon mehrmals in der Küche vorgesprochen, weil sie so gern mal ein Spiegelei hätten. Der Koch erklärte ihnen, das sei verboten. Weil das Ei dann noch etwas roh sein könnte, von wegen Salmonellen und Hygiene und Gesetzen und so.«
»Wirklich?«
»Wirklich!«
Wir schweigen beide einen Moment. Da kommt mir die Idee.
»Eine Bewohnerkommission! Das ist es! Wir möchten die Wünsche der Bewohner sammeln und mit den zuständigen Personen diskutieren können. Wir möchten angehört werden. Wenigstens angehört. Das gilt auch für das Unterhaltungs- und Aktivierungsprogramm, den Menüplan, die Umbauten.«
Frau Meier schaut mich an, als würde sie mich zum ersten Mal sehen. Nicht ohne Respekt, wie mir scheint. Sie nickt langsam, fast bedächtig.
»Gut«, sagt sie. »Abgemacht.«
Wir reichen uns die Hände.
»Und dann noch ein Schwimmbad, eine Sauna, einen Billardtisch, eine Bar, eine Kegelbahn, Tanztee am Sonntag, asiatische Massagen für alle, Weindegustationsabende, eine hauseigene Pferdekutsche...«
Frau Meier steht lachend auf und unterbricht mich: »Übertreiben Sie es nicht!« Sie zeigt mir ihren mahnenden Zeigefinger und ruft

mir beim Verlassen meines Zimmers noch zu: »Fangen wir mal mit dem Spiegelei an.«

Wow!
Was für eine Revolution!
Spiegeleier für alle!
Ich fühle mich wie eine äußerst gelungene Mischung aus Che Guevara, Superwoman und Robin Hood.

10 : Spiegeleier für alle!

Tobias hat Tränen in den Augen.
Bloß wegen eines simplen Spiegeleis!
Im Alter werden Wünsche und Träume manchmal schon sehr, sehr bescheiden. Ich hebe ihm großzügig auch meines auf seine Rösti.
»Wie hast du das bloß geschafft?«, fragt er immer wieder bewundernd. Er hatte sich über die Jahre so richtig in seine Lust auf Spiegeleier hineingesteigert. »Langsam war ich wirklich auf Entzug«, lacht er. »Ich hatte früher zehn Hühner. Und Eier gab es immer. Jeden Morgen. Manchmal auch abends. Und zwischendurch. Eier von eigenen Hühnern schmecken einfach am besten. So wie auch die Tomaten aus unserem Garten besser waren als alles, was es heute so Geschmackloses zu kaufen gibt.«
Gut, das erklärt einiges.
Mit besonderer Freude schaue ich ihm jetzt zu, wie er die Spiegeleier andächtig in sich hineinschiebt, Gabel für Gabel, mit Ge-

nuss. Zuerst hatte er sorgfältig ein wenig Salz darauf gestreut, als wäre es eine besondere Zeremonie. Seine Freude macht mich glücklich.

»Es waren schöne Hühner. Glückliche Hühner«, erinnert sich Tobias mit jedem Bissen noch genauer. Und immer wieder bedankt er sich bei mir. Er erzählt weiter von seinen Tieren: »Denen musste man nicht die Schnäbel kupieren, was man heute, ohne mit der Wimper zu zucken, tut, weil es anders nicht gehe. Meine Hühner waren glücklich und sind nicht aufeinander losgegangen wie Kannibalen. Aber klar, heute, wo sie zu Hunderten und Tausenden gehalten werden, da ist das Kupieren nötig.«

Ich organisiere Tobias noch ein drittes Spiegelei. Sein Cholesterinspiegel wird ein Fest feiern, aber das wird ihn schon nicht gleich umbringen, wenn es doch sein bösartiger Krebs bisher auch nicht geschafft hat.

Jetzt erzähle ich meiner Tischgemeinschaft von meinem Deal mit der Direktorin. Paul nickt anerkennend. »Gut gemacht!«

Marlies lacht nur: »Mehr als ein Spiegelei wirst du in diesem Haus sicher nicht erreichen.«

»Abwarten«, sage ich nur, und Paul zwinkert mir zu. »Man muss es doch zumindest versuchen.«

»Danke«, sagt Tobias ein weiteres Mal, und es klingt, als käme es von ganzem Herzen. »Du hast schon so viel für mich getan. Danke. Du bist wirklich eine Freundin.«

Ach, das tut gut. Wellness für meine Seele.

»Sollten wir morgen an Salmonellenvergiftung sterben: Das war es wert«, übertreibt Tobias.

Worauf ich erwidere: »Sollte das passieren, dann werde ich dir ein Plastikspiegelei auf den Grabstein legen.«

Alle lachen, außer Marlies, die solche Witze pietätlos findet, was vielleicht auch so ist. Doch wie soll man ohne Humor überleben, in einem Haus, in dem der Bestatter häufiger zu Besuch kommt als die meisten Angehörigen?

Dann erzähle ich meinen Tischkameraden alles, was ich von Kipkogei weiß. Ich habe ihn gegoogelt. Kipkogei Kaitany heißt er mit vollem Namen. Und er sieht gut aus. Er muss wirklich sehr erfolgreich sein, und vielleicht habe ich sogar schon einmal eine Verfilmung eines seiner Bücher im Fernsehen gesehen. Klar, er kommt aus Kenia, das wusste ich ja schon, aus einem winzigen Dorf namens Chemogoch im Rift Valley in der Gegend von Nakuru, etwa tausendachthundert Meter überm Meer gelegen. Vier Romane hat er bis jetzt geschrieben. Alle spielen in Kenia, zeigen das Leben der Menschen, ihre Hoffnungen und ihre Sorgen. Ab und zu greift er die Politik an, kritisiert das System, hinterfragt alles und zeigt mit dem Finger auf wunde Punkte. Sein erstes auf Deutsch übersetztes Buch ist ein Krimi, der auf den umstrittenen Rosenfarmen im Hochland spielt. Eine Journalistin, die die Missstände in den Hallen, die Ausbeutung der Arbeiter, die Wasserverschwendung und die Vergiftung der Gewässer, eben den ganzen ökologischen Wahnsinn der Blumenfarmen aufdecken will, wird umgebracht. Dass Kipkogeis Geschichten so nahe an der Realität sind, macht sein Leben in Kenia ein wenig gefährlich. Doch im Moment schützt ihn sein großer internationaler Erfolg.

Der afrikanische Autor soll schon in zwei Tagen anreisen. Ich rufe Kim an, die ich gern an meiner Seite hätte, wenn er da ist. Aber sie kann nicht dabei sein.

»Das ist ja der absolute Wahnsinn!«, ruft sie aus. »Da passiert mal so was Spannendes, und ich muss arbeiten. Und ich kann mich nicht einmal krankmelden, weil ich dann ja im Fernsehen käme, was auffallen würde. So was aber auch!« Sie möchte am liebsten gleich in die Buchhandlung rennen und Kipkogeis »Rosenkrieg« kaufen, hat aber keine Zeit. Sie jammert: »Bei uns in der Abtei-

lung herrscht absolute Krisenstimmung. Hast du es gelesen? Wegen eines Softwarefehlers haben eine ganze Nacht lang die Klingeln im Spital nicht funktioniert, auch die Notrufknöpfe im Heim daneben blieben stumm. Jetzt wird natürlich unsere Arbeit infrage gestellt, unser Wissen, unser Können. Es nervt. Und verdammt, wir können den Fehler einfach nicht finden.« Für einen Moment bleibt sie still. »Noch nicht!«, fügt sie lachend an und verabschiedet sich.
Kim hat einen spannenden Job. Aber natürlich sind in der Informatikabteilung eines Krankenhauses irgendwelche Computerprobleme immer gleich lebensbedrohend. Meist hat sie aber alles im Griff. Sie ist schlau. Eine Füchsin.

Um mich von bevorstehenden Aufregungen abzulenken, befasse ich mich mal wieder mit dem Wort heimelig. Das Netz funktioniert nämlich gerade. Das muss man ausnutzen.
Ich suche Synonyme dafür.
behaglich, friedvoll, idyllisch,
wohlig, wohltuend, lauschig,
gemütlich, komfortabel,
wirtlich, harmonisch, bequem,
anheimelnd, angenehm ...
Puh! Wenn sich ein Altersheim *heimelig* nennt, dann setzt es sich die Messlatte selber wirklich sehr hoch. Unser Haus ist vom lauschigen, wohltuenden Flecken schon ziemlich entfernt. Andererseits sind so Namen wie Abendruh und Feierabend auch nicht gerade der Hit.
Ich surfe noch ein wenig durchs Internet und entdecke ein Interview mit der ältesten Schweizerin, die gerade hundertelf geworden ist. Hundertelf Jahre! Da hätte ich ja noch vierunddreißig Jahre vor mir. Gott bewahre! Ihr Ehemann starb vor fünfund-

vierzig Jahren. Sie hat keine Kinder. Da waren wohl auch viele einsame Jahre dabei. Die Frau klingt dann auch ziemlich abgeklärt. Es gehe ihr gut, sie sei nur etwas wackelig auf den Beinen und brauche zum Lesen eine Lupe. So weit, so gut. Aber dann sagt sie am Ende des Interviews, sie brauche und wünsche sich nichts mehr. Nur noch Geduld. »Bis dieses wahnsinnig lange Leben irgendwann endlich ausklingt.«
Das wahnsinnig lange Leben?
Es soll endlich ausklingen?
Ich sags doch immer: Die Länge des Lebens ist nicht entscheidend. Das Leben ist kein Durchhalte-Wettbewerb. Wichtig ist, dass man versucht, sich und andere glücklich zu machen. Eine schwierige Aufgabe. Meist scheitert man ja schon beim Verwirklichen des eigenen Glücks. Und viele sind darüber so frustriert, dass sie nicht mehr in der Lage sind, andere glücklich zu machen.
Und dann stolpere ich über die spannende Geschichte von Jessie Gallan, die in Aberdeen hundertneun Jahre alt geworden ist. Sie gibt Videotipps, wie man möglichst alt werden könne: »Das Geheimnis eines langen Lebens liegt darin, Männer zu vermeiden. Sie machen mehr Ärger, als sie wert sind.« Kann sie das wirklich wissen, wo sie doch nie verheiratet war? Ich möchte die Zeit mit Xaver nicht missen, auch wenn er tatsächlich manchmal Ärger gemacht hat. Dann lebe ich halt weniger lang, bevor ich die Liebe aus meinem Leben aussperre, sozusagen prophylaktisch. Man kann sich ja auch schon mit fünfzig in einen Sarg legen, vielleicht noch leicht gekühlt, dann lebt man möglicherweise noch länger, ist aber schon tot, ohne es zu wissen.
Ich will leben.
Diesen Wunsch spüre ich immer mehr.
Und dann stürzt das W-LAN wieder ab.

Verärgert hole ich ein Blatt Papier und eröffne eine Liste mit Bewohnerwünschen. Auf Punkt eins setze ich, ganz groß und deutlich geschrieben, den Wunsch nach einem durchgehend funktionierenden W-LAN. Das ist eigentlich schon gar kein Wunsch mehr, eher eine Forderung.
Ich schreibe – in Großbuchstaben – FORDERUNG und unterstreiche das Wort mehrfach. Irgendwann wird meine Bewohnerkommission stehen, und dann habe ich schon einen ersten Punkt nach den Spiegeleiern, den es durchzusetzen gilt.
Gerade habe ich die Liste weggelegt, da bringt eine junge Dame das Unterhaltungs- und Aktivierungsprogramm für die kommende Woche. Da steht zum Beispiel: Nachmittagskonzert mit Flöten-Florian. Meine Güte! Sicher wieder so ein armes Kind, das man gnadenlos gezwungen hat, Blockflöte zu lernen, und das jetzt extra hier bei uns auftritt, um etwas von der Tragik dieser elterlichen Folter bei uns abzuladen. Als hätten alte Menschen nicht auch Ohren, und als wären nicht auch unter uns wirklich musikalische Leute, die durchaus hören, wenn ein Musikschüler daherkommt, der prinzipiell alle Vorzeichen einfach ignoriert und versucht, mit Lautstärke darüber hinwegzututen, dass er eigentlich noch Lichtjahre davon entfernt ist, einem Publikum zugemutet werden zu können.
Schon muss ich also meine Liste wieder zücken. Meine zweite Forderung, na ja, man könnte es auch noch als Wunsch durchgehen lassen: Weniger, aber bessere musikalische Darbietungen. Keine Flöten-Florians und dergleichen mehr!

11 : Kipkogei

Das wird der verrückteste Tag meines Lebens.
Eine bizarre Mischung aus Komödie, Krimi und Reality-TV.
Beim Aufstehen ahne ich das allerdings noch nicht. Da bin ich noch relativ gelassen. Rundherum sind alle so nervös, dass mich das selber erstaunlich ruhig werden lässt. Ich ziehe mein blaues Seidenkleid an, das ganz zart mit Blumen-Silhouetten bedruckt ist, als wären es nur Bleistiftskizzen auf dem kostbaren Stoff. Es passt perfekt zu meinem Sofa und vor allem zu mir. Xaver hat es geliebt. Er hatte mir das Kleid zum siebzigsten Geburtstag geschenkt. Ich trage es nur zu ganz besonderen Gelegenheiten. Und besondere Gelegenheiten gibt es immer seltener. Leider.
Die Putzequipe kommt in doppelter Besetzung, noch bevor ich zum Frühstück gehe. Heute hat kein einziges Staubkörnchen eine Überlebenschance. Man will sogar die Fenster putzen.
Beim Frühstück bin ich natürlich der Star. Alle wissen: Heute kommen das Fernsehen und irgendein schwarzer Mann. Viel Rummel meinetwegen. Ich habe Marlies verboten, ständig vom »Schreibneger« zu sprechen. Es sollte sich doch inzwischen auch bei den Senioren herumgesprochen haben, dass es Redeweisen gibt, die nicht mehr angebracht sind. In meiner Gegenwart dulde ich das nicht. Bin ich da eigen?
Beim Friseur bekomme ich nicht nur einen rassigen Haarschnitt verpasst, der mich mindestens zwei Wochen jünger wirken lässt, sondern auch eine Kopfmassage, ein leichtes Make-up und blau

lackierte Fingernägel. Am Ende finde ich, dass ich ganz vorzeigbar aussehe.

Als ich wieder zurück ins Zimmer komme, bin ich schockiert, auf einer Skala von eins bis zehn etwa auf sechseinhalb. Eine riesige Vergrößerung von meinem kleinen, vergilbten Kipkogei-Foto aus der Kommode hängt hinter Glas an meiner Wand. Mitten im Zimmer steht eine prächtige Palme. Zum ersten Mal ist mein Bett mit rot-weiß karierter Bettwäsche bezogen. Soll das *heimelig* symbolisieren? Auf meiner antiken Truhe hat man ein Blumenarrangement platziert, als wärs ein Kindersarg. Auf dem Tisch stehen langstielige Schnittblumen in einer hässlichen Vase. Ist das überhaupt noch mein Zimmer?

So viel zur Authentizität ...

»Wir haben nur ein paar winzige Veränderungen vorgenommen«, entschuldigt sich Frau Meier.

Ha, winzig? Halten die mich für blind oder für blöd? Frau Meier trägt ihre Haare heute offen, ist leicht geschminkt und gewandet in ein knallrotes Kleid. Auf ihren schwarzen Stöckelschuhen läuft sie etwas unsicher.

»Sie sehen großartig aus«, sage ich, obwohl mir zuerst andere, bissigere Bemerkungen auf der Zunge lagen.

Sie errötet tatsächlich!

Altersweise, wie ich bin, jedenfalls manchmal, halte ich mir vor Augen, dass auch dieser Tag vergehen wird, und versuche, ruhig zu bleiben oder wenigstens so zu tun. Auch Letzteres hilft. Kann helfen. In ein paar Stunden ist alles vorbei, alles nur noch ein Stück Erinnerung, eine witzige Episode zum Weitererzählen, nur ein winziges Erlebnis in meinem langen Leben, ein Körnchen in meiner Sanduhr.

Ich atme tief durch. Dabei klammere ich mich an ein Glas Wasser, das mir Frau Meier gereicht hat.

Sie sorgt sich um mich.
Und sicher auch um sich und ihr Heim.

Das Fernsehteam kommt. Vier Personen. Großes Händeschütteln. Aufnahmeleitung, Kamera, Licht, Moderation. Ich werde gemustert und für okay befunden. Immerhin. Jetzt werden Lampen aufgebaut und weiße Schirme, die das Licht von da nach dort leiten und spiegeln. Der Tisch wird nach rechts gerückt, die Palme nach links. Der Hauswart muss kommen und das Foto von Kipkogei direkt über dem Sofa aufhängen. Dafür wird das Hochzeitsbild von Xaver und mir etwas verschoben, darf aber immerhin bleiben.
Ich atme bewusst und halte mich am Wasserglas fest.
Die Moderatorin heißt Amelie. Sie trägt zerrissene Jeans. Auch so eine dekadente Modeerscheinung, die ich nie verstehen werde. Ich mustere sie so unverfroren, wie es heute bei mir alle tun. Amelie ist jung und knackig, trägt ihre Haare extrem unordentlich aufgesteckt, versteckt ihre schönen Augen hinter einer Nickelbrille und hat nur einen Teil ihrer geblümten Bluse in den Hosenbund gesteckt. An einem Zahn blinkt und funkelt irgendetwas, das mich leicht irritiert. Ich entdecke ein viel zu großes Tattoo an ihrem schönen Hals. Ein asiatisches Schriftzeichen, das sie wohl selber nicht lesen kann. Sicher vermutet sie irgendeine Weisheit dahinter. Möglicherweise hat der chinesische Tätowierer aber nur »Ich bin blöde, weil ich mir ein Tattoo am Hals machen lasse« gestochen und sich innerlich halb totgelacht.
Die Gute redet ohne Punkt und Komma auf mich ein: »Bleiben Sie einfach locker. Bleiben Sie ganz so, wie Sie sind. Sie müssen nur hier sitzen und warten. Wenn der Autor kommt, stehen Sie kurz auf, gehen aber nicht aus dem Bild. Er wird sich zu Ihnen

setzen, ihr könnt ein paar Worte reden. Dann ist es schon vorbei. Wir können auch eine Szene wiederholen. Wir sind ja nicht live auf Sendung. Bleiben Sie locker.«
Locker?
Ganz so, wie ich bin?
Ich bin schon lange nicht mehr ich. Und locker schon gar nicht mehr.

Jetzt sei ich perfekt ausgeleuchtet. Aber es wird heiß im Zimmer. Zu viele Leute, zu viele Lampen, zu viel Aufregung. Ich spüre Schweißperlen auf meiner Stirn. Amelie pudert sie höchstpersönlich weg.
Ein Journalist unserer Lokalzeitung kommt dazu. Er will wissen, wie ich mich fühle. Bevor ich sagen kann, dass ich mich gar nicht mehr fühle, wird er weggeschickt, in die zweite Reihe, hinter die Palme sozusagen.
»Machen Sie Frau Niederberger nicht nervös!«, befiehlt Amelie. »Interviews erst anschließend.«
Als könnte mich jemand noch nervöser machen.
Schon wieder klopft es an meine Tür. Ich will aufstehen, aber alle schreien: »Nein!«
Ein junger Mann, den ich noch nie gesehen habe, steht vor der Tür. Er erschrickt, als er sieht, wo er da gelandet ist: mitten im Irrenhaus sozusagen. Ich sehe die Angst in seinen Augen, deshalb stehe ich auf und gehe zu ihm, ignoriere die Proteste der Filmleute.
»Wer sind Sie?«, will ich wissen.
»Guten Tag, Frau Niederberger. Ich bin Tomaso, ein Freund von Matteo.« Er reicht mir die Hand. Sie ist eiskalt. Umständlich klaubt er ein Paket aus seiner Umhängetasche, streckt es mir entgegen. »Würden Sie das für ihn aufheben? Vielleicht hole ich es

auch selber wieder ab. Aber ich muss verreisen, und Sie könnten mir damit sehr helfen. Nur aufbewahren.«
Ich nehme den sorgfältig zugeklebten und verschnürten Schuhkarton entgegen.
»Sicher.«
»Danke, Frau Niederberger, das ist sehr nett.«
»Bitte, Herr Tomaso, das mache ich gern. Grüßen Sie Matteo.«
Der junge Mann ist höflich, scheint aber aufgeregter zu sein als ich. Das ist eigenartig. Er spurtet schon wieder davon, und ich habe wahrlich gerade andere Prioritäten, als einem unbekannten jungen Mann hinterherzudenken. Ich schiebe den Karton in meinen großen Einbauschrank, einfach hinter den Stapel mit meinen Nachthemden, und setze mich wieder aufs Sofa.
Der Beleuchter ist leicht verärgert, weil er mich jetzt erneut ausleuchten müsse. Das amüsiert mich. Wollen die jede meiner Falten und Runzeln extra mit Licht füllen? Da brauchen sie aber viel Licht. So viel Aufwand! Ich bin und bleibe eine alte Frau, ob nun das Licht von links oder von rechts in mein zerfurchtes Gesicht fällt.
Schade, dass Xaver das nicht erleben darf. Schade, dass wir jetzt nicht gemeinsam auf diesem Sofa sitzen können. Er würde meine Hand halten. Das gäbe mir Sicherheit. Er wäre stolz, unglaublich stolz. Aus seinem Jungen ist ein Star geworden. Sein eigenes kleines Hilfsprojekt trug Früchte. Ich fand immer, das sei ein Tropfen auf einen heißen Stein, wenn man eine Einzelperson in einem so großen verarmten Land betreue. Ich war überzeugt davon, diese Art der Hilfe sei zu wenig nachhaltig. Heute wird mir vor Augen geführt, dass jeder einzelne Mensch jede Art von Hilfe verdient hat. Kipkogei hat seine Chance genutzt und etwas aus seinem Leben gemacht. Mit seinem Reichtum kann er sicher viele, viele andere Menschen in seinem Land glücklich machen. Und so wird aus dem

Regentropfen dann doch ein Wasserfall, ein Fluss, ein See, ein Meer. Mein Xaver war ein wunderbarer Mensch. Es rührt mich, dass ich mich ihm gerade jetzt so nahe fühle, in diesem Moment auf dem Sofa, mitten im Rummel. Es ist, als säße er neben mir. Ich spüre ihn fast. Und allein schon für dieses Gefühl lohnt sich das ganze Theater. Es ist *seine* Ehrung. Ich tue es für Xaver.
Alles, was jetzt kommt.
Für Xaver.
Leider hatte Kim heute keine Zeit, an meiner Seite zu sein. Das wäre lustig geworden mit ihr. Und meine Tochter Trudi, die habe ich gar nicht informiert. Warum auch. Jede Form von Entwicklungshilfe missfällt ihr total. Ich kenne ihre Argumente. Nicht alle sind falsch. Aber ich mag sie nicht mehr hören. Schon gar nicht heute.
Ich recke meinen Rücken gerade, streiche mein Seidenkleid glatt, zupfe an meiner neuen Frisur. Ich bin bereit. Möge der große Schriftsteller kommen.
Schon breitet sich erneut Unruhe aus. Das Auto mit Kipkogei sei vorgefahren.
Amelie macht ein paar Tonproben, spricht sinnlose Worte ins Mikrofon: »Test, eins, zwei, Test...«
Schritte im Flur. Die Tür ist jetzt offen.
Und dann kommt er. Umgeben von Begleitern, Journalisten, Blitzlichtern. Wie der Prinz aus Zamunda, nur ohne Krone, Zepter und Goldketten. Ein schöner, großer Mann. Eine sympathische, eindrucksvolle Erscheinung. Ein Gesicht, das nur aus einem Lächeln zu bestehen scheint. Ein breites, einnehmendes, warmes Lächeln, fast schon ein Grinsen. Er kommt langsam auf mich zu, ich stehe auf, und wir umarmen uns kurz. Mir kommen die Tränen. Das gefällt den Fernsehleuten. Sicher zoomen sie jetzt mitten in mein Gesicht. Und sie sind echt. Echter als alles rundherum.

Kipkogei setzt sich neben mich und wischt sich auch ein paar Tränen weg.

»Thank you, thank you!«, sagt er immer wieder. Und: »Asante sana, asante sana!«, was in Suaheli auch »vielen Dank« heißt.

Amelie spricht perfekt Englisch und weist ihn auf das Foto von dem kleinen Jungen vor der Lehmhütte hin, das über dem Sofa hängt. Ja, so habe er gelebt, bestätigt Kipkogei. Ohne Licht und Strom und Wasser, die ganze Familie in einem Zimmer. Alles, was er heute habe und sei, verdanke er mir.

Mensch!

Jetzt weine ich wirklich. Weil Xaver nicht da ist.

Ich zeige ihm ein Bild von Xaver und erkläre ihm, dass *er* der Wohltäter gewesen sei. Das ist Kipkogei egal. Anscheinend hat er jetzt einfach beschlossen, *mir* dankbar zu sein. Er wühlt in seiner Ledertasche, holt sein Buch heraus und überreicht es mir feierlich. Blitzlichter klicken und halten den Moment fest. Seine Widmung im Buch ist zwei Seiten lang. Ich bin gerührt. Was für ein Moment! Dann zeigt er mir Fotos, wie er heute in Nakuru lebt. Seine Hände zittern fast wie meine. Er hat ein großes Haus gebaut, in dem er mit unzähligen Leuten haust: Eltern, Geschwistern, Cousinen, Freunden. Namen fliegen mir um die Ohren, ich verliere schnell den Überblick. Er habe aber auch in London eine Wohnung, winzig zwar, doch nur für sich. Dorthin ziehe er sich oft zum Schreiben zurück, und praktisch sei auch, dass sein Agent ganz in der Nähe lebe.

Gerade als ich etwas ruhiger werde, mich fast schon ein wenig wohlfühle, läuft alles aus dem Ruder. Drei Polizisten stürmen mein Zimmer. Wirklich: Sie stürmen es! Mit einem Hund.

»Kantonspolizei Schwyz! Bitte bleiben Sie alle ruhig, keiner verlässt das Zimmer!« Das schreit einer, der eine Waffe in der Hand hält, die er aber immerhin nicht auf uns richtet. Immerhin.

Frau Meier fällt fast in Ohnmacht, sieht wohl die Zerstörung ihrer positiven Schlagzeilen und hält sich am Gestänge eines wackeligen Beleuchtungskörpers fest, der prompt umfällt. Es poltert und klirrt. Der Beleuchter schreit auf, als hätte man ihn persönlich angegriffen. Der Polizeihund macht einen Sprung zur Seite, streift dabei unglücklich das Tischtuch auf meinem Eichentisch, und die langstieligen Blumen fallen zu Boden, die hässliche Vase hinterher – sie zerbricht in tausend Stücke. Die Palme wankt. Sofort wird der Hund zurückgepfiffen, damit er sich nicht noch an den vielen Scherben verletzt.

»Was geht hier vor?«, frage ich fassungslos.

»Was machen Sie da?«, schreit Amelie hysterisch.

»Das hat ein Nachspiel!«, zischt die Direktorin.

Die Polizeibeamten sind etwas irritiert über die Anwesenheit so vieler Menschen in meinem kleinen Zimmer, dazu Presse und Fernsehen. Die Kameras laufen natürlich weiter. Die Journalisten freuen sich über die unerwartete Action.

Ist Kipkogei in Wahrheit ein Drogendealer?

Ein Terrorist?

Ein Schwarzer ist ja sowieso immer gleich mal verdächtig, egal, wen oder was man warum gerade sucht.

Kipkogei bleibt aber ganz ruhig, nimmt sogar meine Hand und drückt sie. »Hakuna matata«, sagt er ganz ruhig, mit tiefer Stimme. Alles wird gut. Er lächelt allerdings nicht mehr, sondern beobachtet mit finsterem Blick das Geschehen. »Sie zerstören einen wichtigen Moment«, sagt er dann in gebrochenem Deutsch.

Frau Meier hat sich wieder erholt und schlägt ihren bissigsten Ton an: »Raus hier! Sie haben keinen Durchsuchungsbefehl, oder? Verlassen Sie sofort das Zimmer! Ich bin die Direktorin dieses Hauses, Frau Meier. Kommen Sie mit in mein Büro! Ich will sofort wissen, was los ist.«

Einer der Polizisten reicht ihr die Hand, will sich vorstellen, und gerade als er wohl erklären will, weshalb sie hier sind, beginnt der Hund zu bellen. Er hockt vor meinem Kleiderschrank und bellt ihn an.

»Öffnen Sie den Schrank«, bittet mich der Polizist freundlich, aber bestimmt.

Kipkogei steht mit mir auf, was der Beamte nicht will: »Bitte bleiben Sie sitzen!«

Ich öffne den Schrank.

Was erwarten die?

Dass jetzt eine Leiche herausfällt?

Und wen sollte ich abgemurkst haben?

Und warum?

Erst als der Hund fast in das Fach mit den Nachthemden hineinkriechen will, wird mir alles klar. Ich greife nach dem Paket, das mir vorhin der junge Mann im Namen Matteos gebracht hat, und reiche es einem der Polizisten.

»Drogen?«, frage ich mit zittriger Stimme.

Die Polizisten nicken.

Meine Güte!

Ich eine Drogendealerin! Ich!

Das ist zu viel.

Jetzt knicken meine Beine weg.

Ich falle.

Zu viel.

Zu viel von allem.

Kipkogei springt auf, schubst die Journalisten weg, hebt mich hoch und trägt mich hinüber zu meinem Bett, da, wo keine Lampen hinleuchten. Liebevoll deckt er mich zu. Eine Krankenschwester kommt, um meinen Blutdruck zu messen. Der ist natürlich durch die Decke gegangen. Mein Herz rast. Ich nehme die Tablette, die man mir reicht, ohne zu fragen. Vielleicht eines dieser Benzo-Dinger? Egal. Ich lasse mich im Moment gern ruhigstellen. Ausnahmsweise.

12 : Drogenfund im Altersheim

Und während ich tatsächlich einen Moment lang wegdöse, bekomme ich gar nicht mit, wie die Polizei von allen Anwesenden die Personalien aufnimmt. Ich verpasse, wie Frau Meier die Diktatorin mimt und erklärt, ich sei in den nächsten Stunden nicht vernehmungsfähig. Sie lässt das Zimmer räumen, lädt allerdings Presse und Fernsehleute zu einem Mittagessen ein. Wahrscheinlich versucht sie, mit ihrem Charme die Wogen zu glätten und die Schlagzeilen doch noch in ihrem Sinne hinzubiegen. Dürfte ein schwieriges Unterfangen sein.
Drogenring im Altersheim aufgedeckt!
Drogenfund im Altersheim!
Drogendealerin ist schon 77!
Drogenhölle Altersheim!
Älteste Drogendealerin der Schweiz lebt im »heimelig«!
Schlagzeilen, wie sie grad vor meinem inneren Auge erscheinen – allesamt mit Ausrufezeichen versehen –, sind definitiv knackiger und sorgen für eine bessere Auflage als ein schwarzer Schriftsteller, der sich bei einer alten Dame für langjährige Unterstützung bedankt. Da kann er noch so lange Bestseller schreiben und berühmt und reich sein.

Als ich langsam zu erwachen beginne und vorsichtig aus einem winzigen Augenschlitz herausluge, in der Hoffnung, dass alles nur ein böser, ausgearteter Traum war, sehe ich Kipkogei, der in meinem Sessel sitzt und in ein kleines Büchlein schreibt. Schon bei meiner ersten Bewegung steckt er es ein und kommt sofort zu mir, setzt sich auf meine Bettkante und fragt, wie es mir gehe.
»Keine Ahnung, wie es mir geht. Es geht mir gar nicht, im Moment«, erkläre ich meinen Zustand.
Dann erzähle ich ihm ausführlich von Matteo, unserer Begegnung im Tessin und von dem kurzen Besuch des jungen Mannes heute, der sich Tomaso nannte und den ich vorher noch nie gesehen hatte. Ja, dieses verflixte Paket ...
»Ich habs einfach in meinen Schrank gelegt, ohne darüber nachzudenken, und es sofort wieder vergessen.«
Kipkogei hört mir aufmerksam zu und lacht dann. Er kann fast nicht mehr aufhören zu lachen.
»Ich wusste es: Sie sind niemals eine Drogendealerin«, sagt er.
Dann lässt er sich von mir die Adresse und den Namen von Matteos Blog diktieren.
»Matteo ist auch kein Drogendealer!«, betone ich.
Kipkogei lässt das einfach mal so stehen. »Ich gehe jetzt schnell nach unten und gebe der Polizei die Kontaktdaten, dann haben die schon mal was zu tun«, erklärt mein Beschützer und verlässt mich.
Ich versuche langsam, ganz langsam, mich aufzurichten. Mein Zimmer sieht aus wie ein Schlachtfeld. Vorsichtig weiche ich den Glasscherben aus und tapse ins Badezimmer. Ich fühle mich sehr wackelig auf den Beinen. Im Badezimmerspiegel sehe ich dann, dass auch ich aussehe wie ein Schlachtfeld. Das schöne Make-up ist verschmiert, die Frisur im Eimer. Ich muss weinen. Es hätte alles so gut werden können. Stattdessen ...

»Legen Sie sich bitte wieder hin«, höre ich hinter mir Frau Meier mit strenger Stimme sagen. »Wir haben Ihnen ein starkes Medikament gegeben. Ich möchte nicht, dass Sie mir noch umfallen.« Auch die schöne Direktorin sieht blass aus. Sie bugsiert mich ins Bett zurück und rapportiert: »Das Fernsehen ist okay. Die haben genug Material. Die wollen keinen Skandal, sondern einfach eine Dok-Sendung über den berühmten Schriftsteller Kipkogei Kaitany und seinen Bezug zur Schweiz drehen. Aber die Zeitungen, die werden natürlich ein paar heftige Schlagzeilen liefern. Herr Kaitany hat allerdings noch mehrere Interviews gegeben, sodass die Journalisten auch ein paar andere Themen hätten, falls sie denn wollten.«
»Es tut mir leid...«, stammle ich. Und dann fallen mir einfach die Augen zu, und ich döse wieder weg. Das hingegen tut mir gar nicht leid. Am liebsten würde ich gar nie mehr aufwachen, so erbärmlich fühle ich mich.
Das hätte ein großer Tag werden können.
Nun, er war groß, aber in erster Linie ein großes Desaster. Das wird niemandem etwas bringen. Die Schlagzeilen werden Kipkogei schaden, dem Heim, der Direktorin. Mir auch, aber das ist egal. Was habe ich schon zu verlieren? Ich bin nur ich.

Erst am nächsten Morgen zum Frühstück wage ich mich wieder unter die Leute. Ich bin wieder ich. Gern. Spüre keine Wirkungen des Benzo-Dings, oder was immer sie mir gegeben haben, mehr. Und auch mein Selbstvertrauen hat sich wieder eingestellt, gestern Abend schon, nachdem mein Zimmer geputzt, auf- und geräumt wurde. Keine Spuren der Zerstörung mehr. Keine Palmen und Blumengestecke. Das Bild von Kipkogei ließ ich hängen. Immerhin hat er gestern beim Abschied versprochen, wiederzukommen, allein, ohne den ganzen Rummel.

Jetzt schreite ich die Treppe hinunter und halte mich bewusst sehr aufrecht. Innerlich kann ich schon wieder ein wenig lächeln. »Achtung, die Drogen-Nelly kommt!«, möchte ich am liebsten rufen. Ich werde angestarrt, als wäre ich über Nacht zur Außerirdischen mutiert. Einige denken wohl tatsächlich, ich sei eine Drogendealerin, und klopfen sich auf die Schulter, weil sie sowieso immer dachten, ich sei irgendwie anders. Einige gönnen es mir möglicherweise, ein bisschen auf die Nase gefallen zu sein, weil ich mich doch einfach nie anpassen und einfügen wollte, immer noch eigene Wege ging. Das konnte ja nicht gut gehen. Alte Leute sollten sich ihrem Schicksal ergeben und gefälligst zur Ruhe kommen. Wieder andere sind vielleicht sogar neidisch. Immerhin ist bei mir noch etwas los. Action. Aufregung. Spannung. Nicht bloß das tägliche Warten auf den Abend. Nicht bloß die Nagelpflege oder der Friseur als Monatshöhepunkt. An meinem Tisch gibt es Gesprächsstoff für zehn Tische.

Ich genieße es, die Geschichte des gestrigen Tages zu erzählen. Ich schmücke das Chaos noch ein wenig aus, mache aus der einen Palme gleich drei und erzähle, dass man auf alle Möbelstücke rosafarbene, gehäkelte Deckchen gelegt habe. Das mögen an meinem Tisch nämlich alle nicht. Ja, da sind wir uns einig: Schöne Möbel mit gehäkelten Zierdecken verunstalten, das geht gar nicht. Auch nicht, wenn zufällig einer in der Familie gern häkelt. Aus den drei Polizisten mache ich ein zehnköpfiges Sonderkommando mit Kampfstiefeln und Gesichtsmasken, und etwas Tränengas lasse ich auch noch zum Einsatz kommen. Maschinengewehre zielen auf uns, und der Hund wird zur geifernden Bulldogge mit Maulkorb.

Meinen Zuhörern steht bald einmal der Mund offen. Zwei Serviererinnen stehen wie festgewachsen an unserem Tisch. Rundherum ist alles still.

Besonders schön ist die Stelle, wo Kipkogei mich aufhebt und durch den Raum zu meinem Bett trägt. Der Held. Der große Held.

Das kann ich gut: Geschichten erzählen. Und manchmal gehen dann die Pferde mit mir durch, wenn alle so gebannt zuhören. Kann es sein, dass ich im Allgemeinen zu wenig Aufmerksamkeit bekomme? Oder ist das nur eine Ausrede für eine schlechte Gewohnheit?

Na ja, schließlich stelle ich dann doch noch alles richtig. Die Geschichte ist ja auch so noch abenteuerlich genug. Aber jetzt glaubt mir keiner mehr so richtig. Egal. Das wars mir wert.

Ich bin einfach froh, dass alles vorbei ist. Und ich kann wieder lachen. Das ist wohl eine meiner größten Begabungen. Ich kann lachen, auch über mich selber, auch wenn es mal nichts zu lachen gibt.

»Wie kannst du das alles so leichtnehmen? Du hast Kontakt zu einem Drogenring. Das ist lebensgefährlich!«, erklärt Marlies jetzt.

»Ha!«, lacht da Tobias sarkastisch. »Nichts ist so lebensgefährlich wie unser hohes Alter, Marlies, das weißt du doch. Du schaust einfach zu viele Krimis.«

»Ich hatte ja gleich gesagt, dass man einem fremden jungen Mann nicht einfach vertrauen könne, und ich hatte recht!« Das zu betonen, lässt sich Marlies natürlich nicht nehmen.

Tobias gibt nicht auf: »Nur mal, damit es gesagt ist: Die meisten sexuellen Übergriffe, Vergewaltigungen und Morde sind Beziehungstaten. Das heißt: Täter und Opfer kennen sich.«

Marlies bleibt stur: »Ich finde trotzdem, Nelly sollte vorsichtiger sein. Was sie draußen so anstellt, ist ja ihre Sache. Aber sie sollte diese Männer nicht auch noch ins Heim holen. Damit gefährdet sie uns alle.«

Paul tut so, als wollte er sich mit seiner Krawatte erhängen, und verdreht gefährlich die Augen. Eine starke Geste für einen Mann, der sich sonst immer in Zurückhaltung übt.
Sollte ich Marlies daran erinnern, wer als Letztes Kriminelle ins Haus geholt hat, erst grad vor einem Monat? Und die waren wirklich frech und skrupellos. Sie hatten sich als falsche Polizisten ausgegeben, sich mit einem Anruf und irgendeinem Ausweis das Vertrauen von Marlies erschlichen und ihr von einer Diebesbande im Altersheim erzählt. Sie wurde gefragt, ob sie Wertgegenstände habe, die sie bis zur Aufklärung der absolut geheimen Ermittlungen in die Obhut der Polizei geben wolle. Und ja: Marlies hat den falschen Polizisten, die vor ihrer Zimmertür standen, Geld und Schmuck gegeben, alles, was sie hatte, beispielsweise einen alten Brillantring, dem sie seither täglich hinterherweint.
Marlies schämte sich dermaßen, dass sie diesen Betrügern auf den Leim gegangen war, dass sie eine Woche nicht mehr nach unten zum Essen kam. Vielleicht ging es ihr anfangs auch gesundheitlich schlecht. Natürlich haben sich alle hier über sie lustig gemacht. Man stelle sich das vor: Niemand hat sie überfallen oder ausgeraubt. Sie gab ihre Schätze freiwillig her, in einer Tüte! Irgendwann wurde das Thema dann langweilig oder ging vergessen, und man sprach nicht mehr davon. Und ich habe dann Marlies eines Tages höchstpersönlich aus ihrem Zimmer und nach unten zum Essen geholt.
Natürlich erwähne ich diese Geschichte jetzt doch nicht.
Wir machen alle Fehler.
Die einen früher, die anderen später.
»Ich habe schon so viel aus meinen Fehlern gelernt, ich glaube, ich mache noch ein paar«, habe ich neulich gelesen. Das bringt es doch auf den Punkt: Hauptsache, man lernt aus seinen Fehlern. Das kann man auch noch im Alter. Wenn man denn will.

13 : Trudi tobt

Nein, nicht alle machen Fehler.
Ich habe meine Tochter Trudi vergessen.
Die macht ja immer alles richtig.
Glaubt sie.
Plötzlich steht sie an unserem Frühstückstisch und knallt mir eine Zeitung auf den Teller.
»Wie konntest du nur!«, zischt sie erbost. »Wenn dir schon nichts mehr peinlich ist, dann denk doch wenigstens an uns, an unsere Karrieren, die wir uns mühsam erarbeitet haben. Ich schäme mich so.«
Ich schaue auf meine Tochter, diese schöne, erfolgreiche Frau, und schäme mich gerade auch ein bisschen. Aber nicht wegen mir.
»Guten Morgen, Trudi«, sage ich betont freundlich und unaufgeregt. »Du bist aber schon früh hier. Herzlich willkommen in unserem heimeligen Heim.«
Auch meine Tischkameraden grüßen sie ganz besonders freundlich und unbeeindruckt. Das interessiert Trudi nicht. Sie muss jetzt einfach ihre Wut loswerden, und da kennt sie gar nichts.
»Deine Reiserei war mir doch von Anfang an suspekt. Und jetzt sind schon Drogen im Spiel. Und was ist mit diesem afrikanischen Schriftsteller? Wieso kommt der zu dir? Wegen der Drogen? Nimmst du Drogen? Du solltest dich wirklich schämen!«
Ja, meine Tochter hat es schwer.

Und sie hat keine Ahnung.
Vor allem das.
Würde sie häufiger vorbeikommen oder anrufen, wüsste sie Bescheid. Und Xaver hatte doch wahrlich oft genug von seinem kenianischen Schützling gesprochen. Aber im Moment mag ich gar nicht mit Trudi reden. Ich bin ihr keine Rechenschaft schuldig. Und wenn sie in diesem Ton mit mir schimpft, dann werde ich besonders aufmüpfig. Ich bin zu alt, als dass man so mit mir umspringen könnte.
Ich ignoriere meine wütende Tochter, stehe auf und hole mir einen Kaffee. Langsam. Allerdings zittern meine Hände ein wenig dabei. Sie eine Weile links liegen zu lassen, das hat schon funktioniert, als sie noch ein Kind war und uns mit ihren Wutausbrüchen terrorisierte. Obwohl ich heute erkennen muss, dass es keine besonders wertvolle, jedenfalls keine nachhaltige erzieherische Maßnahme gewesen sein kann. Trudi hat sich ganz offensichtlich noch immer nicht unter Kontrolle und meint, alle müssten vor ihr zittern, wenn sie laut wird. Und wie gesagt: Ein ganz klein wenig zittere ich tatsächlich. Ich bin es einfach nicht gewohnt, dass man so mit mir umspringt. Das macht mich dann doch auch etwas wütend. Und traurig. Eigentlich vor allem traurig. Warum kann ich nicht ein schönes, liebevolles Verhältnis zu meiner Tochter haben? Mit Kim, meiner Enkelin, gelingt mir das doch wunderbar.
»Ich werde das mit Frau Meier besprechen. Vielleicht sollte man dich unter Aufsicht stellen. Du bist doch nicht mehr voll bei Sinnen«, spuckt mir Trudi vor die Füße, als ich mit meinem Kaffee zum Tisch zurückkomme, wo sie wie zur Salzsäule erstarrt gewartet hat.
»Dann solltest du dich vielleicht mit der Kesb in Verbindung setzen«, antworte ich eiskalt, innerlich total aufgewühlt.

Trudi schnaubt wortlos und geht dann, grußlos, erhobenen Hauptes, einfach davon. Die gefährlich hohen Absätze klappern durch den Saal.
»Bis bald«, ruft ihr Marlies nach.
»Knackiger Hintern«, sagt Tobias laut und schaut ihr ungerührt hinterher.
Marlies schaut ihn strafend an. Aber Tobias hat es geschafft, mich zum Lachen zu bringen. Allerdings nur kurz. Dann fange ich an zu weinen, sacke zusammen zu einem kleinen Häufchen alte Frau und schluchze leise vor mich hin.

Gut, dass beim Frühstück nicht alle Heimbewohner gleichzeitig im Speisesaal sitzen. Diesen Auftritt haben alle mitbekommen, die da waren, und sie werden ihn nicht so schnell wieder vergessen. Nachdem Trudi mir lautstark mit Vormundschaft gedroht hat, habe ich allerdings alle auf meiner Seite, kann mit der Empörung aller Zuhörer rechnen, egal, was sie vorher über mich gedacht haben.
Ich bin sehr verletzt. Ich weiß, warum ich Streitereien hasse. Xaver und ich haben nie gestritten. Natürlich ist dabei auch manches einfach unter den Teppich gekehrt worden, über das man besser gesprochen und diskutiert hätte. Sicher war das nicht immer gut, und oft hat einer einfach geschluckt, was er sagen wollte, Kompromisse gemacht und gute Miene zum bösen Spiel. Trotzdem: Wir konnten alles zu einem späteren Zeitpunkt thematisieren, ohne Wut und Zorn, in einem normalen Gespräch, bei passender Gelegenheit. Im Streit sagt man so vieles, was man nachher bereut. Aber es bleibt gesagt. Die Verletzung ist da. Vieles kann man zwar später verzeihen, aber vergessen? Ein Stachel im Fleisch, der sich unter Umständen entzündet, vereitert und am Ende eine Blutvergiftung auslösen kann.

Ich weiß, es gibt Paare, die ständig streiten. Das ist okay und für ihr Umfeld oft sehr unterhaltsam. Kein Problem. Das ist ihre Art, zu leben und zu lieben. Meine war es nie und wird es nie sein.
Und jetzt hat meine eigene Tochter mich in der Öffentlichkeit derart böse angegriffen, so verletzend und erniedrigend. Ein großer Stachel. Ein sehr großer. Ich weiß, sie war aufgeregt und aufgebracht, und sie hatte keine Ahnung, was passiert war. Sie war außer sich und machte sich Sorgen um mich, um ihren Ruf, um die Karriere von Joshua. Ist das eine Entschuldigung? Sie hätte sich doch zu mir setzen können und fragen: »Mama, wie geht es dir? Was ist passiert? Kann ich dir helfen? Erzähl!« So stelle ich mir Tochterliebe vor.

Paul blättert in der Zeitung, die Trudi mir hingeknallt hat. Wie erwartet: eine fette Schlagzeile. Dazu ein kleiner Text und dann ein riesiges Bild mit viel Durcheinander drauf.
»Du siehst gut aus!«, sagt Paul anerkennend und zeigt mir das Foto.
Ich sitze mit schreckgeweiteten Augen auf dem Sofa neben Kipkogei, dem sogar der Mund offen steht. Diverse Requisiten der Fernsehcrew, Polizisten, der Hund: Alles hat irgendwie irgendwo auf diesem Bild Platz gefunden. Fast ein Wimmelbild. Es ist dem Fotografen gelungen, den chaotischen Moment im Bild festzuhalten, mit all unseren Emotionen. Aber in der Tat: Ich sehe gut aus. Ein bisschen Make-up hilft enorm. Das merke ich mir.
»Ich sehe höchstens aus wie fünfundsiebzig«, kommentiere ich leise.
»Allerdings auch so, als stündest du kurz vor einem Herzinfarkt«, meint Marlies dazu.
Die dicke, reißerische Schlagzeile lautet: »Drogenfund im Altersheim«. Und darunter im Lead: »Die perfekte Tarnung – ist die

77-jährige Bewohnerin des Altersheims *heimelig* Chefin eines Drogenrings?«

Immerhin mit Fragezeichen. Und natürlich wird im Text dann alles aufgeklärt. Er ist sogar ausgesprochen fair, der Text. Jedes Wort stimmt. Mein voller Name wird zwar erwähnt, aber es wird auch auf die Dok-Sendung im Fernsehen hingewiesen. Und ich werde sogar ein bisschen gefeiert, weil ich Kipkogei unterstützt hätte, als er noch unbekannt und arm gewesen sei.

Leider ist es halt so, dass viele Leser – gerade dieser Zeitung – über Titel, Lead und Foto niemals hinauskommen. Lesen ist ihnen zu anstrengend. Dass sich nicht einmal Trudi die Zeit genommen hat, alles zu lesen, vielleicht sogar zweimal, erstaunt mich schon. Sehr. Sie ist doch ein intelligentes Kind. Sie hätte beim aufmerksamen Lesen realisieren müssen, dass alles nur ein Sturm im Wasserglas ist. Ein winziger Sturm im winzigen Wasserglas. Ein Stürmchen. Dass sie überhaupt diese billige Zeitung liest, die immer alles aufbauscht, übertreibt und der die Fakten nicht wirklich am Herzen liegen, das erstaunt mich auch.

Es ist dann Frau Meier, die mich beruhigt und tröstet. Sie holt mich in ihr Büro, wo sie mir ein Glas Wasser und ihr Taschentuch anbietet und wissen will, was vorgefallen ist, das mich derart aus der Fassung gebracht hat. »So kennen wir Sie ja gar nicht!«, schließt sie.

Und hört mir zu. Sie lässt mich ausreden. Sie nickt. Sie ist bei mir. »Ja, ja. Ich habe auch ein paar besorgte Telefonate von der Gemeinde und von Angehörigen von Bewohnern bekommen«, sagt sie dann lächelnd. »Ich werde heute Nachmittag eine kleine Rundmail losschicken, um alle zu beruhigen. Man kann die Leute ja nur bitten, den Text ganz zu lesen. Frau Niederberger, Sie wissen doch, die Zeitung von heute ist das Altpapier von morgen«, will sie mich beruhigen.

Ich rechne ihr das hoch an, weil ich ihr – im Gegensatz zu meiner Tochter – ja wirklich Ärger und Kummer bereitet habe. Ungewollt natürlich. Aber halt doch. Und jetzt ist sie für mich da, zu einem Zeitpunkt, in dem eigentlich sie Unterstützung gebraucht hätte.
»Wir stehen das durch, Sie und ich«, verspricht sie sogar. »Und wegen der Kesb: Bleiben Sie unbesorgt. Sie sind geistig so etwas von klar, da mache ich mir gar keine Sorgen.«
»Danke«, wiederhole ich mich immer wieder. Ich schwöre mir, sie nie mehr Rottenmeier zu nennen.
Frau Meier nimmt sich wirklich Zeit für mich. Sie erzählt ein paar Geschichten aus ihrem Alltag als Direktorin und gibt mir damit den Raum, mich zu beruhigen. Mir wird klar: Sie ist eine gute Frau mit einer unlösbaren Aufgabe. Frau Meier hat ein großes Herz, steht aber zwischen allen Fronten. Sie sieht zwar die Bedürfnisse der Bewohner, des Personals, der Pflege, wird aber durch die Vorgaben der Gemeinde immer wieder ausgebremst. Sie arbeitet in der Gewissheit, nie allen gerecht werden zu können, ständig Kompromisse machen zu müssen, kämpft in vielen Schlachten gleichzeitig, schlägt sich ständig mit Bau-, Finanz- und vor allem Sparplänen herum.
»Geht es wieder? Kann ich Sie allein lassen?«, fragt Frau Meier nach einer Weile.
»Sicher. Ich danke Ihnen. Für alles.«
»Lassen Sie sich nicht aus der Ruhe bringen. Alles wird gut. Die Zeit arbeitet für uns. Bald ist alles aufgeklärt und vergessen.«
Sie entlässt mich sogar mit einer kleinen Umarmung. Wie hatte ich mich doch getäuscht in dieser Frau. Sie kann durchaus herzlich sein, wenn man sie lässt und wenn man sie braucht.

Aufgeklärt und vergessen. Darauf freue ich mich.
Aber glaube ich daran?

14 : Aufgeklärt

Die Drogengeschichte klärt sich tatsächlich schnell auf. Da war wohl schon sehr viel Polizeiarbeit im Voraus gelaufen. Und ich bin dankbar, dass ich gar nicht richtig befragt werde. Die Angaben, die Frau Meier und Kipkogei machten, haben offenbar gereicht, und man verzichtet auf eine offizielle Einvernahme oder gar eine Anklage. Erstaunlich, wurde das Drogenpaket ja eindeutig bei mir gefunden. Aber anscheinend traut man mir in meinem Alter wirklich kein Verbrechen dieser Art mehr zu. Im Gegenteil, ein Polizist, Herr Bachmann, kommt am Nachmittag bei mir vorbei und berichtet: »Ich kann Sie beruhigen, Frau Niederberger, Ihren jungen Freund, Matteo Milano, haben wir gestern vernommen und von A bis Z durchleuchtet. Er hatte noch nie etwas mit Drogen zu tun, ist nicht vorbestraft und wird nicht mehr verdächtigt, irgendetwas mit der Sache zu tun zu haben. Wir haben auch die Wohnung seiner Freundin durchsucht und verschiedene Drogentests gemacht. Er ist sauber.«
Das tut mir in der Seele gut. Meine Menschenkenntnis ist doch nicht völlig daneben.
»Sein Freund allerdings, der sich Ihnen als Tomaso vorgestellt hatte, in Wahrheit aber Simon heißt, Simon Garcias, der Typ, der Ihnen das Drogenpaket zur Verwahrung gegeben hat – er ist sehr wohl vorbestraft. Der wandert jetzt mal für eine Weile in den Knast. Zeit, dass er von der Straße wegkommt. Simon und Matteo kennen sich aus ihrer Jugend. Kürzlich haben sie sich getroffen,

und da hat Matteo von der Begegnung mit Ihnen und seinem Blogeintrag über Sie gesprochen. So kam Simon, als er merkte, dass ihm die Drogenfahndung auf den Fersen war, auf die Idee, das Paket vorübergehend bei Ihnen zu deponieren.«
»Eine gute Idee. Eigentlich. Keiner hätte normalerweise bei mir Drogen gesucht.«
»Ja, aber wir waren schon zu nahe an ihm dran. Garcias hat seine Gitarre schon immer eher als Alibi benutzt, um unauffällig überall herumreisen zu können und sich mit allen möglichen Leuten zu treffen. Und: Er spielte lausig. Wissen Sie, ich verstehe etwas davon, spiele selbst Gitarre. Und zwar ganz gut.«
Der Polizist macht eine heftige, wilde Bewegung, als würde er Luftgitarre spielen, gibt erschreckende Geräusche von sich und verzieht sein Gesicht. Erst als er meinen irritierten, leicht tadelnden Blick bemerkt, hört er damit auf. Wo kommen wir denn hin, wenn nun auch Vertreter des Gesetzes das Gefühl haben, sie müssten den Clown spielen? Unglaublich! Als Nächstes wäre er wohl noch auf meinen Tisch gesprungen!
Jetzt bedankt sich Bachmann offiziell für meine Mitarbeit – welche Mitarbeit denn, bitte schön? – und entschuldigt sich für die Umstände, das Chaos, die Störung. Allerdings nicht für die Luftgitarre.
Ich erzähle ihm, dass diese Drogengeschichte für mich noch nicht abgeschlossen ist: »Meine Tochter überlegt sich, ob sie mich bevormunden lassen soll, weil ich jetzt im Drogenhandel mitmische. Und Bewohner unseres Heims glauben, ich würde sie in Gefahr bringen, weil ich mit meinem sorglosen Umgang auf Reisen kriminelle Subjekte herlocken würde.«
Bachmann lacht tief und laut: »Hohoho ... Sie sind eine tolle Frau. Da stehen Sie doch drüber, oder? Verbuchen Sie es als Abenteuer. Stoff für Ihre Biografie.«

Und was wäre dann wohl der Titel meiner Biografie?
Je mehr ich über meine Biografie nachdenke, desto stärker weiß ich, dass mein Leben noch nicht zu Ende ist. Ich bin noch nicht fertig. In mein Buch, das nie geschrieben wird, muss einfach noch etwas mehr Spannung und Action rein. Die letzten Kapitel können doch unmöglich nur aus Sitzen und Warten bestehen, aus möglichen Krankheiten und Einschränkungen, aus ein paar Gesprächen am Esstisch, aus Putzlappen zusammenfalten und dem geduldigen Ertragen von Flötenfolterdarbietungen. Da schlafen meine imaginären Leser ja ein!
Auf jeden Fall werde ich meine Reisen wieder aufnehmen.
Der Buchstabe C ruft!
Ich lasse mich doch nicht unterkriegen.
Niemalsnie!
Weder von Drogendealern und schon gar nicht von der eigenen Familie.

Kim kommt vorbei, um sich meine neusten Abenteuer erzählen zu lassen. Sie ist Familie, aber sie ist wunderbar! Sie hört mir zu, lacht mit mir, leidet mit mir, reißt die Augen auf, den Mund – alles an der richtigen Stelle.
»Das ist ja einfach der pure Wahnsinn! Und ich habe dieses Abenteuer verpasst? Ich wäre so gern dabei gewesen. Sooo gern!«
Den anschließenden Auftritt ihrer Mutter mag sie nicht groß kommentieren. »Wie immer. Wenn man sie braucht, kann man nicht auf sie zählen«, sagt sie nur leise und traurig und fragt nach einer Weile nachdenklich: »War sie immer so?«
Was soll ich darauf antworten, als Mutter ihrer Mutter? Das Eis ist da dünn, sehr dünn. Ich versuche es: »Trudi war immer schwierig. Aber ein Kind ist ja nicht einfach so von sich aus schwierig. Also werden wir, dein Großvater Xaver und ich, als Eltern irgend-

wie irgendwo versagt haben. Erziehung ist ein heikler Job. Keiner kennt den einzigen, richtigen, wahren Weg. Darum versuche ich auch immer wieder, einen Schritt auf Trudi zuzugehen. Diesmal ist sie allerdings schon sehr weit gegangen. Da müsste mal ein Schrittchen von ihrer Seite her kommen ... Aber eigentlich ist es nicht richtig, dass ich mit dir so über deine Mutter spreche.«
Kim denkt nach und meint dann mit treuherzigem Blick: »Vielleicht hast du das falsche Kind bekommen, und sie wurde im Spital vertauscht?«
Darüber muss ich herzlich lachen.
»Nette Idee, Kim. Deine Mutter kam allerdings daheim zur Welt. Damals hatte man noch Hausgeburten! Verwechslung ausgeschlossen. Und dann wärst du ja am Ende auch nicht meine Enkelin, und das würde mich schon schwer erschüttern. Du bist meine absolute Lieblingsenkelin! Jeder Besuch von dir ist ein großer Lichtblick in meinem Leben, das weißt du. Weil du so intelligent, so liebenswert und so fürsorglich bist. Und schön. Und witzig. Ich bin sehr stolz auf dich, und ich hab dich sehr lieb.« Das musste einfach mal gesagt sein. Falls ich morgen von Drogendealern umgebracht oder gekidnappt werde, habe ich immerhin nicht verpasst, diese wichtigen Sätze bei meiner Enkelin zu platzieren.
»Du bist lieb – und, na ja, lustig«, sagt sie jetzt, »absolute Lieblingsenkelin! Du hast ja nur ein Enkelkind – mich!« Sie schaut mich herausfordernd an. »Übrigens, Mama hat einmal gesagt, nur schon ihr Name sei eine ständige Beleidigung. Trudi, so würden doch nur Trampel heißen.«
Das höre ich nun doch zum ersten Mal in dieser Form, und ich frage Kim, ob sie wisse, wie ihre Mutter denn gern geheißen hätte.
»Keine Ahnung. Sie hätte wohl lieber einen Namen, der etwas mehr hermacht. Wie Marie-Claire, Penelope oder Amélie.«

Ich weiß, dass Trudi sich ab und zu anders nennen lassen wollte, Gertrud zum Beispiel. Aber dann nannten die Leute sie Gerti, und das wollte sie auch wieder nicht. Ich verteidige die Wahl von Trudis Namen: »Weißt du, so hieß Xavers erste Liebe. Sie ist an irgendeiner schlimmen Krankheit gestorben, bevor die beiden sich wirklich kennen lernen konnten. Ich weiß es nicht genau und habe erst sehr spät mitbekommen, worum es deinem Großvater ging. Es war auf jeden Fall eine liebevolle Auswahl des Namens deiner Mutter, und ich war einverstanden damit.«
Muss ich mich jetzt bei meiner längst erwachsenen Tochter für ihren Namen entschuldigen?
Als Eltern steht man auf einem permanenten Minenfeld. Die Gefahren lauern überall. Man trägt immer die ganze Verantwortung für alles, auch nach Jahrzehnten noch. Und man ist prinzipiell an allem schuld, auch an jedem Problem, das die Kinder irgendwann später bekommen, wenn sie längst erwachsen sind, an jeder Macke, die sie im Lauf ihres Lebens entwickeln, auch wenn sie nicht mehr unter dem Einfluss der Eltern stehen. Egal, was passiert, es hat immer alles auch mit der Kindheit zu tun. Wird jedenfalls behauptet. Vielleicht ist Trudi also nur deshalb so ehrgeizig geworden, weil sie immer das Gefühl hatte, besser als ihr Name sein zu müssen? Sie hat bloß ihren Namen kompensiert?
Nein, nein, diesen Schuh ziehe ich mir nicht an!
Es gibt Frauen, die Brunhilde heißen, auch heute noch, und Männer, die als Ignaz leben müssen. Sie sind trotzdem für ihr Leben verantwortlich. Und – das nur ganz nebenbei – mein Name, Nelly, ist jetzt auch nicht wirklich die Programmierung für ein spezielles, besonderes, aufregendes Leben.

»Ich fahre morgen nach Chur!« Das habe ich soeben spontan beschlossen, und Kim freut sich, dass ich wieder auf Kurs bin.

»Was hast du dort Spannendes vor?«, will sie wissen.
»Nichts«, antworte ich wahrheitsgemäß. »Ich lasse mich einfach mal treiben.«
Kim mustert mich aufmerksam. Treibenlassen, das gehörte wohl bisher nicht zu meinem Wortschatz.
»Gut, gut«, sagt sie und mustert mich misstrauisch.
»Ich werde Kipkogeis Buch mitnehmen und endlich anfangen, es zu lesen«, erkläre ich, und das beruhigt meine Lieblingsenkelin ein wenig.

15 ⋮ C wie Chur

Das ist das Kapitel, in dem Nelly, die nach Chur wollte, nie dort ankam.
Für den Buchstaben C steht eine wirklich kurze Geschichte.
Klein, aber unfein.

Ich warte auf dem Perron des Bahnhofs Arth-Goldau auf meinen Zug nach Zürich, wo ich in einen direkten Zug nach Chur umsteigen will. Das sieht heute nach einer lockeren Reise aus. Ich habe ein Buch eingepackt, das mir Frau Meier empfohlen hat: »Unsere Seelen bei Nacht«, ein Roman von Kent Haruf. Allein schon die Tatsache, dass sie mir ein Buch empfohlen hat, macht mich neugierig darauf. Eigentlich wollte ich ja den Kipkogei-Roman lesen. Aber dann war mir das Buch zu wertvoll, um es auf eine Zugreise mitzunehmen. Nur schon der Widmung wegen.
Ich stehe also auf dem Perron und warte.

Aber dann fährt kein Zug nach Nirgendwo.
Und ich komme erst mal gar nicht zum Lesen.
Jedenfalls nicht im Zug.
Auf dem Display, auf dem normalerweise die Zugformation und die Abfahrtszeit angezeigt werden, steht plötzlich nichts mehr. Und dann lese ich dort: »Verlassen Sie sofort den Bahnhof! Folgen Sie den Anweisungen der Polizei!« Gleichzeitig erklingt nach einem hässlichen Knacken aus dem Lautsprecher die gleiche Durchsage: »Verlassen Sie sofort den Bahnhof…!«
Mein Herz schlägt jetzt ein wenig lauter und schneller. Die Menschen auf dem Perron setzen sich in Bewegung. Alle hühnern planlos herum, in unterschiedliche Richtungen. Ich würde gern irgendwelchen Anweisungen der Polizei folgen, nur ist da keine Polizei. Der erste Einsatzwagen kommt wohl grad erst. Von weitem sind die Sirenen zu vernehmen. Die aufgeregten Passagiere spekulieren, und ich höre nur immer wieder: »Bombendrohung«. Das klingt bedrohlich. Aber keiner weiß Bescheid.
Bombendrohung.
Terrorangriff.
Geiselnahme.
Noch kann man sich anscheinend etwas aussuchen.
Aus dem Bahnhofsgebäude kommen zwei Männer und ziehen sich neongelbe Info-Westen an. Sie haben aber noch keine Infos und tippen nervös auf ihren Handys herum, weil sie schon von fragenden Menschen umkreist sind und keine Antworten anzubieten haben.
Ich verlasse den Bahnhof, langsam, ganz so, als wäre dies ohnehin mein täglicher Spaziergang. Wir sollen uns zum Kreisel begeben, höre ich plötzlich von allen Seiten. Ich begebe mich. Inzwischen trifft mehr und noch mehr Polizei ein. Die Zufahrt wird gesperrt.

»Kann ich Ihnen helfen?«, fragt mich eine junge Frau, die völlig außer Atem ist und wohl eher selber Hilfe bräuchte.
»Atmen Sie ganz ruhig tief durch«, rate ich ihr statt einer Antwort. Sie kippt mir sonst noch um.
»Ich weiß, ich weiß, ich bin Krankenschwester«, sagt sie und bleibt bei ihrer nervösen Schnappatmung. »Mir macht das Angst. Und ich sollte zu einem Vorstellungsgespräch nach Zug. Wirklich wichtig.« Sie schaut ratlos vor sich hin ins Leere.
Ich frage vorsichtig: »Sie haben doch sicher ein Handy?«
Die junge Frau hat es in der Hand, zeigt es mir, hält es mir hin, als wäre es ein toter Vogel, und sagt: »Der Akku ist leer!« Gleichzeitig schießen ihr Tränen in die Augen. Ich reiche ihr mein Handy, was sie überrascht.
»Sie haben ein Handy? Und Sie geben es mir einfach so?«
Aber natürlich hat sie keine Nummern, denn die sind in ihrem eigenen Verzeichnis gespeichert. Ich muss ihr schließlich tatsächlich helfen, die Nummer ihres möglichen neuen Arbeitgebers zu suchen, so sehr ist sie aus dem Häuschen, einfach nicht mehr in der Lage, klar zu denken. Während die junge Frau ihren Anruf tätigt, schaue ich mich um. Allgemein sieht es so aus, als würde es länger dauern. Alle haben ihr Handy gezückt und versuchen, sich zu organisieren, Termine zu verändern oder abzusagen. Einer telefoniert schon mit der Redaktion eines Gratisblatts und hofft wohl auf ein kleines Honorar dafür. Vorher hat er Fotos gemacht, ohne zu fragen natürlich, auch von mir und der jungen Frau.
Ich höre aber auch, wie sich Fahrgemeinschaften bilden. Ersatzbusse seien ebenfalls geplant, aber das wird noch etwas dauern. Bevor die junge Frau mir mein Handy zurückgibt, habe ich schon eine Fahrt nach Zug für sie organisiert, mit einem äußerst charmanten, knackigen Fahrer übrigens. Er wohnt hier in der Nähe und holt jetzt seinen Wagen.

»Ein blonder Mann mit einem schwarzen Dacia Duster. Er braucht nur wenige Minuten, bis er wieder hier ist und Sie abholt.«

»Danke«, sagt die junge Frau und schaut mich mit großen Augen an. Vielleicht habe ich ein wenig an ihren Vorurteilen gegenüber Alten gerüttelt. Wäre doch schön.

Die Spekulationen gehen inzwischen in alle Richtungen. Sogar eine Geiselnahme im Postgebäude ist im Gespräch. Ein Terrorist in einem Zug wird erwähnt. Eine Kindesentführung. Aber wissen tut keiner wirklich etwas. Inzwischen sind Sondereinheiten im Kampftenü vorgefahren und einige davon schnell wieder davongerast. Auch die Feuerwehr ist vor Ort.

Es wird noch länger dauern.

Und es ist ernst.

Das ist das Einzige, was überall bestätigt wird.

Also gehe ich ins Café Pfenniger an der Parkstraße. Das kenne ich schon von früher. Es existiert bereits seit 1941 und liegt nahe, aber genug weit entfernt. Falls der Bahnhof tatsächlich in die Luft fliegen sollte, bin ich hier sicher.

Erst als ich dort an einem Tisch in der Ecke sitze, merke ich, wie ich zittere. Es ist mir sogar ein wenig übel. Ich schaue ohnehin schon kaum mehr Krimis, aber so mittendrin zu stehen, ungefragt, ungewollt, unvorbereitet, mitten im Drama mit ungewissem Ausgang, das ist schon fast etwas zu aufregend für eine alte Dame. Wieder etwas für meine Biografie, würde der Luftgitarren-Polizist Bachmann sagen.

Dabei wollte ich doch nur nach Chur.

Ganz und gar unspektakulär.

Bloß einen Ausflug machen.

Nur einen Ort mit dem Anfangsbuchstaben C besuchen.

Ich bestelle mir einen Milchkaffee und öffne mein Buch. Ich werde hier sitzen bleiben und mich beruhigen. Ich tauche ein in Harufs Geschichte von Addie und Louis. Die beiden alten, verwitweten Nachbarn beschließen, die Nächte in Zukunft meist gemeinsam zu verbringen. Dabei geht es nicht um Sex, sondern um das Durchbrechen der Einsamkeit, die sich vor allem nachts im riesigen Bett so bedrückend anfühlt. So steht es im Klappentext. Eine eigenartige Geschichte. Und unrealistisch. Da kommt die Nachbarin, die bisher einfach nur Nachbarin war, klopft an die Tür und macht so ein verrücktes Angebot. Dabei kennen die sich kaum!
Ich gebe dem Buch eine Chance, weil Frau Meier es empfohlen hat. Möchte sie auch, dass ich mich zu irgendwelchen Zimmernachbarn ins Bett lege? Hat sie vielleicht schon jemanden für mich im Auge? Ich werde herausfinden, was sie mir mit der Buchempfehlung sagen will.
Ich beame mich also in eine andere Welt, in die Kleinstadt, in der Addie und Louis fast Tür an Tür leben.
Die Erde dreht sich jetzt nicht mehr.
So was kann ich: abtauchen in eine Geschichte und alles um mich herum vergessen. Das ist die Magie des Lesens. Die hat bei mir schon immer funktioniert. Ich höre keine Sirenen mehr, die Hände werden wieder ganz ruhig, ich fühle und lebe mit den beiden alten Leuten in meinem Roman.
Irgendwann stupst mich die Bedienung an und macht mich darauf aufmerksam, dass mein Handy klingelt.
Oh, das ist mir peinlich. Viele Gäste schauen mich an. Vorwurfsvoll. Neugierig. Kopfschüttelnd. Schnell klaube ich das Telefon aus meiner großen Handtasche.
»Mama, bist du okay? Ist alles in Ordnung? Geht es dir gut? Bist du wirklich in Goldau?«

Ach, meine Tochter Trudi macht sich Sorgen. Sie klingt völlig aufgelöst. Ich bin beeindruckt. Ihre Fürsorge tut mir richtig gut. Gerade fährt wieder ein Fahrzeug mit Sirene am Café vorbei.
»Wieso sagst du nichts? Bist du verletzt? Im Spital? Wohin soll ich kommen?«
»Alles gut, Trudi, alles gut!«, stoppe ich meine Tochter schließlich, obwohl ich gern noch ein wenig diesen aufgeregten Fragen zugehört hätte, die ausnahmsweise frei von jedem Vorwurf daherkommen, stattdessen sehr fürsorglich klingen.
In schlechten, billigen Spielfilmen müssen ja oft zuerst Tragödien passieren, damit die Hauptfiguren ihre wahren Gefühle füreinander erkennen. Da donnern dann zur richtigen Zeit am richtigen Ort Lawinen ins Tal. Da stellt der Arzt irrtümlich eine falsche Diagnose. Da steht der Wald rund ums Haus in Flammen. Da liegt einer schwer verletzt im Spital, weil er vom Pferd gefallen ist. Da findet man heraus, dass X doch nicht mit Y verwandt ist. Alle spüren plötzlich, wie viele Gefühle sie füreinander haben, wie viel sie einander bedeuten, und so wird dann das Happy End eingeläutet.
Friede, Freude, Eierkuchen.
Große, dicke, fette Krokodilstränen.
Anschließende ewige Liebe.
Das Finale zeigt eine Großaufnahme des Brautpaars auf der Kirchentreppe. Alles wird gut.
»Kim hat mir eine SMS geschickt«, sagt Trudi jetzt. »Du seist möglicherweise gerade auf dem Bahnhof Goldau, sie könne sich aber nicht um dich kümmern. Und dabei ist doch dort gerade eine Bombe hochgegangen? Oder sie explodiert noch. Von einem Terroranschlag war die Rede. Bist du in Sicherheit?«
»Ganz bestimmt. Ich sitze im Café Pfenniger, lese ein schönes Buch und trinke eine Tasse wirklich guten Milchkaffees. Allein dafür hat sich die Reise schon gelohnt.«

»Das ist gut. Das ist sehr gut«, sagt Trudi, schon etwas leiser und weniger aufgeregt. Ich höre, wie sie bewusst ein- und ausatmet. »Soll ich dich abholen? Ich hätte gerade Zeit.«
»Gern. Sehr gern. Aber keine Eile, Trudi. Lass dir Zeit.«
Sie legt einfach auf.
Das ist Trudi.
Ich lese weiter.
Aber ein Lächeln hat sich in meinem Gesicht eingenistet.
Als Trudi nach etwa dreißig Minuten im Café Pfenniger ankommt, umarmt sie mich kurz und drückt mich an sich.
»Ich bin so froh, dass es dir gut geht«, sagt sie und haucht mir einen Kuss auf die Wange. Sie riecht nach einem frischen, exotischen Parfüm. Auf der ganzen Fahrt über Umwege Richtung Altersheim höre ich keinen Vorwurf. Ich war auf unwillige Fragen gefasst, warum ich denn jetzt schon wieder nach Chur habe fahren müssen, und warum ich nicht, wie alle anderen Alten, einfach in einem Sessel sitzen könne und auf den Abend warten, das Heim sei doch schließlich teuer genug. Aber nein, wir plaudern nett und höflich, und ich fühle mich wohl, geborgen, abgeholt.
Im Heim kann Trudi dann aber nicht schnell genug wieder losfahren. Irgendeine wichtige Sitzung. Das ist okay. Ich habe immerhin ein ganz klein wenig spüren dürfen, dass ich ihr nicht gleichgültig bin und dass es hinter ihrer perfekten Fassade doch auch Tochter-Gefühle gibt. Ja, ich habe in letzter Zeit manchmal daran gezweifelt.

So bin ich von meinem C-Ausflug schon aufs Mittagessen wieder zurück im *heimelig*. Alle fragen mich aus, während wir Gemüselasagne essen, und wollen neugierig wissen, wo denn nun welche Bombe wie eingeschlagen habe. Eigentlich müsste mir die Aktivierungsfachfrau des *heimelig* längst ein Honorar bezahlen, weil

ich hier ständig zur Unterhaltung beitrage und Gesprächsstoff liefere, der nichts mit Krankheit und Tod zu tun hat, sondern mit dem lebendigen Leben. Diesmal erzähle ich keine erfundene Gräuelgeschichte von herumfliegenden Leichenteilen oder so. Ich weiß ja nicht einmal, wie das alles ausgegangen ist oder was noch geschehen wird. Da erschiene mir meine Fantasie doch etwas unpassend. Auch nur am Rande in so ein Geschehen verwickelt gewesen zu sein, das reicht mir. Da brauche ich gar nichts auszuschmücken oder zu übertreiben.
»Es hat mir ein wenig Angst gemacht«, gebe ich schließlich zu.
»Das Leben ist per se schon mal lebensgefährlich«, meint Tobias ungerührt. Einmal mehr höre ich diesen Satz von ihm, scheint mir. Aber in seinem Alter darf er sich ja schon mal wiederholen. »Man kann zur falschen Zeit am falschen Ort sein und trotzdem überleben, weil die Zeit zum Sterben einfach noch nicht reif war«, doziert er weiter. »Ich selber müsste ja längst tot sein und lebe doch noch recht munter daher. Ich glaube schon, dass eine höhere Macht bestimmt, wer nun gehen muss oder darf und wer noch durchhalten soll.«
Marlies nickt.
Paul stimmt zu.
Wir sind uns ausnahmsweise einmal alle erschreckend einig.

Ein Mittagsschlaf ist mir heute nicht möglich. Die Aufregung hat sich wohl doch noch nicht ganz gelöst. Ich lese also in meinem Buch weiter. Mich irritiert, dass im ganzen Buch alle Dialoge ohne Anführungszeichen gesetzt sind. Ist das auch wieder so eine neue Mode? Einfach mal etwas anders machen als normal? Oder ist das die neue, noch neuere Rechtschreibung? Manchmal bin ich echt froh, dass ich schon so alt bin und mich nicht mehr mit allem abgeben muss. Aber irritieren tut es mich halt. Trotzdem lese ich den ganzen Nachmittag, bis meine Augen schmerzen. Die Geschichte der beiden Leute ist so wunderbar erzählt. Die entstehende Liebesgeschichte berührt mich irgendwie ganz tief in meinem Innern. Vielleicht gibt es da tatsächlich auch noch so ein paar Sehnsüchte, die ich mir aber versage, verwehre, die ich gar nicht aufkommen lassen will.

Beim Abendessen weiß Tobias bereits über alles Bescheid, was heute in Goldau los war. Er hat seine Augen und Ohren immer überall. Er berichtet: »Ich habe im Radio gehört, dass in einem Zug aus Italien irgendein Spinner den anderen Passagieren seinen Sprengstoffgürtel gezeigt habe. Alles werde in die Luft fliegen, posaunte er herum. Man wollte den Zug zuerst in Goldau stoppen, darum die Evakuierung, ließ ihn dann aber doch erst hinter dem Bahnhof auf freiem Feld halten und hat den Spinner rausgeholt. Es ist keinem etwas passiert. Der Sprengstoff war nicht echt.«
Aha. Schon wieder stürmte es in Wassergläsern.
Aber natürlich muss man auch Spinner ernst nehmen. Heute scheint es mir immer schwieriger, zwischen »echten« und »falschen« Spinnern zu unterscheiden. Die Terroranschläge der letzten Jahre haben viel verändert in unserem Bewusstsein. Die Behörden sind überempfindlich und immer gleich auf hundert, Gewehr bei Fuß. So muss es wohl sein.
Aber was am Ende zählt: Es ist nichts passiert.
Viel Aufregung, viel Panik, großes Polizeiaufgebot, Sondereinsatzkräfte, die Feuerwehr im Einsatz, das schon.
Aber keiner wurde verletzt.
Keiner hat sich wehgetan.
Wen kümmert es, dass eine alte Frau ihr C-Ziel nicht erreicht hat?
Es kümmert ja nicht einmal mich.
In dieser Nacht kann ich wunderbar schlafen.

16 : Gefährliches Gift

Tobias ist beim Frühstück wieder außer sich über eine Zeitungsschlagzeile. »Täglich vergiftet sich ein Patient im Altersheim«, zitiert er sie und liest dann aus dem Artikel vor: »Meist ist die Ursache eine Verwechslung oder eine falsche Dosierung. Nicht jeder Fehler führt zu einer Vergiftung, aber liegt eine vor, verläuft sie in Altersheimen meist schwer. Schuld an der Zunahme von Fehlern sei der Pflegenotstand, kommentierte der Branchenverband des Schweizer Pflegefachpersonals.«

Tobias kann sich so herrlich aufregen, wenn er grad Lust dazu hat. Er stürmt gern in seinem eigenen Wasserglas.

Ich lache ihn aus: »Das ist doch nichts Neues, Tobias. Erzähl uns etwas, das wir noch nicht wissen.«

»Es ist nicht neu, aber halt trotzdem ein Skandal, gerade weil es keinen interessiert«, betont Tobias. »Als man mir neulich diese Abführtropfen gegeben hat statt meines Morphiums, da fragte ich mich wirklich, ob die mir beim Sterben ein wenig nachhelfen wollten, ob sie zu wenig freie Zimmer haben oder mich einfach nicht mehr ausstehen können.«

Ui, das fand ich tatsächlich auch ziemlich schlimm. Tobias saß den halben Tag über auf der Toilette, war hinterher total geschwächt und dehydriert. Und der Verstopfte, Theo aus Zimmer 310, kam so zu einer bewusstseinserweiternden Erfahrung mit legalen Drogen und grinste sinnlos vor sich hin. Da halfen dann auch die beiden großen Blumensträuße, die Frau Meier

Tobias und Theo persönlich mit einer Entschuldigung überbrachte, nicht viel.

»Alle lieben dich, Tobias, das weißt du doch«, sagt Marlies, und es schwingt ein wenig Neid mit – von dieser Art Beliebtheit kann sie nur träumen. Aber Leute, die ständig ihre Unzufriedenheit vor sich her tragen, als wäre es ein Orden, neidisch auf jeden sind, prinzipiell, und keinem etwas gönnen, die hat man halt ganz allgemein nicht so wahnsinnig gern.

Paul will auch noch etwas zum Thema beitragen: »Meine Tee-Geschichte gehört ja auch in dieses Kapitel. Ihr wisst schon, das mit dem Zitronenmelissetee…«

Meine Güte!

Ja, das war ein Ding!

Wir hatten eine Schwerpunktwoche zum Thema »trinken«. Die meisten Senioren würden zu wenig trinken, verkündete Frau Meier, was wohl auch stimmt. Und so wurden wir eine Woche lang ziemlich penetrant zum Trinken animiert. Paul wollte nicht noch mehr Wasser trinken, und Tee im Allgemeinen löste bei ihm zwangsläufig nicht sehr angenehme Kindheitserinnerungen ans Kranksein aus. Man bot ihm also einen etwas anderen Tee an, einen, den er noch nicht kannte: Zitronenmelissetee. Er helfe gegen Blähungen, Schlafstörungen, nervöse Herzbeschwerden, Stresssymptome und allerlei mehr, schwärmte man ihm vor. Paul nickte das Wunderheilmittel ab, auch wenn er keine der erwähnten Beschwerden hatte.

Er erinnert sich mit Schaudern: »Der erste Schluck schmeckte ziemlich widerlich. Aber ich wollte nicht als Banause dastehen, der nur trinkt, was er kennt. Mutig nahm ich noch einen Schluck. Dann musste ich erbrechen. Schließlich stellte man fest: Schwester Jasmin hatte mir den Entkalkeressig aus dem Wasserkocher serviert, immerhin leicht gezuckert.«

Wir alle kennen diese Geschichte schon auswendig, doch sie schockiert uns trotzdem immer wieder.
»Pflegenotstand«, kommentiert Tobias trocken.
Das ist wohl tatsächlich der Grund für vieles, was hier schiefläuft. Das Personal ist eigentlich großartig, mitfühlend, fürsorglich. Die meisten hier würden alles für uns tun – wenn sie denn Zeit hätten, oder die Ausbildung dazu, und die Kompetenzen.

Heute bin ich eine brave Heimbewohnerin. Ich gehe zum Putzlappenfalten und mache keine Ausflüge oder sonst irgendetwas Aufmüpfiges, lege mich weder mit Bombenlegern noch mit Drogendealern an. In einem Gemeinschaftsraum falte ich zusammen mit ein paar anderen Heimbewohnern Lappen nach Vorschrift, sortiere sie sorgfältig nach Farben, türme sie vor mir auf, bin mit vollem Einsatz bei der Arbeit. Dazu hören wir ein Wunschkonzert im Radio und singen mit, wenn wir ein Stück gut genug kennen. Gut, ein paar singen immer mit, improvisieren auf ihre ganz eigene, unkonventionelle Art.
Hätte mir jemand vorausgesagt, ich würde einmal freiwillig irgendwo Putzlappen falten, hätte ich laut gelacht.
Diesmal gibt es einen kleinen Zwischenfall, der wohl noch lange für Gesprächsstoff sorgen wird. Eine Pflegerin schiebt eine Frau im Rollstuhl ins Zimmer, wohl ein Neueintritt, eine schmale, blasse Person mit lichtem Haar.
»Das ist Marie-Therese Betschart«, wird sie uns vorgestellt und Marie-Therese nickt, schaut aber relativ grimmig in die Welt.
Wir winken ihr zu, grüßen sie, wissen ja alle selber noch mehr oder weniger gut, wie schwierig unser erster Tag im Heim war. Sie aber lässt sich wortlos an einen freien Platz schieben, wo man ihr einen Haufen Putzlappen hinschiebt. Sie scheint wenig Lust zu haben, diese zu falten. Im Gegenteil. Sie knüllt die Teile zu-

sammen und schmeißt sie ihrem Gegenüber an den Kopf. Ihr Gegenüber ist unser Paul. Dieser sitzt da wie versteinert. Und Marie-Therese wirft Lappen um Lappen, und zwar nicht fröhlich und im Spaß, sondern so, als wären ihre Geschosse Handgranaten und als täte sie nichts lieber, als Paul damit für immer zu vernichten. Sie legt eine echte Leidenschaft an den Tag. Bevor jemand reagieren kann – denn eine Weile gelingt das keinem –, steht Paul einfach auf und geht. Erst dann schiebt eine Pflegerin die laut und unverständlich vor sich hin keifende Frau aus dem Raum.

Beim Abendessen, als die neue Heimbewohnerin unseren Paul mit Hackbällchen bewirft – allerdings die Flugbahn ihrer Kugeln sehr schlecht berechnet und somit uns alle trifft –, bis sie von einer Bedienung aus dem Saal gefahren wird, erklärt sich Paul: »Das ist meine Exfrau.«
Wir wussten nicht einmal, dass er verheiratet war, sind also entsprechend überrascht.
»Scheint keine besonders harmonische Ehe gewesen zu sein«, meint Tobias trocken.
»Stimmt«, sagt Paul. »Ich war kein guter Ehemann, und bei der Scheidung, da hatte ich einen super Anwalt, einen Freund von mir, und wir haben Marie-Therese so richtig über den Tisch gezogen. Sie hat also alles Recht der Welt, mich mit irgendetwas zu bewerfen.«
Ich mustere ihn kritisch. Macht er Witze? Nein, er meint das ernst.
Marlies mischt sich ein: »Sie hat meine Bluse ruiniert. Entweder sie übt das Zielen noch, oder ihr müsst diesen Krieg woanders austragen. Draußen am besten.«
Ich nicke.

Wo sie recht hat, hat sie recht.
Eines ihrer Hackbällchen-Geschosse ist in meinem Tee gelandet und hat meine Seidenbluse vollgespritzt. Aber das ist nicht so wichtig. Die Angriffe sollten jedoch auf keinen Fall Tag für Tag so weitergehen. Ich versuche, das ganze Drama zu verstehen.
»Ist denn das nicht alles unglaublich lange her?«, frage ich.
»Dreißig Jahre«, erklärt Paul ruhig.
»Ist das nicht irgendwie verjährt?«, denke ich laut nach.
Doch Paul nimmt seine Exfrau in Schutz: »Marie-Therese ist dement. Sie bringt vieles durcheinander. Und vielleicht denkt sie, es sei erst gestern gewesen.«
Das kann ja heiter werden!
Tobias erinnert sich: »Wir hatten schon einmal zwei Männer hier, die früher als Nachbarn total zerstritten waren. Sie beschimpften und bespuckten sich im Speisesaal, jedes Mal, wenn sie sich begegnet sind. Das war schon fast unsere tägliche Unterhaltungsshow. Keiner der beiden blieb auf seinem Stockwerk, wo man ja auch essen könnte. Sie haben das etwa drei Monate durchgehalten, wurden dann aber wohl streitmüde, und plötzlich sah man sie tagsüber gemeinsam auf einer Bank vor dem Haus sitzen und plaudern.«
Na ja, auf der gemeinsamen Plauderbank sehe ich Paul und Marie-Therese heute und morgen noch nicht. Da sind wohl erst einmal ein paar Benzo-Dingsbums-Tabletten fällig. Ich würde sie der streitlustigen Dame sogar eigenhändig in den Tee mischen, wenn dafür unser Tischfrieden wiederhergestellt wäre und Paul nicht mehr so bedrückt wirken würde. Er war ja nie eine Stimmungsbombe, immer eher beobachtend, zurückhaltend. Aber jetzt ist er noch leiser und stiller.
So was aber auch.
Sehr unheimelig.

Am Nachmittag kommt Kim zu Besuch, und sie besteht darauf, sich den angekündigten Flöten-Florian anzuhören. Sie hat schon zu oft meine Klagen über die musikalische Unterhaltung hier ertragen müssen und erklärt: »Jetzt will ich das mal selber hören.«
Bitte.
Sie muss selber wissen, was sie sich zumuten will.
»Selber schuld«, sage ich ungnädig. »Dann geben wir ihm halt eine Chance. Marie-Therese wird ihn sicher mit irgendwas bewerfen, wenn er wirklich schlecht ist – falls sie das überhaupt noch hört.«
Ich habe Kim natürlich sofort über die neusten Ereignisse im Heim informiert.
»Das ist ja wie in einer Soap, was da bei euch so abgeht. Wenn das so weitergeht, ziehe ich auch hier ein.«
Kim lacht und ist fröhlich, aber sie sieht schlecht aus, blass und abgekämpft. Ich spreche sie darauf an, und sie meint, dass möglicherweise eine Grippe im Anmarsch sei. Mich beschleicht ein ungutes Gefühl, aber ich bohre nicht weiter, werde sie nur im Auge behalten.

Unser größter Saal ist voll besetzt, wie immer, wenn irgendwer irgendetwas vorträgt. Die meisten hier sind ja nicht verwöhnt und nehmen jede Abwechslung dankend an. Selbst wenn diese Darbietungen nicht halten, was sie versprechen, was meist der Fall ist, gibt es ja doch neuen Gesprächsstoff. Dafür kann ja nicht immer allein ich zuständig sein.
Der Flöten-Florian ist jedoch eine echte Überraschung. Da steht kein Dreikäsehoch, der hemmungslos auf seiner Flöte herumtutet, wie ich befürchtet hatte. Hier steht ein gestandener Musiker, ein schöner Mann, und er kann tatsächlich spielen. Gut, ja, er spielt auch Blockflöte, eine Sopranino, das schon, aber nur schnelle

Ländlermusikstücke, bei denen er in schwindelerregendem Tempo Fingerakrobatik betreibt, wie beispielsweise beim »Urchigen Muotathaler«. Dann spielt er auf der Querflöte klassische Stücke, immer begleitet von einem geschmackvollen Halbplayback aus seinem Ghettoblaster. Aber richtig mucksmäuschenstill wird es im ganzen Saal, als der Mann seine Panflöte hervorholt. Da schmelzen alle dahin. Ich sehe rundherum verklärte Gesichter, sogar ein paar versteckte Tränen.
Panflöte!
Sie klingt wirklich extrem gefühlvoll. Der Ton hat etwas Überirdisches, Berührendes, das mitten ins Herz geht. Als würde der Atem des Flötisten direkt in Musik übergehen. Der schöne Florian bläst in die Bambusröhrchen und zaubert daraus nicht nur Töne, sondern tiefe Gefühle. Ich muss ein paarmal schwer atmen.
Kim hört andächtig zu.

Panflöte.
Xaver würde uns auslachen.
»Hirtenflöte«, nannte mein Ehemann die Panflöte. »Etwas für Banausen.«
Trudi wollte als junges Mädchen so gern in der Musikschule der ersten Panflöten-Klasse beitreten.
Das passte Xaver überhaupt nicht. »Panflöte kannst du irgendwann lernen, so nebenbei. Panflöte ist völlig irrelevant in der klassischen Musik – eine lächerliche, gebastelte Röhrchentute. Willst du vielleicht irgendwann auf der Straße spielen? Ist es das?«
Ich liebe Xaver heute noch, aber er hatte schon auch seine Macken. Damals hat er Trudi manipuliert, ihr von einem großen Orchester vorgeschwärmt und ihr eine mögliche Karriere als Musikerin beschrieben. All das sei mit so einer simplen Panflöte nicht möglich. Und prompt lernte Trudi brav Querflöte spielen, ein

Jahr lang. Dann legte sie das Instrument weg und fasste es nie mehr an. Ob sie heute auch in Altersheimen spielen würde, hätte man sie Panflöte spielen lassen? Würde sie auch so vielen Bewohnern Tränen in die Augen zaubern?
Ja, viele sind richtig gerührt.
Flöten-Florian!
Wer kam denn auf diesen Namen? Total abwertend. Passend für einen Musikschüler im ersten Schuljahr.
Wenn schon, dann vielleicht:
Flöten-Zauberer Florian.
Florian, der mit den Flöten spricht.
Flöten-Dompteur Florian.
Florian, der Flöten-Flüsterer.

Florian, der mit den Flöten spricht, das gefällt mir ausgezeichnet, denn das tut der Mann: Er spricht mit seinen Instrumenten und dann über seine Instrumente mit dem Publikum. Er transportiert seine Gefühle mittels Tönen und Klängen. Und so berührt er. So gewinnt er die Herzen seiner Zuhörer.
Flöten-Florian ist sicher auch schon über siebzig, könnte fast ein Mitbewohner sein. Er sieht allerdings so aus, als würde er sein Alter erfolgreich ignorieren. Florian hat mehr Falten im Gesicht als Haare auf dem Kopf. Die wenigen, die er noch hat, trägt er lang und hinten zusammengebunden. Ein Althippie? Ein prinzipiell Unangepasster? Ein Peter Pan, der nie erwachsen werden will? Sein schlecht gebügeltes weißes Hemd könnte darauf hindeuten, dass er allein lebt. Dazu trägt er alte Jeans, und seine nackten Füße stecken in braunen Ledersandalen. Seine Augen funkeln voller Lebenslust hinter seiner Hornbrille hervor.
Ich finde ihn interessant.
Und ich finde es interessant, dass er mich interessiert.

Was soll denn das?
Als Kim plötzlich aufsteht, sich flüchtig verabschiedet und vorzeitig geht, nehme ich das kaum wahr, drücke nur kurz ihre Hand.
Ich sitze da und höre und schaue, und in meinem Herzen rührt sich etwas. Xaver würde sagen, das sei einfach der Schmalz in den Stücken. Aber was ist Schmalz? Etwas Schlechtes? Immer? Brauchen wir nicht alle ab und zu etwas Kitschiges, Rührseliges? Das ist doch der Grund, warum die Rosamunde-Pilcher-Filme solche Quotenrenner sind. Ja, die Panflöte klingt besonders schmeichlerisch, manchmal fast schluchzend, jedenfalls ungeheuer menschlich.

17 : Der Flötenflüsterer

Der Flöten-Florian spielt Blockflöte, Querflöte und Panflöte im fliegenden Wechsel. Genauso abwechslungsreich ist sein Repertoire: Nach bekannten Operettenmelodien folgt ein fröhliches Wanderlied oder ein poppiges Abba-Medley. Manchmal fordert er uns auf, mitzusingen, und stimmt einen Refrain selber mit fester Stimme an. Ab und zu summen alle ungefragt leise mit, wie beispielsweise bei der Filmmusik von »Aschenputtel«, was eine ganz besondere Atmosphäre erzeugt.
Ich bin fasziniert, was mich etwas beunruhigt. Wieso sollte er mich derart faszinieren? Eigentlich müsste es selbstverständlich sein, dass ein Musiker seine Instrumente beherrscht, dass er Bühnenpräsenz hat, auf sein Publikum eingeht, Emotionen auslöst.

Doch Flöten-Florian hat im *heimelig* ein leichtes Spiel, weil die Musiker, die hier sonst konzertieren, selten mehr als Grundkenntnisse auf ihrem Instrument mitbringen, außer wenn mal eine Feldmusik, ein Chor oder eine Ländlerkapelle gastiert.
Manchmal habe ich das Gefühl, dieser Flötenkünstler schaue ganz speziell zu mir hin. Manchmal erröte ich sogar – unauffällig natürlich, mehr innerlich sozusagen.
Die Situation irritiert mich.
Ich irritiere mich selber.
Auf Melanies Skala von eins bis zehn landet meine gefühlsmäßige Verwirrung auf der Zehn.
Mein Herz klopft. Gut, es klopft natürlich immer, das schon, aber jetzt schlägt es lauter, als möchte es sich Gehör verschaffen. Ich halte das nicht mehr aus und verlasse den Saal. Ich spüre dabei ein unerwartet heftiges Bedauern. Es ist wohl besser für mich, wenn ich in meinem Zimmer ein wenig lese und meinen eigenartigen, unangemessenen Gedanken gar nicht erst Raum gebe. Ich bin schließlich siebenundsiebzig, rufe ich mir selber in Erinnerung. Da werde ich sicher nicht, bloß weil einer nett flötet und nett aussieht, aus meinem seelischen Gleichgewicht geraten.
Nein.
Wirklich nicht.
Das wäre doch irgendwie kindisch.
»Contenance!«, höre ich Frau Amstutz befehlen.
Genau.

Es fällt mir schwer, mich in mein Buch zu vertiefen. Und ich ärgere mich über den sich abzeichnenden Ausgang der Geschichte. Die beiden Alten schlafen nicht nur zusammen, es entsteht Liebe. Aber das passt den Angehörigen gar nicht. Sie intervenieren heftig, machen Druck bis zur Erpressung, mischen sich ein.

Ich ärgere mich, bin nahezu persönlich beleidigt und verletzt. Bei den letzten Seiten vergieße ich ein paar Tränen.
Musste das jetzt sein, lieber Kent Haruf?
Zuerst fängt die Geschichte unrealistisch an, und kaum versöhnt man sich damit und lässt alle fünfe gerade sein, hört sie mehr als realistisch auf und hinterlässt mich als Leserin auf dem kalten, nackten Boden der Tatsachen.
Tja, was würde wohl Trudi sagen, wäre da plötzlich ein Mann in meinem Leben? Sie würde sehr gut in diesen Roman hineinpassen. Leider.
Als es an der Tür klopft, bin ich gar nicht gnädig gestimmt und rufe unfreundlich: »Ja?«
Es klopft noch einmal. Scheint tatsächlich Besuch zu sein. Hochanständiger. Einer, der nicht einfach in meine Privatsphäre hineintrampelt.
Ich gehe zur Tür und öffne, und da steht er, in voller Pracht: der, der mit den Flöten spricht.
»Frau Niederberger, darf ich Sie kurz stören?«
Ich bin völlig verdattert. »Sicher. Was gibt es?«, frage ich zurück.
Er kennt meinen Namen. Er klopft an meine Tür. Heute geschehen viele merkwürdige Dinge, wie mir scheint.
»Ich bin Florian Feusi, der Panflötenspieler.«
Das ist mir auch klar. Hier hätte ich mein Wiedererkennen formulieren und vielleicht ein Kompliment für seine Künste anbringen können. Aber ich habe irgendwie gerade keine Worte und frage nur weiter: »Ja?«
»Darf ich kurz reinkommen?«, fragt er.
Ich trete einen Schritt zurück, frage mich aber schon, warum er in mein Zimmer kommen will und warum ich ihn hereinlasse.
»Das sind doch Sie?«, fragt er und hält mir einen Zeitungsausschnitt unter die Nase, tippt mit dem Finger auf ein Foto unter

vielen. Da bin ich auch drauf? Ich werde doch nicht schon wieder unangenehm aufgefallen sein? Im Geiste sehe ich eine erzürnte Trudi auf der Matte stehen. Ich schaue misstrauisch auf das entsprechende Foto.
Ach ja!
Die Bomben-Geschichte.
Goldau.
»Jaja, das bin ich«, bestätige ich. Florian Feusi sitzt inzwischen auf meinem blauen Sofa und macht sich da recht gut. Fast möchte ich ihn bitten, zu bleiben, so als Dekoration.
Das wäre vielleicht ein neuer Haruf-Roman: Alte Frau bittet schönen Flötisten, für immer auf ihrem Sofa sitzen zu bleiben, weil er so dekorativ ist ...
Ich bin auf dem Zeitungsfoto mit der jungen Frau abgelichtet, die mein Handy benutzte. Die Bildunterschrift ist eine Frechheit: »Jeder half jedem. Hier hilft eine junge Frau einer alten Dame bei der Organisation der Weiterreise.«
Ich bin empört. Die junge Frau hätte ihren Vorstellungstermin ohne mich vielleicht gar nie wahrnehmen können, so sehr stand sie neben den Schuhen. Aber was solls: So werden Vorurteile zementiert. Immerhin: Ein schönes Beispiel für Hilfsbereitschaft – wenn es auch andersrum war.
Der Flötenspieler deutet mit dem Finger auf die junge Frau: »Das ist Lina, meine Großnichte. Sie wohnt bei mir.«
Ach!
»Sie hat mir das Bild gezeigt und war schockiert von der Bildunterschrift. Sie hat mir erzählt, wie es wirklich war. Lina hat von Ihnen geschwärmt und wollte nach Ihnen suchen, um sich zu bedanken und um sich für den Text zu entschuldigen, aber das muss sie jetzt wohl nicht mehr.«
Ich nicke.

So ist es.
Mir fallen zurzeit nicht gerade viele Worte ein, von vollständigen Sätzen gar nicht zu reden. Würde ich reden, könnte ich für nichts garantieren. Ich würde ihm sagen, wie schön er ist, wie sehr er mich berührt hat mit seiner Musik und seinem Wesen, was für ein Lichtblick er in diesem Hause war, wie sehr seine Augen strahlen.
Und so was geht ja gar nicht.
Contenance!
»Lina hat die neue Stelle bekommen. Sie wird bald im Kantonsspital Zug arbeiten. Dadurch kann sie bei ihrem Freund wohnen, und ihr Zimmer bei mir wird frei.«
»Schön. Sehr schön.«
Der Musiker legt mir seine Karte auf den Tisch.
»Frau Niederberger, falls Sie Lust auf eine spannende WG haben, melden Sie sich. Sie wirken noch so jung und überhaupt nicht reif für ein Altersheim. Ich würde mich freuen, von Ihnen zu hören.«
Dazu sage ich erst recht gar nichts.
Dazu fällt mir auch spontan nichts ein.
Darum wohl steht Florian Feusi wieder auf, reicht mir die Hand – er hat schöne, feingliedrige Hände –, hält sie ein wenig zu lange, schaut mir dabei tief in die Augen und verabschiedet sich höflich.
Und schon ist er weg.

Was war jetzt das?
Ein unseriöses Angebot?
Hat der Flöten-Florian das gleiche Buch gelesen wie ich?
Möchte er nicht mehr allein schlafen?
Aber vielleicht ist der Musiker wirklich so locker drauf, wie er aussieht, ist noch auf Eroberungen aus, flirtet gern, sucht noch irgendwen oder irgendwas.
Keine Ahnung.

Ich weiß nur: Ich will ihn sofort wieder vergessen.
Jetzt. Sofort. Hier.
Ich schüttle mich.
Atme auf dem Balkon langsam ein und aus.
Ich lasse kaltes Wasser über meine Hände laufen.
Lauter angelernte Techniken, die wenig helfen.
Einmal mehr freue ich mich so richtig aufs Abendessen mit meiner Tischgemeinschaft. Die werden mich sicher auf andere Gedanken bringen.

Es gibt »Gschwellti« mit Käse und Salami. Dazu hat Paul uns ein Glas Rotwein spendiert. Das Tischgespräch dreht sich sofort um Florian Feusi. Das mit dem Vergessen, das wird wohl nichts. Sogar Marlies, die doch in jeder Suppe ein Haar findet, gibt zu: »Ich hatte Tränen in den Augen. Der spielte mit so viel Gefühl.«
Paul nickt dazu und murmelt: »Er war richtig gut. Der kann gern mal wiederkommen. Kannst du das auf deine Liste schreiben?«
Ich nicke.
Immer mehr Bewohner deponieren nämlich ihre Wünsche und Anliegen bei mir und lassen sie auf meine Liste schreiben. Aber eine Kommission will keiner mit mir bilden. Sie vertrauen sich mir an und finden, ich könne ihre Begehren auch gut allein sammeln und weiterleiten – und die Kämpfe ausfechten. Sie sind alle zu phlegmatisch, zu resigniert, zu abgestumpft. Null Kampfgeist. Rein gar nichts Aufmüpfiges mehr in ihren Adern. Schade.
»Ich werde ins Testament schreiben, dass Feusi auf meiner Beerdigung spielen soll«, sagt Tobias jetzt. »Das wird ein echtes Tränenmeer geben. Einen Tränen-Tsunami. Da muss dann bestimmt die Feuerwehr ausrücken und ein paar Gräber leerpumpen.«
»Du willst gar kein Begräbnis«, erinnere ich ihn. »Deine Asche soll man in den Müll kippen, hast du immer gesagt.«

»Na ja, noch lebe ich. Noch kann ich meine Wünsche täglich ändern«, grinst er. »Vergiss nicht: Jetzt habe ich Familie. Daran bist du schuld. Und da will ich auch eine Beerdigung mit allem Drum und Dran.«

»Dann schau, dass du genug Geld auf deinem Konto hast«, giftet Marlies schon wieder. »Sterben ist teuer. Das Drum und Dran kann dich schnell mehr als zehntausend Franken kosten. Und auch der Flötenmann wird nicht gratis spielen.«

Marlies hat ja recht. Die hohen Kosten, die bei einem Tod anfallen, hatten mich bei Xaver auch überrascht: Ich zahlte und zahlte und zahlte. Nach einem Todesfall, der einem nahegeht, ist man ja eh nicht in der Lage, irgendwelche Preise zu vergleichen oder zu verhandeln oder zu hinterfragen. Man sagt zu allem Ja und Amen und staunt am Ende über die vielen Rechnungen. Drucksachen, Todesanzeige, Sarg, Urne, Einäscherung, Totenschein, Transporte, Blumenschmuck... Allein mein Blumenkranz auf einem Ständer und die Gestecke auf und im Sarg bei der Aufbahrung kosteten gegen tausend Franken. Immerhin hatte ich einen sehr liebevollen Bestatter – ein Freund von Xaver –, der mich betreute und gut beriet.

Paul sagt, das mit den hohen Kosten sei aber nicht immer so, und erzählt vom Tod seines Bruders Theo: »Er hatte eine Gratisbeerdigung, weil er in Zürich lebte. Keine Ahnung, ob das heute noch immer so gehandhabt wird, aber vor vier Jahren war es so.«

»Deswegen werde ich noch lange kein Zürcher«, lacht Tobias lauthals. »Dann doch lieber in den Müll.«

Ja, ja, die Innerschweizer haben es nicht so mit den Zürchern. Warum auch immer.

Erst jetzt, wo ich mit meinen Gedanken nicht mehr bei Flöten-Florian bin, sondern Paul direkt anschaue, sehe ich, dass er ein blaues Auge hat und eine Schramme auf der Wange.

»Paul, was ist passiert?«, frage ich schockiert.
»Marie-Therese«, sagen Marlies und Paul aus einem Munde.
»Ich bin ihr auf dem Gang begegnet. Sie saß friedlich im Rollstuhl und hatte eine Bibel auf dem Schoß. Und dann: peng! Ich konnte dem Geschoss nicht einmal ausweichen. Ein perfekter Wurf. Hat ganz schön wehgetan«, berichtet Paul und betastet seine Verletzung vorsichtig. »Aber es geht schon. Ich war beim Arzt. Alles wird verheilen.«
»So kann es doch nicht weitergehen! Sie hätte dein Auge kaputt machen können!«, rufe ich entrüstet aus. »Wer weiß, was sie beim nächsten Zusammentreffen nach dir wirft? Ein Messer vielleicht?« Ich bin außer mir.
»Ja, das ist wirklich ein Problem«, sagt Paul ein wenig traurig. »Man wird sie wohl in ein anderes Heim bringen, sobald irgendwo ein Platz frei wird.«
»Gut so!«, kommentiere ich.
»Ja.«
Aber es scheint Paul nicht wirklich glücklich zu machen. Er wirkt nicht erleichtert und erlöst.
»Ich hätte mich gern mit ihr ausgesprochen, mich entschuldigt, mich erklärt, versöhnt. Nichts ist mehr möglich. Zeitpunkt verpasst«, erklärt Paul seine Gemütslage mit Tränen in den Augen.
Oh!
Jeder weiß es. Gerade hier.
Man darf nichts vor sich herschieben.
Man muss jetzt leben.
Man muss sich jetzt versöhnen.
Und man hätte es ohnehin besser schon gestern getan.
Oder vorgestern.
Die Zeit läuft gegen uns. Auch gegen mich.
Es ist nur noch wenig Sand in unseren Uhren.

18 : Schwiegermutter-Schrecken

Und dann wollen alle plötzlich das Thema wechseln, weil die Marie-Therese-Geschichte so bedrückend ist und jeden von uns an seine eigenen Baustellen erinnert. Darum reden wir wieder über Florian Feusi.
»Er ist mal eine Weile mein Hausarzt gewesen«, weiß Marlies zu berichten.
»Er ist Arzt?«, frage ich überrascht. So viele Ärzte gibt es hier doch gar nicht. Aber ich habe noch nie von einem Doktor Feusi gehört.
»Gewesen«, betont Marlies. »Seine Frau ist an Krebs gestorben als er fünfzig war. Da hat er alles hingeschmissen, die Praxis an Sepp Barmettler übergeben und ist nach Afrika gegangen. Für Ärzte ohne Grenzen.«
Ach?! Ich bin beeindruckt. Doch, doch.
»Und jetzt?«, frage ich neugierig.
»Das weiß doch jeder«, lacht mich Tobias aus. »Das stand immer wieder in der Zeitung. Er hat eine Art Alternativ-Altersheim. Oder eben eigentlich nicht. Mehr so eine Art Mehr-Generationen-WG.« Er fuchtelt mit der einen Hand Richtung Süden. »Dort hinten am Dorfrand hat er ein riesiges Haus von seinen Eltern geerbt. Darin wohnt er mit allen möglichen Menschen zusammen. Ziemlich ausgeflippt und alternativ. Das Haus nennt er ›Daheim‹.«
Daheim.
Schön.

Gerade wird mir klar: Das wird mein Ort mit D.
Dieses Daheim schaue ich mir an.
»Klingt doch großartig«, finde ich.
»Nein, nein, das wäre nichts für mich. Da sind ja auch noch Kleinkinder. Alleinerziehende Mütter. Geschrei und Geläuf den ganzen Tag über«, sagt Marlies. »Teenager, die ihre Krisen haben und laute, hässliche Musik hören. Streit und Gezänke.«
Ich selber stelle mir das eigentlich schön vor. Ein echtes Miteinander. Ein fröhliches Durcheinander.
»Es gibt nicht einmal eine Warteliste. Feusi sucht sich seine Bewohner selber aus. Es ist ja auch keine öffentliche Einrichtung. Die Leute bezahlen wohl je nach Einkommen, und Feusi steckt sein ganzes Vermögen da rein«, weiß Tobias.
Ob ich von der Karte und der Einladung erzählen soll? Besser, ich halte mich da vorerst etwas zurück.
»Dann werde ich dieses Daheim einmal besuchen«, erkläre ich nur. »Das wird dann meine D-Reise.«
»Nicht gerade eine richtige Reise«, sagt Marlies naserümpfend, »aber mehr als Chur wird es schon hergeben.«
Will sie mir etwa die Bombendrohung vorwerfen? Ach, bei ihr wundert mich gar nichts mehr.
»Du willst uns doch nicht etwa verlassen?«, fragt Tobias, und er schaut richtig besorgt aus seinem karierten Hemd.
»Keine Sorge, Tobias! Heute und morgen bin ich sicher noch hier«, antworte ich und lache etwas zu laut. Gleichzeitig wird mir nämlich klar, dass es nur wenig gäbe, das ich hier vermissen würde. Etwas davon wäre unsere Tischgemeinschaft.
Aber sonst?
Nach Monaten ist dieses Heim, so schön es auch sein mag, nicht wirklich ein Zuhause für mich geworden. Auch kein Daheim.

Zurück in meinem Zimmer, studiere ich die Karte von Florian Feusi genauer und setze mich spontan an den Computer, um ihm ein paar Zeilen zu schreiben. Nur habe ich wieder kein W-LAN. Ist das ein Zeichen? Und wenn ja, wofür? Dass ich hier raussoll? Oder dass ich mich nicht mit dem Flöten-Flüsterer einlassen soll? Einmal mehr halte ich meine Hände unter fließendes Wasser, aber ich finde keine Entspannung. Ich würde liebend gern einen auf Marie-Therese machen und irgendwem irgendwas an den Kopf schmeißen. Aber da ist keiner. Sicher liegen alle schon im Bett, wie immer.

Als Kim anruft, bin ich ihr dafür von Herzen dankbar. Und immer, wenn sie anruft, hat sie auch wirklich Zeit, hört mir zu, erzählt auch selber von ihrem Leben, ihren Sorgen. Diesmal werde ich allerdings meinen Ärger nicht los.

»Ich bin verliebt«, platzt sie gleich heraus.

»Wie schön«, sage ich vorsichtig, denn ihr bisheriger Männergeschmack war – gelinde gesagt – unkonventionell.

Da war dieser magere Metzgermeister mit eigener Ladenkette, der sie am Ende dazu brachte, Vegetarierin zu werden. Das hatte nichts mit den Zuständen in dem grässlichen Schlachthof und ihrem Mitleid mit den Tieren zu tun, sondern mit seinen unzähligen Seitensprüngen. Und dann der totale Gegensatz dazu: ein völlig trockener Anwalt aus Turbenthal, der eigentlich mit Mitte zwanzig schon uralt war, dafür aber sehr zuverlässig und korrekt. Trudi war begeistert und plante im Geiste schon die Hochzeit der beiden. Ein Traumschwiegersohn! Kim schaffte den Absprung, indem sie sich mit einem Buchhändler in Stans zusammentat, der mir besonders gut gefiel. Ich hatte eine Quelle für gute Bücher und entsprechende Empfehlungen. Aber auch diese Beziehung ging schnell wieder auseinander. Den Grund dafür habe ich nie erfahren.

»Verliebt? In wen denn?«, frage ich daher direkt.
»Du kennst ihn«, gibt sie mir einen Hinweis.
»Wen kenne ich?«
»Meinen neuen Freund.«
»Ach, wirklich?«
In meinem Kopf lasse ich alle mir irgendwie auch nur flüchtig bekannten Männer an mir vorüberziehen, lasse auch den Briefträger und die Jungs der Putzequipe nicht aus. Nicht ein einziger scheint zu meiner Kim zu passen. Gut, die meisten Männer, die ich kenne, sind schon etwas älter und kommen wohl nicht für Kim infrage. Oder doch? Sie wirkt so unsicher, fast so, als hätte sie Angst vor meiner Reaktion.
Flöten-Florian?
Nein!?
Ist sie mit ihm zusammen?
Über vierzig Jahre Altersunterschied!
Nein!?
Das sprengt selbst meine Toleranzgrenze.
Das geht einfach nicht. Da kann ich doch als Großmutter nicht tatenlos zusehen?!
Doch. Das kann ich. Das muss ich können.
Die Gefühle, die in mir hochkommen, erschrecken mich mehr als alles andere, denn sie tun weh. Da ist so etwas wie Neid und Schmerz. Völlig unpassend und deplatziert.
Gerade, als ich fast meine eigene Zunge verschlucke, nur um nicht zu sagen, was ich gerade denke, sagt Kim leise, sehr leise: »Matteo.« Nur diesen Namen.
Und ich brauche tatsächlich einen Moment, bis ich weiß, von wem sie spricht.
»Matteo?«, wiederhole ich wie ein Papagei.
Matteo, der Straßenmusiker und Blogger?

Matteo, der zwar kein Drogendealer ist, aber eindeutig merkwürdige Freunde hat?
Matteo, der bis eben noch bei einer Freundin gewohnt hat?
Matteo, heute hier und morgen dort?
»Der Straßenmusiker?«, frage ich sicherheitshalber noch einmal nach.
»Genau«, zerstört Kim jeden hoffnungsvollen Zweifel.
Mein erster spontaner Gedanke: Trudi wird mich umbringen. Das verkraftet sie nicht.
Ich sehe sie schon wieder wütend aufmarschieren und mich vor allen Bewohnern beschimpfen und niedermachen. Natürlich bin ich allein schuld an dieser Verbindung. Und das stimmt ja diesmal tatsächlich. Ohne mich hätte Kim nie von Matteo gehört. Und hätte ich mich altersgemäß verhalten, also schön brav im Heim im Lehnstuhl Socken gestrickt, statt sinnlos in der Welt herumzuzigeunern, wäre es nie zu dieser Liebe gekommen.
Trudi stellt sich sicher einen adäquaten Ehemann für Kim so vor: ein smarter, gepflegter Mann, nicht zu jung und nicht zu alt, der auf jeden Fall studiert hat, was auch immer, der weiß, was er will, ehrgeizig und zielstrebig seine Pläne verfolgt, die Karriereleiter locker erklimmt und zum Stolz der Familie avanciert. Wie der verflossene Anwalt aus Turbenthal halt.
Und Matteo?
Er ist der personifizierte Schwiegermutterschreck.
»Erzähl!«, sage ich nur und versuche, ganz gelassen zu klingen.
Und Kim erzählt, wie sie sich über Matteos Blog nähergekommen seien, weil sie auf seinen Beitrag über mich reagiert habe.
»Wir haben uns ein paar E-Mails hin- und hergeschickt. Dann wurde der Kontakt intensiver. Whatsapp-Meldungen jeden Tag. Fotos. Erste Anrufe. Als ich ihn das erste Mal im Tessin besuchte, war ich eigentlich schon verliebt.«

»Lebt er nicht bei seiner Freundin?«, wage ich nun doch einzuwenden.
»Nicht mehr. Er ist ausgezogen und lebt bei einer Tante.«
Immerhin.
»Hast du etwas dagegen?«, fragt sie doch tatsächlich.
Ich lache: »Ich muss doch nicht einverstanden sein! Du bist mehr als erwachsen. Was sollte ich dagegen haben? Matteo war mir auf Anhieb sympathisch, und er war extrem höflich und hilfsbereit. Aber er ist halt ein Reisender. Er wird möglicherweise nie ankommen. Dafür wird er deiner Mutter Albträume bescheren. Sie wird dagegen sein. Mit ihr müsstest du reden, Kim.«
»Sag ihr nichts!«, ruft Kim sofort. »Das hat Zeit. Wir sind noch nicht so weit, uns Mama zu stellen. Noch lange nicht. Sie wird durchdrehen.«
Ich nicke heftig, aber das sieht Kim ja nicht. Aber ich verspreche ihr, zu schweigen.
»Keine Sorge. Ich werde mich hüten. Ich setze mich doch nicht freiwillig dem Zorn deiner Mutter aus«, antworte ich und lache ein wenig, aber mein Lachen wirkt wohl etwas angestrengt. »Trudi ist zwar meine Tochter, aber ich fürchte mich manchmal ein wenig vor ihr«, will ich noch anfügen, lasse es dann aber.
Schnell wechsle ich das Thema und will nun wissen, weshalb sie nicht bis zum Ende von Flöten-Florians Konzert geblieben sei.
»Ich hatte dir doch gesagt, dass ich mich nicht so gut fühle«, erwidert sie. »Ich weiß übrigens gar nicht, was du immer hast von wegen schrecklich dilettantischen Darbietungen – die Musik war wirklich sehr schön. Doch dann fühlte ich mich einfach plötzlich richtig schlecht.« Und nach einer kleinen Pause fügt sie lachend an: »Keine Sorge, alles wieder gut.«
Dann kommt Kim auf Matteo zurück und kündet an, dass sie morgen mit Matteo bei mir vorbeikommen wolle.

»Ist das okay für dich?«, fragt sie erstaunlich vorsichtig.
»Sicher, Kim. Ich freue mich auf euch.«
»Er möchte sich entschuldigen. Wegen dieser blöden Drogengeschichte«, erklärt sie.
»Schnee von gestern«, beruhige ich sie. »Gaaanz alter Schnee, schon fast weggeschmolzen.«
Kim lacht ihr glockenhelles Lachen, das ich so liebe. Sollte Matteo dieses Lachen zerstören, werde ich ihm gehörig die Leviten lesen. Am besten werde ich das schon einmal prophylaktisch bei seinem Besuch morgen machen.

In dieser Nacht finde ich keinen Schlaf. Es ist zu viel, was mir durch den Kopf geht. Viel zu viel. Ich bin durcheinander und aufgewühlt. Irgendwann höre ich auf, mich im Bett hin und her zu wälzen, und stehe auf. In meinem gemütlichen Fernsehstuhl fange ich an, Kipkogeis Krimi »Rosenkrieg« zu lesen. Und ich merke schnell: Xavers Schützling kann schreiben. Ich mag seine Sprache und genieße jede Zeile. Auch wenn ich voreingenommen sein mag, weil ich ihn kenne: Er kann ungeheuer gut Spannung aufbauen. Und kaum habe ich mich mit den Bedingungen auf den kenianischen Blumenfarmen vertraut gemacht, geht es auch schon zur Sache, und das Blut fließt. Kipkogeis Roman wirkt sicher nachhaltig. Jedenfalls bei mir. Ich werde nie mehr Schnittblumen anschauen können, ohne mir zu überlegen, zu welchem Preis sie wohl gezüchtet worden sind. Vor allem Rosen werde ich nie mehr romantisch verklärt betrachten können, sondern immer als Auslöser von Verbrechen an der Umwelt sehen. Wenn ich weiß, dass eine Rosenfarm pro Tag zweihunderttausend Kubikmeter Wasser braucht – und Kenia hat Hunderte solcher Farmen –, dazu all die Pestizide, die Umwelt und Mitarbeiter krank machen, und dann noch über die Umweltbelastung nachdenke, die durch den Transport in die Schweiz entstehen: Wie kann ich mich dann noch an einer Rose erfreuen, die man mir schenkt?

Aber mir schenkt ja eh keiner Rosen. Hat ja nicht einmal mein Xaver getan, außer zu ganz, ganz besonderen Anlässen. Am besten schreibe ich in mein Testament, dass ich keine Blumen in und um mein Grab haben möchte. Damit würde ich Kipkogeis Denkanstoß weitertragen und auf jeden Fall über meinen Tod hinaus für Gesprächsstoff sorgen.

Diese Idee gefällt mir.

Ich lese und lese.

Blättere und lese weiter.

»Pageturner« nennt man ein Buch, das man nicht weglegen kann, weil es so spannend ist, dass man immer noch eine Seite umdreht und weiterliest.

Zweimal kommt die Nachtschwester vorbei und bietet mir besorgt ein Schlafmittel an. Irgendwann – weit nach Mitternacht – fällt mir tatsächlich das Buch aus der Hand, und ich schlafe in meinem Sessel ein.

19 : Der Unvernünftige

Am Morgen tut mir dann natürlich alles weh.
Ich fühle mich so alt, wie ich bin. Ich habe viel zu viele Knochen, und jeder schmerzt heute.
Und ich bin müde.
Und nur so mittelmäßig gut gelaunt.

Bei einer Frage nach meiner Tagesform müsste ich auf der Skala von eins bis zehn definitiv die Eins ankreuzen. Und ich würde nur ein ganz, ganz kleines Kreuzchen machen, ein fast unsichtbares.
Selber schuld.
Aber Kipkogeis Buch war wunderbar. Eine Bereicherung. Und so spannend, dass ich sogar davon geträumt habe.
Trotzdem bin ich wie immer früh erwacht und gehe frühstücken. Ich nehme einfach zur Abwechslung mal den Lift. Tobias ist auch da und unterhält mich mit Schlagzeilen aus der Zeitung.
»›Mordplan im Altersheim – Pflegerinnen unter Verdacht‹«, zitiert er. »Stell dir vor«, er ist außer sich, »stell dir vor: Zwei Pflegerinnen in einem Heim in Laufen wollten eine Bewohnerin umbringen – mit Rizinussamen!«
»Warum das denn?«, frage ich höflich, obwohl mein Interesse gering ist und ich eigentlich nur stumm in meinen Kaffee starren möchte.
»Weil die Bewohnerin den Pflegerinnen eine Bankvollmacht übertragen hatte. Die Frauen haben das Konto gehörig geplündert und nicht damit gerechnet, dass die alte Frau das je mitbekommen würde. Diese entdeckte jedoch den Betrug und rief ihren Treuhänder zu Hilfe. Jetzt wollten die Pflegerinnen ihre Tat mit einem Mord vertuschen.«
Ich zeige mich empört. Dabei bin ich nur müde und gar nicht so sicher, ob das alles stimmt. Es wirkt ein wenig zu abenteuerlich.
»Ganz schön gefährlich, so ein Altersheim«, flüstert Tobias und spuckt dabei etwas von seinem Müesli über den Tisch. »Man kann Rizinussamen einfach so im Internet bestellen, obwohl man damit sogar eine Bio-Bombe bauen könnte!«
»Wirklich?«, zweifle ich.
»Ganz sicher! Es steht so in der Zeitung!«

Gern würde ich Tobias jetzt in Erinnerung rufen, dass ich in der Zeitung ja auch mal als Drogendealerin dargestellt wurde, und die Bildunterschrift bei der Bombendrohung in Goldau könnte ich ihm auch zeigen, aber ich will ihm die Freude an seiner Entrüstung nicht nehmen. Zudem wären das auch einfach zu viele Worte für mich an diesem Morgen.
Tobias wird dann zu einem Arzttermin abgeholt, vor dem er sich fürchtet. »Meine Schmerzen nehmen zu. Meine Übelkeit auch. Dabei nehme ich schon doppelt so viel Morphium wie letzten Monat. Ich werde schwächer, muss immer mehr schlafen.« Er wisse, dass seine Tage gezählt seien, betont er einmal mehr. »Das ist okay. Alles ist gut.«
Will er damit mich oder sich beruhigen? Der Kerl wird mir fehlen. Sehr. Er ist definitiv mein Lieblingsmitbewohner.

Ein Tag, der so anfängt, von dem kann man wirklich nicht mehr viel erwarten. Aber der heutige Tag, der übertrifft meine Nicht-Erwartungen bei weitem.
Zuerst kommen Kim und Matteo zu Besuch. Darüber freue ich mich. Sie sehen verliebt aus und so, als würden sie zusammengehören, als hätten sie sich schon richtig gefunden.
Die Liebe.
Tja.
Das ist Schicksal.
Die beiden sitzen auf meinem blauen Sofa, ganz nahe beieinander, dazwischen würde kein Blatt Papier mehr passen.
Matteo hat mir Amaretti mitgebracht. »Amaretti del Ticino«, sagt er voller Stolz über sein Mitbringsel.
Ich kann sie nicht leiden, diese Mandelplätzchen, aber ich lasse mir das nicht anmerken. Die Geste ist wichtig. Und begleitet seine Entschuldigung, die er mehrfach vorbringt, für ein Drogen-

drama, an dem er gar keine Schuld hatte. Der Junge hat sein Herz auf dem rechten Fleck.
»Hörst du jetzt auf zu reisen?«, frage ich ihn neugierig.
Er schaut mich schockiert an und ruft: »Ma no! Ganz sicher nicht.«
Kim lächelt nur und meint: »Ich will einen glücklichen Mann haben. Das ist mir wichtiger als einer, der immer bei mir ist.«
Diese junge Frau ist ganz schön abgeklärt. Ich bin stolz auf meine Enkelin. Sie ist nicht nur schlau, sie hat auch die sogenannte emotionale Intelligenz. Sie ist perfekt. Und wenn sie sich nun einbildet, sie brauche zu ihrem Glück Matteo, dann soll sie ihn haben. Meinen Segen haben die beiden. Aber danach haben sie ja nicht gefragt.
Als wir uns gerade so langsam verabschieden wollen, klopft es an der Tür, und Trudi steht im Raum, bevor ich überhaupt reagieren kann.
Trudi!
Die Stimmung in meinem Zimmer sinkt sofort unter den Gefrierpunkt, als sie das junge Liebesglück auf meinem Sofa sieht.
»Oh, ein kleines Familientreffen«, sagt sie gespielt locker, mustert uns aber misstrauisch.
Ich bilde mir ein, zu sehen, wie sich ihre Nackenhaare aufgestellt haben. Trudi braucht doch nur einen einzigen Blick auf Matteo zu werfen, um ihn einzuschätzen. Seine Jeans fallen fast auseinander, sogar seine Turnschuhe haben Risse, auf seinem T-Shirt ist eine Hanfpflanze aufgedruckt, seine dunklen Locken hätten einen Haarschnitt und eine Haarwäsche nötig. Gut, heute laufen manchmal auch Millionäre so rum. Es wird immer schwieriger, Leute aufgrund ihres Äußeren einzuschätzen. Und doch: Matteo ist durchschaubar.
Trudi schüttelt ihm die Hand. Immerhin.

»Du hast einen neuen Freund?«, fragt Trudi dann Kim mit stechendem Blick. »Wann sollte ich ihn denn kennen lernen?«
»Darf ich vorstellen: Das ist Matteo«, sagt Kim. »Wir sind noch nicht lang zusammen.«
»Aber deine Oma, die kennt er schon?«, hakt Trudi nach und legt damit den Finger gleich in die offene Wunde. »Warum?«
Jetzt wird es natürlich thematisiert: Die beiden haben sich durch mich überhaupt erst kennen gelernt. Wir erzählen alle durcheinander die Geschichte von Anfang an und versuchen dabei, locker zu bleiben, lachen sogar, lassen auch die Drogengeschichte nicht aus.
Dann entsteht eine Stille, eisig wie eine Gletscherspalte, in die wir alle, der Reihe nach, hineinfallen. Die Spalte ist groß. Wir haben alle darin Platz.
Und dann legt sie los, meine Tochter.
»Sie sind also Straßenmusikant. Von Beruf?! Oder haben Sie auch irgendwas gelernt?«, fragt Trudi gnadenlos. Sicher hatte sie sagen wollen: »etwas Vernünftiges gelernt«.
»Ich habe die Matura gemacht«, erzählt Matteo unbekümmert.
Trudis Gesichtszüge entspannen sich nur wenig.
»Seither bin ich auf Reisen. Ich habe einen erfolgreichen Blog, mit dem ich Geld verdiene, und schreibe gerade ein Buch über meine Reiseerlebnisse. Ich bin – musicista e scrittore.«
Er strahlt. Wahrscheinlich weil er genau das tut, was er tun möchte. Weil er glücklich und zufrieden ist mit seinem Leben. Und weil er darauf stolz ist. Weil er das Gefühl hat, dass gerade alles total rundläuft.
Ha!
Da kennt er meine Trudi nicht.
»Und wie stellen Sie sich Ihre Beziehung mit meiner Tochter vor? Was können Sie ihr bieten? Können Sie Kim ernähren?«

Ich lache in mich hinein. Dieses Verhör könnte noch ganz amüsant werden.
Matteo kontert nämlich völlig unbeeindruckt: »Ernähren? Perché? Warum sollte ich Kim ernähren? Sie verdient doch so viel mehr als ich?« Trudi scheint ihn überhaupt nicht einzuschüchtern.
Matteo gefällt mir immer besser.
Meine Tochter versucht krampfhaft, Ruhe zu bewahren, obwohl sie am liebsten ausrasten möchte. Ich sehe, wie sich ihr ganzer Körper verkrampft. Sie fragt: »Was ist, wenn sie schwanger wird?«
»Schwanger?«, Matteo schaut ziemlich ratlos hinüber zu Kim, die ganz still dasitzt und dem Gespräch gespannt folgt. Er fragt leise und fassungslos: »Hast du es ihr erzählt? Perché? Wir wollten doch noch warten?«
Kim schüttelt heftig den Kopf, wirkt jetzt allerdings etwas blass um die Nase.
»Du ... bist ... schwanger? Von ihm?«
Trudis Stimme überschlägt sich ein wenig, was ein ganz, ganz schlechtes Zeichen ist. Sie könnte mir fast ein wenig leidtun. Ein ganz klein wenig jedenfalls. Auch mir hat der Atem kurz gestockt. Matteo als Vater meines ersten Urenkels – das hatte ich mir auch nicht vorgestellt. Das kann ich mir auch nicht besonders gut vorstellen. Aber das Leben ist kein Wunschkonzert.
»Ich gratuliere euch!«, sage ich, um das Schweigen zu brechen, nachdem im Zimmer jetzt wieder eisige Stille herrscht.
Kim schaut mich dankbar an.
Trudi sagt nichts mehr, versucht nur, uns der Reihe nach mit ihrem bösesten Blick zu erdolchen, als wäre da eine Verschwörung im Gange, einzig mit der Absicht, sie höchstpersönlich frühzeitig ins Grab zu bringen.
»Ihr tickt doch alle nicht richtig. Und, Mama, dass du da auch noch mit drinhängst, sollte mich ja nicht verwundern. Tut es

aber. Denkst du überhaupt noch darüber nach, dass deine Handlungen Konsequenzen haben? Oder bist du jetzt total im verblödeten Kindheitsmodus?«

Ich zucke zusammen, als hätte sie mich geschlagen. Sie verletzt mich immer wieder gekonnt. So wie es halt nur jemand kann, den man liebt.

Kim ruft vorwurfsvoll: »Mama!«

»Wir reden wieder, wenn ich mich beruhigt habe«, entgegnet Trudi, »oder wenn ihr zur Vernunft gekommen seid, was ich aber nicht erwarte.«

Trudi verlässt wortlos mein Zimmer, lässt die Tür hinter sich ins Schloss donnern. Sie muss schon sehr erschüttert sein, wenn sie so etwas Unkontrolliertes, Kindisches tut. Ich kann ja ihre Enttäuschung verstehen, das schon. An ihren hohen Erwartungen an einen Schwiegersohn ist sie allerdings selber schuld. Und ich kann nicht verstehen, nicht einmal ansatzweise, wie man so mit seiner Tochter umgehen kann. Kein Wort der Fürsorge, der Liebe, des Mitgefühls. Nicht einmal wirkliches Interesse hat sie bekundet. Sie sah nur sich und ihre Enttäuschung, ihre Standesdünkel und Vorurteile.

Kim erklärt Matteo gerade das sprachliche Missverständnis. »Natürlich habe ich noch niemandem etwas von der Schwangerschaft erzählt. Wo denkst du hin? Es ist alles noch so neu, so frisch, es kann noch so viel passieren.« Jetzt weint sie.

Matteo hält sie in den Armen und tröstet sie mit italienischen Worten, die wunderbar klingen, was immer sie auch bedeuten mögen. Wahrscheinlich versteht sie sie auch nicht, spürt nur die Liebe heraus. Schön.

Ich verlasse für einen Moment das Zimmer, lasse den beiden einen Augenblick Zeit, brauche vor allem auch ein wenig Luft für mich selber. Zweimal im Gang auf und ab laufen, das tut immer

gut. Leider begegnet mir Frau Fuchs, die für die Buchhaltung zuständig ist.
»Gut, dass ich Sie treffe«, sagt sie, was ich leider im Moment anders sehe. »Vielleicht ist es Ihnen entgangen, aber Sie sind mit einigen Zahlungen im Rückstand.«
Schon wieder sage ich nicht, was ich denke.
Aber wenn sie mich schon auf dem falschen Fuß erwischt, erlaube ich mir eine entsprechend pampige Antwort: »Liebe Frau Fuchs, ich zahle seit Jahren mit E-Banking. Und ich muss Ihnen sagen: Ich versuche ständig einzuzahlen, aber das W-LAN für Bewohnerinnen ist eine einzige Katastrophe. Fragen Sie Frau Meier, ich habe mich schon tausendmal beschwert, wieder und wieder. Meine Enkelin ist IT-Fachfrau und bestätigt Ihnen gern, wie selten mein W-LAN funktioniert. Ich verspreche Ihnen, dass ich eine pünktliche, artige Einzahlerin werde, sobald ich ein anständiges Netz habe, was mir ja auch vor dem Eintritt ins *heimelig* mehrfach versprochen wurde. Halten Sie Ihr Versprechen, dann halte ich meines. Ist doch selbstverständlich. Auf Wiedersehen, liebe Frau Fuchs.«
Ich lasse die Zahlenfrau stehen und schreite an ihr vorbei, genau so, wie ich es bei Trudi immer wieder sehe: aufrecht und stolz und unerschrocken, allerdings mit etwas weniger Hüftschwung.
Dann hole ich mir in der Etagenküche einen Kaffee. Nur so als Alibi. Er schmeckt nämlich wie immer: bescheiden. Aber er ist heiß und sieht aus wie Kaffee, und ich brauche ihn jetzt wie eine Medizin. Mit einer Überdosis Zucker kann man ihn trinken.
Ich erinnere mich gerade an ein Lied von Reinhard Mey, das Xaver immer so gern hörte:

Es gibt Tage, da wünsch' ich, ich wär mein Hund
Ich läg' faul auf meinem Kissen und säh' mir mitleidig zu

Wie mich wilde Hektik packt zur Morgenstund'
Und verdrossen von dem Schauspiel, legt' ich mich zurück zur Ruh'
Denn ich hätte zwei Int'ressen
Erstens Schlafen, zweitens Fressen...

Heute ist so ein Tag. Ich habe zwar keinen Hund, aber wenn ich einen hätte, würde ich lieb zu ihm sein, ihn streicheln, ihn verwöhnen. Ich würde ihn sicher nicht so treten, wie Trudi es heute getan hat.
Niemalsnie.

Und den Typen, die mir stinken, könnt' ich dann
Hose oder Rock zerreißen
Und sie in den Hintern beißen
Was ich heut' nur in extremen Fällen kann
Denn ich kenn' meinen zahnärztlichen Befund
Es gibt Tage, da wünscht' ich, ich wär mein Hund

Xaver. Gerade fehlt er mir wieder sehr.
Ich fühle mich sehr allein.
Xaver würde mich in die Arme nehmen und mir sagen, dass kein Mensch das Recht habe, mich so zu behandeln, wie es Trudi immer wieder tut.
Und gerade als ich noch halb bei Xaver bin, mit Tränen in den Augen, der Kaffeetasse in der Hand, mitten auf dem Gang vor meinem Zimmer, da steht er plötzlich vor mir.
Nein, natürlich nicht Xaver!
Das wäre dann doch etwas zu viel verlangt.
Nein, er!
Eigentlich sieht es fast so aus, als würde ein Blumenstrauß mit Beinen vor mir stehen. Zuerst sehe ich nämlich nur Blumen.

Viele Blumen. Eine Farb- und Duftexplosion. Ich denke nur einen winzigen Moment an Kipkogei und den »Rosenkrieg«. Einen ganz winzigen Moment. So sind die Menschen: Wen interessiert das Elend in Kenia, wenn da ein Mann steht, der die Blumenläden der ganzen Umgebung aufgekauft zu haben scheint, nur um zu sagen – ja, genau, um was zu sagen? Das ist doch wohl hier die entscheidende Frage.

Es ist Flöten-Florian, der mir nun die Blumen in die Arme drückt und strahlt, als hätte er sie eigenhändig auf einer Wiese gepflückt.

»Das war einfach so eine spontane Idee meinerseits«, entschuldigt er sich für seine große Geste.

»Eine schöne Idee«, sage ich gerührt. »Und sie kommt genau in einem Moment, wo ich sie sehr zu schätzen weiß. Heute ist nämlich ein schwieriger Tag.«

Immerhin: Mir fallen wieder ganze Sätze ein, wenn ich diesem Mann gegenüberstehe. Das ist doch schon ein Fortschritt. Wir stehen mitten im Flur, und ich weiß nicht so recht, wie es weitergehen könnte.

»Schwierige Tage, oh, das kenne ich ...«, sagt er und mustert mich aufmerksam.

Wir stehen unschlüssig im Gang herum, da kommt Esther im Rollstuhl angerollt, in einem unglaublich hohen Tempo, und sie murmelt irgendwelche unzusammenhängenden Worte vor sich hin. Schwester Lauretta rennt ihr mit einem Medikamenten-Becher hinterher.

»Sie wissen genau, dass Sie diese Tablette nehmen müssen«, redet sie auf Esther ein. »Die ist nicht von mir, sondern von Ihrem Arzt, den Sie doch so verehren.«

Auch Frau Fuchs ist von weitem zu sehen und zu hören. Sie diskutiert mit einem weiteren Bewohner über Geld.

Daher bitte ich meinen Besucher in mein Zimmer.

Ein eigenartiges Zusammentreffen!
Meine Gäste beäugen sich neugierig. Eigentlich hätte ich noch ein wenig mit Kim und Matteo reden wollen. Immerhin scheinen sie sich wieder beruhigt zu haben. Sie mustern meinen Blumenkavalier, den riesigen Strauß, mich – und beschließen dann, zu gehen. Kim zwinkert mir zu. Matteo grinst nur vor sich hin.
»Ihr wisst, ihr habt meine Unterstützung, bei allem, was ihr tut und was passiert«, erinnere ich die beiden zum Abschied, und an Matteo gewandt, füge ich, ein wenig pathetisch, hinzu: »Willkommen in der Familie!«
Nach einer großen Dreierumarmung sind die zwei auch schon weg.

20 : Bunte Blumenpracht

Jetzt klopft mein Herz wieder laut. Unangemessen laut. Ich nehme wortlos die Blumen, die ich auf dem Tisch zwischengelagert hatte, gehe damit ins Badezimmer und fülle einen hässlichen Plastikeimer mit Wasser. Dort hinein drapiere ich sorgfältig die Blumenpracht: rote Gerbera, weiße Dahlien, gelbe Rosen. Das ist einfach verrückt! Ich lasse mir Zeit, versuche, mich zu beruhigen.
»Ich habe keine so große Vase und muss mir später eine ausleihen«, entschuldige ich mich bei Florian Feusi. Ich stelle die improvisierte Vase vor meine Fensterfront und setze mich dann in meinen Sessel.
Der Blumenkavalier hat sich wieder auf mein Sofa gesetzt, wo er sich offenbar ganz behaglich fühlt. Er trägt heute ein rotes Hemd

zu seinen alten Jeans. Ich mag es nicht so, wenn mich Hemden anschreien, aber ich verzeihe es ihm heute und jetzt, weil er lächelt und strahlt und allein schon mit seiner Anwesenheit eine positive Stimmung versprüht.

»Ich wollte Ihnen gestern schreiben«, erkläre ich mich. »Aber das W-LAN hat mich im Stich gelassen. Ich möchte mir gern Ihr ›Daheim‹ anschauen. Ich habe inzwischen viel davon gehört. Nur Gutes, natürlich. Sehr bewundernswert, was Sie da machen. Ein interessantes Projekt.«

Puh, wenn ich dann mal Worte finde, wenn ich nervös bin, plappere ich ganz schön drauflos. Und ja, dieser Mann macht mich nervös.

Wieso ist er da? Schon wieder!

Was will er? Will er überhaupt etwas?

Wahrscheinlich hat er einfach ein leer stehendes Zimmer und braucht noch jemanden, der zahlungskräftig ist. Wäre doch möglich. Nur, woher weiß er, dass ich Geld habe? Kennt er jemanden, der jemanden kennt, der bei meiner Bank arbeitet? Ich hoffe doch, dass man sich auf das Schweizer Bankgeheimnis noch verlassen kann.

»Vielen Dank für die wunderschönen Blumen. Ich habe schon sehr lange keine Blumen mehr bekommen. Vielleicht sogar überhaupt noch nie so viele. – Warum sind Sie hergekommen?«

Ich glaube, in meinem Alter muss man nicht mehr endlos um den heißen Brei herumreden. Direkte Fragen, direkte Antworten. Ich denke an meine Sanduhr.

»Ich weiß es auch nicht so genau«, beteuert Florian Feusi. »Ich habe einfach mal das getan, worauf ich Lust hatte. Ich wollte Sie wiedersehen und Ihnen eine Freude machen.«

Jetzt werde ich wirklich rot. Genauso rot wie sein Hemd. Er wollte mich einfach wiedersehen. Aha. Das ist ja eine klare Antwort, und ich wollte es schließlich wissen. Nur, was fange ich jetzt mit dieser Aussage an?

Florian Feusi geht einfach über meine Verlegenheit hinweg und fragt nach Kim und Matteo. Ich erzähle, und bald schon sind wir mittendrin in einer lockeren, gemütlichen Unterhaltung. Er selber hat keine Kinder.

»Ich habe als Arzt viel zu viel gearbeitet, war rund um die Uhr im Dienst, kannte keine Grenzen. Ich ging völlig auf in meinem Beruf. Marie-Louise, meine erste Ehefrau, habe ich damit aus dem Haus getrieben. Viel später habe ich noch einmal geheiratet, Jacqueline, doch sie wurde bald darauf krank und starb an Krebs, als ich fünfzig war. Ich habe irgendwie resigniert und dachte, ich sei dazu bestimmt, allein zu leben. Aber wer ist auf Dauer wirklich gern allein?«

Er schaut mich an, als müsste ich dazu etwas sagen.

»Diese Frage stelle ich mir schon lange nicht mehr. In meinem Alter geht man doch keine neuen Beziehungen mehr ein!« Eigentlich finde ich meine Antwort selber etwas traurig.

»Sind Sie sicher?«

Florian Feusi zieht seine Augenbrauen leicht in die Höhe.

Ich zucke mit den Schultern.

»Wie gesagt: Ich habe nach dem Tod von Xaver einfach nicht mehr darüber nachgedacht.«

»Das sollten Sie aber!«, sagt er bestimmt.

Mein Puls rast, und ich frage mich, ob er tatsächlich mit mir flirtet. Das kann doch nicht sein! Es ist prickelnd, gefällt mir irgendwie, beängstigt mich aber auch dermaßen, dass ich im Geist eine riesige Mauer um mich herum aufbaue. Ich bin zu alt für so was! Zu viel Aufregung für mein altes Herz. Obwohl: Das Herz fühlt sich gerade sehr jung an. Extrem jung. Doch das ist sicher nur eine Täuschung.

Schon bin ich wieder total in Aufruhr, völlig durcheinander. Das beunruhigt mich sehr.
Kann man sich in unserem Alter noch verlieben?
Will das jemand?
Liebe ist natürlich das schönste der Gefühle. Keine Frage. Sie macht einen aber auch sehr verletzbar. Man liefert sich aus. Diese Gefühle, denen man sich als junger Mensch mit Freuden hingibt, machen mir heute Angst.
Was hatte die alte Dame aus Aberdeen gesagt? Man solle sich von Männern fernhalten, wenn man lange leben wolle! Aber was war meine Reaktion darauf? Ich kam zum Schluss, dass die Länge des Lebens überbewertet wird. Dass es um Qualität geht. Und zur Qualität gehört natürlich, dass man offen bleibt. Für alles. Auch für die Liebe. Auch wenn sie kommt, ohne dass man sie gerufen hat.
»Lina lässt Sie grüßen«, sagt jetzt der Mann, der mich so nervös macht – wohl um das Thema zu wechseln. Ich freue mich. »Kommen Sie doch morgen am Nachmittag zum Kaffee. Dann ist Lina sicher auch da. Sie wird sich freuen, Ihnen persönlich danken zu können.«
»Gut«, sage ich, »ich komme gern.«
Das zaubert ihm ein besonders nettes Lächeln ins Gesicht. Ich lächle automatisch zurück.
Meine Mauer taugt rein gar nichts. Sie wackelt schon.
Er steht auf, um sich zu verabschieden. Dabei nimmt er einfach meine Hände in seine und hält sie fest. Und das ist wunderschön. Eine wohlige Wärme durchflutet meinen Körper, reißt die künstlich aufgebaute Mauer innert Sekunden ein.
»Darf ich Sie Nelly nennen? Ich bin Florian.«
Ich nicke.
»Bis morgen also, Nelly!«

Ich nicke.

»Bis morgen, Florian.«

Und dann ist er weg.

Ich setze mich in meinen Sessel und werde ganz klein und still. Dabei möchte ich eigentlich ganz gern laut schreien. Oder irgendetwas durch die Gegend schmeißen. Oder mich in die Arme von jemandem fallen lassen?

Ich werde traurig, weil mir gerade bewusst wird, dass ich keinen Menschen mehr habe, mit dem ich über meine Gefühle reden kann, dem ich von Florian erzählen könnte. Kim ist gerade mit sich selbst beschäftigt. Trudi hat kein Verständnis für niemanden. Und meine Freundin, mein Ehemann, meine Eltern: alle tot.

Und ich? Lebe ich noch?

Als Tobias am Abend nicht zum Essen erscheint, gehe ich beunruhigt die Treppe hoch und klopfe an seine Zimmertür. Ich höre nichts. Keine Antwort. Da mache ich es so, wie es meine Besucher immer tun: Ich gehe einfach hinein, allerdings ganz leise und ehrlich besorgt. Tobias liegt in seinen Kleidern auf dem Bett und schläft. Nicht einmal die Schuhe hat er ausgezogen. Ein leises Schnarchen sagt mir, dass er noch lebt.

Die Untersuchungen und Besprechungen scheinen ihn völlig erschöpft zu haben. Ich bleibe einen Moment lang neben seinem Bett stehen. Tobias sieht erschreckend schlecht aus. Wenn er so daliegt, ist deutlich sichtbar, dass er schwer untergewichtig ist. Seine Gesichtshaut spannt sich wächsern und dünn über die Wangenknochen. Auch die Augen wirken eingefallen, die Ohren dafür übergroß.

Er wird bald von uns gehen.

Sehr bald.

Wieder einer.

Das beelendet mich. Ich mag nicht mehr Abschied nehmen. Und will nicht allein übrig bleiben.
»Hallo? Ich lebe noch! Du kannst später weinen!« Tobias ist wach geworden und sieht meine Tränen. »Was ist los?«, fragt er.
»Nichts. Alles gut. Ich dachte nur gerade, dass ich nicht schon wieder jemanden verlieren will, den ich gernhabe«, antworte ich ehrlich. »Wie war es beim Arzt? Der Termin scheint dich ja richtig mitgenommen zu haben.«
Ich hole einen Stuhl, schiebe ihn an Tobias' Bett, und er nimmt sofort meine Hand.
»Bist du meine Freundin?«, fragt er.
»Ja klar.«
»Kann ich mit dir über alles reden?«
»Sicher!«
»Es ist so weit. Ich will und kann nicht mehr. Der Krebs ist überall. Ich will sterben, bevor mein Leben nur noch eine Quälerei ist. Mein Hausarzt hat heute meine Unterlagen an Exit übergeben.«
»Exit?«
»Ja, die Sterbehilfeorganisation.«
»Klar. Die kenne ich schon. Ich gehöre ihr auch an. Aber es erschreckt mich halt trotzdem. Kommen die denn ins Heim?«
»Nein, unser *heimelig* lässt das jedenfalls nicht zu. Es wird also schwierig. Ich werds trotzdem tun. Hilfst du mir?«
Ich muss schon ein paarmal leer schlucken, verspreche es ihm dann natürlich. Das wird ein schwieriger, schwerer Weg.
»Aber es gibt doch heute eine so gute Palliativmedizin, man kann schmerzfrei sterben, wird gut betreut …«, versuche ich einzuwenden.
»Pah! Palliativmedizin. Ein schönes Wort. Ein schöner Gedanke. Aber wir haben für den ganzen Kanton nur ein paar Betten in Schwyz, die ständig alle belegt sind. Dann gibt es erst wieder

Palliativstationen in Luzern oder in Affoltern. Da wird viel schöngeredet, dabei liegt es wirklich im Argen. In Feusisberg und in Hurden gibt es ein Sterbehospiz mit ein paar wenigen Betten. Nichts davon im inneren Kantonsteil. Alles erst im Aufbau. Alles scheitert am Geld und an Bewilligungen. Einige der wenigen Einrichtungen bestehen sogar nur provisorisch, könnten also wieder geschlossen werden. Nein, nein, erzähl mir nichts. Die Palliativmedizin steckt in unserem Kanton noch in den Kinderschuhen.«
Oha, Tobias scheint mal wieder bestens informiert zu sein.
»Wie kann ich dir denn im Moment helfen?«
»Ich möchte ein paar Menschen, die mir etwas bedeuten, einen Abschiedsbrief schreiben. Aber ich kann kaum mehr schreiben. Könntest du sie auf dem Computer tippen?«
»Das kann ich gern tun. Morgen fangen wir an. Gleich nach dem Frühstück.«
Tobias lächelt, nein, ein Strahlen geht über sein Gesicht. »Du bist wirklich eine Freundin«, sagt er dann. »Weißt du, ich möchte sonst mit niemandem darüber sprechen. Das belastet ja nur unnötig.«
»Das verstehe ich.« Sehr gut sogar, umso mehr, weil es mich jetzt auch belastet, zu wissen, dass sein Countdown begonnen hat.
Er drückt meine Hand, so fest er kann.
»Und jetzt zu dir«, sagt er und fährt das Kopfteil seines Bettes etwas hoch. »Was ist los mit dir? Ich will alles wissen. Immerhin sind wir jetzt mal ganz unter uns. Los, erzähl!«
Und so muss er sich alles anhören. Von der schwangeren Kim. Von Trudi, die mich immer wieder verletzt. Und von Florian, meinen Gefühlen für ihn, seinem Angebot an mich. Es tut so gut, dass da ein Freund ist, der mir zuhört, zuhören will. Ich gestehe ihm auch, wie allein ich mich heute gefühlt habe.
»Schau mal dort drüben, in der zweiten Schublade, dort findest du einen Block und einen Kugelschreiber.«

Ich finde alles, wonach Tobias verlangt. Er ist ein extrem ordentlicher Mensch.
»Den ersten Brief schreiben wir gleich heute«, erklärt er. »Er ist dringend.«
Und dann beginnt er zu diktieren.

Liebe Nelly
Du bist nicht nur eine gute Freundin, Du bist auch eine
ebenbürtige Gesprächspartnerin, eine Bereicherung in
meinem Leben hier. Ein Sonnenstrahl, ein bunter Vogel …

Ich kann nicht verhindern, dass einige meiner Tränen aufs Papier tropfen, aber ich schreibe und bin still, auch dann, wenn Tobias überlegt und etwas Zeit braucht, sich seine Sätze zurechtzulegen. Ich spüre, dass dies ein ganz besonderer Moment ist, einer, der unvergesslich bleiben wird.

… Aber jetzt und heute muss ich Dir sagen: Raus ins Leben
mit Dir! Wenn Du selber nicht auf die Idee kommst, dann
mach es für uns, die wir es nicht mehr können. Sei mutig.
Du bist mutig. Sei offen für jedes Abenteuer. Sei Pippi Langstrumpf, nicht Annika. Du hast rein gar nichts zu verlieren.
Zieh hier wieder aus! Wage die Liebe! Organisiere dich neu!
Ich werde Dich von oben beobachten und werde keine Ruhe
finden, wenn Du hier in diesem Heim bleibst und auf den
Tod wartest. Das wäre eine Sünde am Leben.
Ich danke Dir für alles. Du bist großartig.
Dein Freund

Jetzt nimmt er mir den Block aus der Hand und schreibt zitterig *Tobias* unter die Zeilen.

Wir weinen ein wenig zusammen. Ein kostbarer Moment. Das ist uns wohl beiden klar. Ich hasse Abschiede. Sie erscheinen mir von Mal zu Mal unerträglicher. Ich gewöhne mich nicht daran. Will es auch nicht.
Tobias lässt mich den Brief in einen Umschlag stecken, schreibt dann in Großbuchstaben auf das Couvert: NELLY.
»Ich gebe ihn dir jetzt schon, weil du ihn jetzt brauchst. Expresspost, sozusagen.«
Damit überreicht er mir feierlich unser Gemeinschaftswerk. Ich putze mir die Nase, trockne meine Tränen, denke nach.
»Du bist doch auch immer allein geblieben, hast dich nicht mehr verliebt. Das tut man einfach nicht mehr in einem gewissen Alter.«
»Oh, da bist du aber falsch informiert. Ich bin ja schon lange im Heim, seit zwölf Jahren schon, bin damals noch in den alten Bau eingezogen. Und da gab es tatsächlich eine kurze, heftige Affäre mit einer Bewohnerin namens Barbara. Und wir haben nicht nur Händchen gehalten. Wir waren der Skandal des Hauses.«
»Und?« Ich bin ganz Ohr.
»Es war belebend und umwerfend. Ich dachte, ich sterbe deswegen zehn Jahre früher, weil ich so außer Rand und Band geraten war. Das wäre es mir allerdings wert gewesen.«
»Und?«, frage ich interessiert weiter.
»Barbara ist gestorben. An einem Herzinfarkt«, sagt Tobias leise.
»Wir hatten nur fünf gute Monate zusammen. Aber ich möchte keinen Tag davon missen.«
»Schön.«
»Wir hatten Pech. Es hätten ja auch zwei Jahre werden können. Und das ist in unserem Alter – wenn du das schon immer betonen willst oder wenn du es ins Verhältnis zu unserem Restleben setzt – doch extrem viel.«
»Ja.«

»Und ich verrate dir noch ein Geheimnis: Wenn man jung und verliebt ist, ist das zwar ein Rausch, aber man nimmt ihn selbstverständlich hin. Das muss so sein. Wenn man aber alt ist, genießt man das Prickeln und den ganzen Wahnsinn völlig anders, weil man weiß: Es ist nicht selbstverständlich, es ist vielleicht die letzte Chance, es ist ein kleines Wunder. Barbara und ich haben völlig abheben können. – Versprich mir, dem Wunder eine Chance zu geben. Eine kleine wenigstens.«
Ich nicke, allerdings nur so halbbatzig überzeugt.
Da platzt eine Schwester ins Zimmer, die Tobias in den Schlafanzug helfen will.
»Bis Morgen«, sage ich und will Tobias einen Kuss auf die Wange geben.
Blitzschnell dreht er den Kopf und bekommt meine Lippen so direkt auf seine. Dann lacht er kindisch: »Ich habe dir einen Kuss gestohlen.«
»Du kannst ihn behalten«, gebe ich großzügig zurück. Immerhin ist es schon eine lange Zeit her, dass ich Lippen auf meinen gespürt habe. Und so ein Kuss – ich muss gestehen – fühlt sich gut an. Selbst ein gestohlener von Tobias.

Es gibt Tage, die gefühlt einfach rund hundert Stunden haben. Dies ist so einer. War so einer. Zu viele Begegnungen, zu viele Gefühle, zu viele Überraschungen, gute und schlechte. Das würde normalerweise locker für eine Woche reichen. Und dabei hatte ich letzte Nacht kaum geschlafen.
Kein Wunder also, dass ich in dieser Nacht einschlafe, bevor ich mich in meinem Bett so richtig gemütlich eingekuschelt habe.
Ich liege. Ich schlafe.
Was zu viel ist, ist zu viel.
Ich bin fertig. Fertig mit mir und der Welt.

21 : D wie Daheim

Am Morgen gehen mir lauter traurige Schlager durch den Kopf, die ich längst vergessen zu haben glaubte.
Abschied ist ein bisschen wie sterben,
sang Katja Ebstein zum Beispiel, und ich fand das immer ein wenig übertrieben. Heute weiß ich, dass sie recht hatte.
Und Roger Whittaker tönte:
Abschied ist ein scharfes Schwert,
das oft so tief ins Herz dir fährt.
Ja, das Schwert des Abschieds wühlt heute sehr tief in meinem Herzen.
Es ist gar nicht so leicht, Tobias' letzte Worte zu tippen und dabei genug Distanz zu wahren, nicht andauernd zu weinen. Ich möchte Tobias schließlich helfen, beistehen und ihm nicht alles noch schwerer machen, als es eh schon ist. Er schreibt ein paar herzliche Zeilen an seine neu gewonnene Verwandtschaft. Er schreibt kurze Briefe an Marlies, an Paul und an Frau Meier. Aber natürlich soll der wichtigste Brief an seine Tochter Käthi gehen. Der Brief wird lang. Und Tobias muss immer wieder unterbrechen, weil er bitterlich weinen muss.
Ich lasse ihm Zeit.
Und dann, als ich glaube, dass alle Briefe geschrieben sind, diktiert er mir, als wollte er mich und sich ein wenig aufheitern, ein paar Zeilen an Florian. Meinen Widerspruch ignoriert er ganz einfach.

Lieber Florian
Bitte haben Sie die Güte, an meiner Totenfeier Panflöte zu spielen. Ich lege diesem Schreiben dreihundert Franken bei.

»Denkst du, dass das reicht?«, fragt er mich unsicher.
»Notfalls werde ich den Rest beisteuern«, beruhige ich ihn.

Ich habe verfügt, dass man meine Asche in den Vierwaldstättersee streuen wird. Dort, also am See, wäre dann auch Ihr Auftritt. Ich wünsche mir »Amazing Grace« und »Luegid vo Bärg und Tal«.
Des Weiteren möchte ich Sie bitten, auf meine Freundin Nelly achtzugeben. Sie ist gesund und fit und braucht jemanden, der sie wieder zum Leben erweckt. Tun Sie das! Danke. Ich beobachte Sie von oben!!!
Herzlichst,

Ich gehe schnell in mein Zimmer, um die Briefe auszudrucken, und nutze die Gelegenheit, kurz und heftig zu weinen, ohne dass Tobias es sehen kann. Nach einem letzten Schluchzen atme ich tief durch, trockne meine Tränen und bringe Tobias die Briefe. Nachdem er alle noch einmal gelesen und seine Unterschrift daruntergekritzelt hat, muss er sich hinlegen, so sehr hat ihn das mitgenommen.
»Nimmst du sie für mich in Verwahrung und gibst sie an meinem Todestag weiter?«
»Das mache ich gern für dich, Tobias.«

Tobias nimmt nicht mehr an den Mahlzeiten im Speisesaal teil. Die Lücke am Tisch ist groß, ein riesiges Loch. Ein gigantischer Krater. Paul weiß sofort, was das zu bedeuten hat.

»Ich gehe nachher bei ihm vorbei«, sagt er nur bedrückt.
Marlies findet, Männer seien halt schon sehr wehleidig. Immerhin sei Tobias doch vor zwei Tagen noch fit gewesen.
Paul und ich wechseln einen vielsagenden Blick.
Unsere Tischgemeinschaft hat mit Tobias die wichtigste Person verloren, den Mann mit den Infos, mit den kontroversen Themen, den Mann mit dem frechen Mundwerk, den Mann, der Leben in die Bude brachte, falls nicht ich mit irgendeinem Skandälchen dafür gesorgt habe.
Wir sind gerade dabei, einen Freund zu verlieren.

Am Nachmittag bin ich eigentlich gar nicht so in der Stimmung, Florians »Daheim« zu besichtigen. Allerdings scheint die Sonne, es ist warm, und ein Spaziergang bietet sich an, auch um den Kopf etwas zu lüften, wie man so schön sagt. Als ließe sich der Kopf lüften! Doch es stimmt schon, meistens werde ich düstere Gedanken los, wenn ich mich im Freien bewege. Wenigstens für eine Weile. Und da gibt es ja auch noch Florian, der ein wenig in meinem Kopf herumspukt – und nicht nur dort. Ich belächle mich selber, weil ich ein besonders schönes, blumiges Kleid aus dem Schrank hole, das ich schon ewig nicht mehr getragen habe, weil es mir zu mädchenhaft vorkam. Albern! Und ich schaue auch etwas länger in den Spiegel als sonst, zupfe mir ein vorwitziges Haar aus, das ungefragt an meinem Kinn gewachsen ist. Ein besonders störrisches wächst sogar aus meinem Nasenloch. Auch das muss weg, selbst wenn das wehtut. Ich erlaube mir ein ganz klein wenig Parfüm, einen Hauch von Vanille und Rose.
Wie gesagt: albern.
»Hoffärtig!«, hätte mir mein Vater beschieden.
Meine Mutter würde heute wohl sagen: »In deinem Alter benimmt man sich nicht so!«

Tatsächlich war meine Mutter in meinem Alter längst tot. Sie kann also eigentlich gar nicht mitreden.
Tja.
Stimmen aus der Vergangenheit.
Man kann sie auch ignorieren.

Das »Daheim« steht etwas abseits vom Dorf. Es ist ein großes, einladendes altes Bauernhaus, sehr gepflegt, mit roten Hängegeranien vor den Fenstern und einem Garten, in dem Gemüse wächst, und zwar in akkuraten Linien, alles rundherum sauber von Unkraut befreit. Vor dem Haus stehen rote Bänke, rote Tische. Florian sitzt an einem davon mit seiner Großnichte Lina, die ein Baby in den Armen hält. Die beiden sind so sehr auf das Kleine fixiert, dass sie mich erst sehen, als ich vor ihnen stehe.
»Nelly, wie schön!«, ruft Florian aus. »Willkommen!«
Auch Lina begrüßt mich und geht dann ins Haus, um das Kind schlafen zu legen. Als sie wiederkommt, bringt sie einen Marmorkuchen, den sie extra für mich gebacken hat, um sich bei mir dafür zu bedanken, dass ich ihren Termin gerettet habe.
»Nichts zu danken«, wehre ich ab, »das war doch eine Selbstverständlichkeit.«
Vom Kuchen esse ich natürlich trotzdem gern, wir trinken Kaffee, plaudern und lassen uns die Sonne auf die Nasen scheinen. Ich kann mich total entspannen. Mir fällt ein Song ein, den Xaver allerdings immer bescheuert fand. Genau kann ich mich nicht mehr erinnern, aber er ging in etwa so:
Ich fühl mich wohl wie Blumenkohl...
Xaver fand es ziemlich übergriffig, einfach anzunehmen, dass sich ein Blumenkohl wohlfühle. Würde dieser überhaupt Gefühle haben – was ja äußerst zweifelhaft sei –, sei es ihm möglicherweise überhaupt nicht wohl in seiner Haut und er wäre

viel lieber ein Brokkoli, oder er sei total neidisch auf den Lauch. Außerdem habe er vielleicht eine Schneckenphobie und keine ruhige Minute draußen im Garten.

»Darf ich Ihnen das Haus zeigen?«, holt mich Florian aus meinen blumenkohligen Gedanken.

»Natürlich, sehr gern«, erwidere ich und stehe auf.

Das Haus sieht innen genauso gemütlich und einladend aus, wie es außen versprach. Die Wohnküche ist enorm groß, und im Zentrum steht ein mächtiger Esstisch aus Eiche. Auch das Wohnzimmer ist riesig, und es gibt viele gemütliche Plätze zum Sitzen und – wie Kim sagen würde – Chillen. Da hat man wohl aus ehemals zwei oder drei Räumen einen gemacht. Außerdem gibt es mehrere Badezimmer und Toiletten. Alles ist liebevoll dekoriert, und überall ist Holz das vorherrschende Element.

»Bei uns wohnen zurzeit nur zwei Rentner, Peter und Hans, die junge Virginia mit ihrem Baby Moritz und der Lehrling Cosmo, dessen Familie zu weit weg von seinem Arbeitsplatz lebt. Und Lina, die jetzt auszieht. Nur, damit Sie es wissen: Wir nehmen auch mal vorübergehend und notfallmäßig jemanden auf. Und wir helfen einander, wir haushalten zusammen. Wir versuchen, eine Familie zu sein. Und ja, da sind wir uns bestimmt einig: Familie, das beinhaltet auch reichlich Konflikte und Diskussionen, manchmal Streit und Lärm.«

Ich darf mir verschiedene Zimmer anschauen, kleine, mittlere, große. Einige davon sind leer.

»Wie gesagt, zurzeit gibt es viel Platz hier. Zu viel. Wissen Sie, ich werde von zwei Stiftungen unterstützt, weil sie die Idee ›Generationenhaus‹ gut finden. Dafür müssen hier natürlich auch genug Bewohner leben. Und zwar jeden Alters und immer, also das ganze Jahr.«

Er schaut mich an.

»Sie wären hier willkommen. Sehr willkommen«, sagt Florian. »Sogar sehr speziell willkommen«, doppelt er nach und nimmt meine Hand in seine. »Sie könnten sich das schönste Zimmer aussuchen. Sie könnten sich hier einbringen, so sehr Sie wollen – alles ohne Zwang. Seit einiger Zeit schmeißt zwar mehrheitlich Virginia den Haushalt. Dafür zahlt sie kaum Miete, und wir nehmen ihr, so oft es geht, den kleinen Moritz ab.«
Will er mir jetzt eigentlich unbedingt ein Zimmer andrehen? Oder will er mir zwischen den Zeilen viel mehr sagen?
»Ich bin überzeugt, Sie würden zu unserer Gemeinschaft passen. Und zu mir sowieso.«
Hallo?
Jetzt wird er langsam deutlicher.
»Ja«, Florian räuspert sich, »ich habe mich in Sie verliebt.«
Das ist überdeutlich.
»Ich bin nun siebzig«, fährt er fort, »aber ja, ich kann das noch, mich verlieben, meine ich. Ich staune selber. Und – ich, wir, es bleibt nicht mehr sooo viel Zeit.«
»Ich weiß nicht, was ich sagen soll – ich bin schon siebenundsiebzig!« Ich reagiere irgendwie, bin unfähig, einen klaren Gedanken zu fassen. »Ich weiß nicht, ob ich das noch kann.«
»Sieben Jahre Unterschied sind doch nichts. Gar nichts. In unserem Alter zählen andere Dinge. Zum Beispiel, wie sehr man noch dem Leben zugewandt ist, wie offen und unternehmungslustig man bleibt, wie tolerant und positiv eingestellt man ist. Viele hängen in ihrer Vergangenheit fest wie in einem Hamsterrad, werden dadurch verbittert und verschlossen. Sie sind anders, Nelly.«
Ich höre seine Worte, spüre seine warmen Hände, die meine halten, aber nicht umklammern, fühle mich wohl und beschwingt und übermütig. Bin ich wirklich noch so offen?

Dann zieht er mich plötzlich an sich und küsst mich, ganz zart und vorsichtig und nur kurz.
Sofort lässt er mich wieder los.
»Entschuldigung, das war ein Überfall«, lacht er leise, schaut mich forschend an, um meine Reaktion genau zu beobachten. Ich lache zurück, kann gar nicht anders.
Es ist verrückt.
Aber schön.
Unerwartet, unbeschreiblich schön.
»Darf ich dich umarmen?«, fragt er.
Ich nicke und liege schon in seinen Armen. Es ist ein längst vergessenes Gefühl: sich gehen lassen, fallen lassen, geborgen, getragen und gehalten werden. Wir stehen ganz still und horchen beide in uns hinein.
Ich fühl mich wohl wie Blumenkohl...
Total.
Ich *bin* ein riesengroßer Blumenkohl in diesem speziellen Moment.
Was für ein Gefühl!
Längst vergessen, aber sofort wiedererkannt.
Wir würden wohl noch übermorgen so stehen, wenn da nicht zwei Bewohner von ihrem Spaziergang heimkämen. Florian stellt mir die Männer vor: »Das ist Peter, der Gärtner, und das ist Hans mit Hund. Meine ältesten Mitbewohner zurzeit.«
Wir reichen uns die Hände.
»Wir sagen uns hier Du – wenn das okay für dich ist«, sagt Florian, und ich nicke das ab. Ich habe gerade beschlossen, offen und tolerant und positiv zu sein.
Hier wohnt also auch noch ein Hund. Warum nicht. Der schöne Beagle rennt den Flur auf und ab und immer wieder zu mir hin, als wäre es sein Begrüßungstanz.

»Er heißt Hugo«, stellt Hans mir sein Tier vor.
Ich streichle Hugo, und der Vierbeiner wird dabei ganz ruhig.
Mit ihm würde ich mich sicher verstehen.
Hans und Peter gehen ins Wohnzimmer, wo sie im Fernsehen irgendeine Serie schauen wollen. Etwas mit Herz und Schmerz, wie sie lachend erwähnen. Hugo springt ihnen hinterher.
Florian und ich setzen uns wieder vor das Haus an die Sonne.
Ich bin ziemlich überwältigt.
Von allem.
Ich erzähle von Tobias. Von seinem Wunsch, zu sterben, von seinen Abschiedsbriefen. Ich sage: »Es tut weh, schon wieder einen Freund zu verabschieden.«
»Ja, das ist eine der Tragödien unseres Alters.«
»Tobias möchte mit Exit sterben, aber das Heim macht nicht mit.«
»Er kann hierherkommen. Sag es ihm. Wenn er dein Freund ist. Wir bereiten ihm einen schönen, würdigen Abgang.«
»Wirklich?«
»Sicher.«
Jetzt habe ich wieder Tränen in den Augen. So einfach kann es sein, wenn man nicht allein ist.
Vielleicht bin ich ja gar nicht mehr allein?
»Ich kannte das Paar sehr gut, das sich vor ein paar Monaten in Brunnen beim Wolfsprung gemeinsam in den Tod gestürzt hat. Tragisch. Aber eine Entscheidung, die sie zusammen getroffen haben. Das respektiere ich. Ich helfe gern, wenn ich kann, soweit es legal halt möglich ist.«
Vieles könnte einfacher sein, wenn man nicht allein ist.
Ich erinnere mich wieder daran.
Deutlich.
Kann es sein, dass der Mensch einfach nicht allein sein will, nicht dafür gemacht ist, sondern für die Zweisamkeit? Hier würde man

allerdings in einer Wohngemeinschaft leben. Das fand ich zwar immer lustig, wenn es in Filmen oder Büchern beschrieben wurde, habe es jedoch noch nie ausprobiert. Kim lebt in einer WG mit drei anderen. Obwohl – das wird dann mit dem Baby sicher auch nicht mehr gehen.

Irgendwann mache ich mich auf den Heimweg. Ich will nicht, dass man mich beim Abendessen suchen gehen muss. Und ich muss Tobias die freudige Nachricht überbringen. Er wird erleichtert sein.
Zum Abschied hat mich Florian nur auf die Stirn geküsst, doch mein ganzer Körper hat gebrannt.
Will ich das?
Verträgt mein Leben noch so viel Aufregung?
Und mein runzliger, faltiger Körper: Kann der wirklich noch geliebt werden und selber lieben?
Ich gehe so schnell, dass ich außer Atem komme. Ich brauche das gerade, muss mich spüren, durch und durch, weil ich sonst das Gefühl habe, abzuheben, mich aufzulösen in den rosaroten Wolken, die meinen Kopf füllen und meinen Geist völlig vernebeln.
Nein, wirklich.
In meinem Alter.
Xaver, schick mir ein Zeichen! Einen erbosten Donner oder mindestens einen zornigen Blitz.
Aber nein, der Abend ist wolkenlos – Postkartenwetter. Die Vögel singen, die Blätter rauschen im lauen Abendwind. Totale Idylle.
Xaver lässt mich im Stich.

Ich betrete das Heim, und mir wird freudig bewusst: Ich habe eine Alternative. Hätte eine Alternative. Das ist ein gutes Gefühl. Dort, im »Daheim«, würde ich jetzt draußen auf einer Bank sitzen bleiben, bis die Sonne unterginge, vielleicht ein Glas Wein trinken und die Hand von Florian halten. Stattdessen gehe ich in diesen bunkerartigen Bau, mehr Spital als Heimat, desinfiziert und blank geputzt, sicher hilfreich für jeden Hilfsbedürftigen, aber eben: Es ist kein Daheim. Ich spüre den starken Impuls, einfach umzukehren und zu Florian zurückzugehen. Einen sehr starken, fast übermächtigen Impuls.

Aber natürlich nehme ich im Speisesaal meinen Platz ein. Ich fühle mich allerdings wie eine Schlafwandlerin, weil ich im Geist woanders bin und weil ich so viel zu denken und zu bedenken habe.

Paul berichtet, dass Marie-Therese jetzt im Nachbarort eine Bleibe gefunden hat. »Man hat mir erzählt, sie rufe dort ständig nach mir«, erzählt er bedrückt.

»Diesen Wurstsalat mit Ei hatten wir doch schon letzte Woche«, schimpft Marlies. »Etwas Abwechslung täte dem Speiseplan gut. Kannst du das mal notieren? Für die Liste?« Sie schaut mich auffordernd an.

Ich sage nichts, gar nichts.

Ich denke nur nach.

Nach dem Abendessen besuche ich Tobias. Sein Zimmer ist voller Besuch. Seine neu gefundene Verwandtschaft kommt immer häufiger vorbei. Wahrscheinlich merken sie auch, wie seine Lebensgeister langsam erlöschen.

»Warst du im ›Daheim‹?«, will Tobias trotzdem wissen.

»Ja.«

»Sehr gut«, sagt er und nickt. »Sehr gut. Braves Mädchen!«

»Florian bietet dir eine Lösung an. Du bist willkommen«, sage ich, und Tobias versteht sofort und strahlt.

»Kann ich das melden?«

»Ja!«

»Danke, Freundin.«
Die Verwandten verstehen nur Bahnhof. Das ist gut so. Ich werfe Tobias eine Kusshand zu und verlasse das Zimmer. Das Lächeln in seinem Gesicht macht mich glücklich.

Auf dem Flur zu meinem Zimmer begegne ich Frau Fuchs, unserer Zahlenfrau.
»Ich habe das persönlich geregelt«, sagt sie stolz.
»Geregelt? Das was?«
»Ihr W-LAN läuft jetzt wie eine Eins!«
»Sicher? Und nicht nur in den nächsten fünf Minuten?«
»Todsicher. Ich habe den richtigen Fachmann kommen lassen, Igor, den Mann meiner Nichte. Er führt eine erfolgreiche Computerfirma. Und er hat mir – beim Leben seiner Großmutter – versprochen, dass jetzt alles laufe, und zwar zuverlässig und immer. Ich habe zwar den Verdacht, dass seine Großmutter gar nicht mehr lebt. Aber probieren Sie es aus! Vielleicht versuchen Sie mal eine Einzahlung?«
»Mache ich gern. Versprochen. Morgen«, antworte ich.
Es hat also nur fast ein Jahr gedauert und tausend Reklamationen sowie eine kleine Erpressung gebraucht, und schon funktioniert das Internet. Wenn das kein Grund zum Feiern ist.

Wieder in meinem Zimmer, gehe ich sofort ins Bett. Viel zu früh allerdings. Ich kann nicht schlafen, sondern wälze mich im Bett hin und her.
Ich habe nichts mehr von Kim gehört.
Nichts mehr von Trudi.
Nichts mehr von Kipkogei.
Ich fühle mich ziemlich alleingelassen mit meinem unglaublichen Gefühlschaos.

Aber je länger ich darüber nachdenke – und das tue ich sehr lange –, kann ich mir einfach überhaupt nicht vorstellen, mit Florian eine Beziehung einzugehen. Ich bin zu alt. Wohin sollte das führen? Ich bin siebenundsiebzig. Wie viele Jahre hätten wir also noch? Und wie viele davon wären gut? Es wäre doch auch dem jüngeren Florian gegenüber nicht recht.
Und würde ich bei ihm einziehen, würde Trudi bestimmt die Kesb alarmieren und mich auf meinen Geisteszustand hin überprüfen lassen. Vielleicht zu Recht?
Ich hatte eine lange, glückliche Ehe. Ich hatte einen guten Ehemann, der sich um mich kümmerte, für mich sorgte, der mich liebte. Das muss doch reichen.
Mehr zu wollen, das erscheint mir verrückt.
Mehr zu wollen, das wäre undankbar.
Außerdem bin ich sowieso zu alt für Florian.
Was will er also von mir?
Und wenn wir es versuchen, uns näherkommen, wenn sich unsere Herzen berühren, wir tatsächlich die ganz großen Gefühle zulassen und dann doch am Ende feststellen müssen, dass es nicht geht – würde ich das verkraften?
Nein. Das würde ich nicht.
Ich möchte nicht mehr verletzt werden.
Ich stehe auf und schreibe Florian in wenigen Sätzen meine Gedanken. Mir laufen dabei die Tränen übers Gesicht, als würde ich etwas Kostbares zurückgeben, bevor ich es überhaupt besitze. Vielleicht würde Kim sagen, ich sei einfach nur feige, und vielleicht hätte sie recht. Aber sie ist nun mal nicht hier. Florian berührt mein Innerstes, und ich habe das Gefühl, ich müsse es schützen. Ich habe Angst. Ich will nicht verletzt werden. Dann verzichte ich lieber auf ein bisschen Prickeln, rosarote Wolken und Blumenkohlgefühle.

Ich bin alt.
Zu alt.
Leider.
Immerhin: Das Internet läuft tatsächlich. Schneller denn je.
Heute hätte es mir ruhig etwas mehr Zeit lassen können.
Zeit zum Nachdenken, Überlegen.
Aber es zischt, und die Nachricht an Florian ist weg.
Genauso wie das kleine Zipfelchen von einem möglicherweise ganz besonderen Glück, das ich in den Händen hielt.

22 : Ida kommt

Am Morgen wache ich wie immer früh auf, viel zu früh. Und während ich mich langsam anziehe – das blumige Kleid habe ich wieder ganz hinten in den Schrank verbannt –, höre ich plötzlich vom Vorplatz her Töne, Klänge, jedenfalls seltsame Geräusche für den frühen Morgen. Ich öffne die Balkontür, und schon klingt er mir entgegen: der Flötenflüsterer. Ich zögere einen Moment, betrete dann aber den Balkon und schaue hinunter. Da steht er. Florian mit seiner Panflöte. Und er spielt das Lied vom einsamen Hirten, das ich so mag. In einer Art Endlosschlaufe, wie mir scheint. Die Begleitung dazu lässt er von seinem CD-Player laufen.
Dabei schaut er zu mir herauf.
Herzig.
Aber auch ein wenig albern, oder?
Übertrieben!

Überall schauen Leute aus den Fenstern und wundern sich.
Peinlich!
Will er da jetzt den ganzen Tag spielen und zu mir hochschauen?
Ich winke ihm, dass er hereinkommen soll, gehe wieder ins Zimmer, schließe die Balkontür und setze mich mit klopfendem Herzen aufs Bett.
Ja, ich bin beeindruckt. Keine Frage. So etwas hat noch keiner für mich getan.
Als Florian kurz darauf in meinem Zimmer steht, ist denn auch die Versuchung, einfach in seinen Armen zu versinken, groß.
Albern.
Lächerlich.
Ich bin eine alte Frau, und ein bisschen Weisheit und Weitsicht kann man von mir schon erwarten. Auch eine Portion Selbstbeherrschung.
Contenance!
»War das Morgenkonzert für mich?«, frage ich, obwohl ich die Antwort kenne.
»Nur für dich, Nelly.«
Er setzt sich zu mir aufs Bett und nimmt meine Hand in seine.
»Hör auf dein Herz, Nelly, auf deine innere Stimme. Sie ist so laut, dass sogar ich sie hören kann. Du bist gefühlt kein Jahr älter als ich. Und du bist gefühlt noch nicht in dem Alter, in dem man allein im Lehnstuhl sitzen will oder muss.«
»Ach, das gefühlte Alter. Das ist doch der größte Selbstbetrug überhaupt. Ich schaue in den Spiegel, und der sagt mir ganz ehrlich Bescheid: Ich bin alt. Und zwar exakt siebenundsiebzig Jahre alt.«
»Ich werde dich erobern, Nelly. Und wenn ich jeden Tag hier vor deinem Fenster Panflöte spielen muss. Ich habe Zeit. Ich gebe dir Zeit. Ich kämpfe um dich.«

Er kämpft um mich?
Schon beeindruckend, so ein Satz.
Um mich hat noch keiner gekämpft.
Ich versuche, mir vorzustellen, wie seine Querflöte zum Schwert wird und Florian damit einen Nebenbuhler niedermetzelt. Nur gibt es ja keinen. Er könnte höchstens gegen meine eigenen Mauern, meine Ängste und Zweifel kämpfen. Das schon.
Florian steht auf und küsst galant meine Hand.
»Ich gehe jetzt, Nelly. Aber ich komme wieder. Und wieder. Und wieder.«
»Aber keine morgendlichen Flötenkonzerte mehr, bitte! Das ist mir ein bisschen unangenehm.«
»Gut, wie du meinst.«
Florian geht und lässt mich einmal mehr mit einem Lächeln im Gesicht zurück.
Was für ein Mann!
Er ist originell, witzig, frech, frisch, schön, zärtlich, liebevoll ...
Er ist zu jung für mich.
Und ich will gar keinen Mann mehr.
Nur meine Ruhe haben.

Nach dem Frühstück ruft Kipkogei an, Xavers Schützling aus Kenia. Ich dachte schon, er habe sich wieder ins Ausland abgesetzt und mich längst vergessen.
»Heute Abend kommt die Fernsehsendung über mich, über uns, Nelly«, erklärt er seinen Anruf. »Wir könnten die Sendung zusammen anschauen.«
Ich zögere. Wollte ich nicht gerade noch meine Ruhe haben?
»Ganz ohne Presse, nur Sie und ich«, verspricht er schnell. Er komme um sieben, sagt er dann, bevor ich noch etwas erwidern kann. Und dann ist die Leitung unterbrochen.

Plötzlich kommen wieder Männer in mein Leben. Ungefragt.
Doch einer geht.
Tobias.
»Ich habe den Termin mit Exit«, sagt er mir, als ich ihn anschließend besuche. »Nächsten Montag. Aber ich weiß nicht, wie wir das machen wollen, ich meine, ohne großes Drama? Wie kommen wir hier unauffällig weg?«
»Ich könnte dich im Rollstuhl auf einen Tagesausflug mitnehmen. Wir melden uns offiziell ab, sagen, wir besuchen jemanden in der Nähe.«
»Ja, das könnte gehen. Und wenn es regnet, nehmen wir halt ein Taxi.«
»Vielleicht wäre ein Taxi in jedem Fall gut.«
»Stimmt.«
Wir schweigen eine Weile. Das ist wohl das Schlimmste am organisierten, selbst bestimmten Sterben: Da ist dieses feste Datum. Du weißt, wann du stirbst. Es gibt einen Countdown. Damit muss man umgehen können. Vor allem für die Angehörigen ist das eine schwere Last. In diesem Fall trage ich sie allein. Stellvertretend.
»Wir behalten das als Geheimnis, du und ich«, bittet mich Tobias. Das war mir schon klar. Es ist besser, wenn nicht viele davon wissen. Tobias soll in seinen letzten Tagen nicht noch diskutieren und argumentieren und sich rechtfertigen müssen. Er ist alt genug, hat sich entschieden, ist wirklich sehr schwer und unheilbar krank, hat zunehmend Schmerzen und leidet. Für mich ist seine Entscheidung nachvollziehbar. Ich würde an seiner Stelle genauso denken und handeln.
»Man wird uns den lockeren Ausflug aber nicht einfach so abnehmen. Frau Meier oder Paul, die werden wissen, dass wir etwas im Schilde führen«, gebe ich zu bedenken.

»Stimmt. Aber das macht nichts, wir bleiben einfach bei unserer Geschichte. Gerade Frau Meier soll ja keine Probleme bekommen. Und Paul muss damit zurechtkommen. Er ist ein großer Junge. Er schafft das.«
»Gut.«
Der Plan steht.
Mir graut vor seiner Ausführung.
Aber ich helfe aus Freundschaft. Ein letzter Liebesdienst für eine gute Seele.

Gerade als ich am Nachmittag zu einem kleinen Spaziergang aufbrechen will, kommt Kim zu Besuch. Sie hat geweint, das sehe ich sofort. Wir setzen uns im Garten auf eine Bank.
»Wie geht es dir?«, fragt sie wie immer höflich und ehrlich interessiert.
»Wie geht es dir?«, frage ich zurück. Allein schon das treibt ihr wieder die Tränen in die Augen.
»Wie soll das bloß gehen? Ich bin schwanger von einem Mann, der nie an meiner Seite sein wird, wenn ich ihn brauche, sondern aus Berufung in der Welt herumreist. In meiner WG kann ich nicht bleiben. Meine Mitbewohner waren total schockiert, als ich ihnen von meiner Schwangerschaft erzählte. Ich dachte, wir seien Freunde. Aber nein, das gehe auf keinen Fall mit dem Baby, meinten sie, ich müsse sofort eine neue Bleibe suchen.«
Sie schluchzt, und ich nehme sie in meine Arme.
»Ich könnte noch abtreiben«, sagt Kim schließlich leise.
Das erschreckt mich zutiefst. Allein der Gedanke! Aber ich bleibe ruhig.
»Möchtest du das? Möchte Matteo das?«
Sie schüttelt heftig den Kopf.
Na also!

»Schau, Kim, das ist jetzt alles grad etwas viel. Zu viele Gedanken, Sorgen. Zu viel Neues, Unerwartetes, Ungeplantes. Aber glaub mir: Das wird alles gut. Ich bin ja auch noch da.«
Sie schenkt mir ein schiefes Lächeln.
»Du musst nicht alles heute und morgen regeln. Du hast Zeit. Lass dir Zeit. Es wird Lösungen geben, an die du jetzt noch gar nicht denkst. Ich lasse dich nicht im Stich. Ich bin bei dir. Alles wird gut.«
Langsam atmet meine Enkelin wieder ruhiger. Es tut mir weh, diese selbstbewusste Frau so aufgelöst zu sehen. Ich kann mich kaum daran erinnern, wann ich sie zum letzten Mal so erlebt habe. Ich glaube, das war, als sie zehn war und ihr Meerschweinchen entwischte und dann vom Schäferhund des Nachbarn totgebissen wurde.
Ich weiß natürlich, dass nicht immer alles gut wird.
Kim weiß es auch.
Und trotzdem ist es manchmal genau dieser Satz, den man hören will und muss. Dafür sind Freunde da. Und Großmütter.
»Und jetzt du!«, sagt Kim und putzt sich die Nase. »Ich habe das Gefühl, viel zu lange nichts mehr von dir gehört zu haben.«
Ich überlege einen Moment. Kann und soll ich ihr von Florian erzählen? Von Tobias?
So groß mein Bedürfnis ist, mich mitzuteilen, so schwer fällt es mir auch. Das erschreckt mich selber. Man sagt es unserer Generation allgemein nach, dass wir nicht in der Lage seien, über Gefühle zu reden.
»Was ist, Omilein? Wenn du so lange nachdenkst und nichts sagst, dann weiß ich doch, dass da etwas ist. Komm, erzähl es mir doch!«
Also berichte ich ihr alles der Reihe nach.
Von Florian.

Vom »Daheim«.
Von Tobias.
Niemand hört so gut zu wie Kim.
»Du bist verliebt!«, platzt sie heraus. »In den Panflötenspieler!« Sie lacht herzhaft. »Wenn das Opa wüsste! Wahrscheinlich weiß er es und hat ihn sogar auf dich angesetzt, weil er nicht mehr mitansehen will, wie du in diesem Heim versauerst.«
»Nein, einen Mann, der Panflöte spielt, hätte mir Xaver nie geschickt. Das ist ausgeschlossen.«
Ich lache über diese Vorstellung und erzähle ihr, was ihr Großvater von diesem Instrument gehalten hatte.
»Egal. Er kann jetzt eh nichts mehr dagegen tun«, sagt Kim ungnädig. Und dann schmunzelt sie und meint: »Ich könnte dich jetzt zitieren. Gerade hast du alle wichtigen Sätze gesagt. Ich wiederhole sie gern: ›Das wird alles gut. Ich bin ja auch noch da.‹ Und nicht zu vergessen: ›Du musst nicht alles heute und morgen regeln. Du hast Zeit. Es wird Lösungen geben, an die du jetzt noch gar nicht denkst.‹«
Sie umarmt mich und drückt mich.
»Ich habe aber nicht mehr so viel Zeit wie du. Vergiss nicht, ich bin bald achtzig.«
»Jaja, ich weiß, das mit dem Sand in der Sanduhr ... Gerade deshalb solltest du dich nicht so zieren.«
Jetzt gibt sie wirklich Gas, meine Kleine. Ich ziere mich doch nicht! Ich lasse mich nur nicht von meinen Gefühlen vereinnahmen und bestimmen. Das kann man sich leisten, wenn man jung ist. Später sollte die Vernunft regieren.
»Das mit Tobias ist wirklich furchtbar«, wechselt Kim jetzt das Thema, »und ich bin froh, dass Florian dabei sein wird. Aber wird es nicht auch so sehr, sehr schwer für dich, Grosi. Soll ich mir freinehmen und auch mitkommen?«

Ich schüttle energisch den Kopf. »Das schaffe ich. Es wird traurig, das schon, aber ich schaffe das. Ich bin alt genug für so was. Du aber bist dafür noch zu jung.«
»Und für die Liebe, da bist du dann schon wieder zu alt?«, insistiert Kim. Anscheinend ist sie doch noch nicht fertig mit dem Thema. Ich zucke nur mit den Schultern, bin ja selber irgendwie ratlos.
»Grosi, das ist lächerlich! Ich habe neulich in diesem Seniorenmagazin geblättert, das bei dir auf dem Tisch lag. Schau dort mal nach! Auf den letzten Seiten des Hefts suchen lauter Senioren im höchsten Alter nach einer neuen Partnerschaft. Die suchen aktiv! Die sind teilweise sogar schon weit über achtzig – und wollen trotzdem nicht allein bleiben. Und du, du musstest ja nicht einmal suchen, du hast einfach so gefunden. Dann bleib doch dran. Schau mal, was passiert.«
Und als ich nichts sage, macht sie weiter: »Du hast Angst! Du bist ein Feigling! Diese Seite an dir kenne ich ja gar nicht. Du bist mein Vorbild, weil du immer das machst, was du willst, wenn es vertretbar ist, weil du authentisch bist, weil du gradlinig bist. Und eben: mutig und stark und offen. Versau mir bitte nicht das Bild, das ich von dir habe!«
Ui, das ist jetzt aber wirklich eine Vorgabe. Wenn ich ein Frauenvorbild sein möchte, wie muss ich dann sein? Wie Pippi Langstrumpf, hatte Tobias vorgeschlagen. Aber will ich überhaupt auf einem Sockel stehen?
»Mir gefällt dein Florian. Und ich finde es total krass, dass er am frühen Morgen vor deinem Balkon Panflöte gespielt hat. Der traut sich was. Der weiß, was er will. Ein cooler Typ. Den hätte ich gern zum Opa.«
»Ich denke darüber nach«, sage ich, um sie ruhigzustellen, und lache über die Vorstellung, dass Florian Kims Opa sein könnte.

»Und das, was du für Tobias tust, ist einfach nur großartig. Dafür liebe ich dich«, sagt sie und küsst mich auf die Wange. »Wenn man dich an seiner Seite hat, ist das ein sicherer Wert.«
Dann umarmt sie mich noch einmal und verabschiedet sich von mir.
»Danke, Grosi, du tust mir immer so gut. Du bist die Beste!«
Und schon ist sie wieder weg.
Ich hätte ihr unbedingt wieder einmal sagen sollen, wie viel mir die Gespräche mit ihr bedeuten, dass sie der einzige Mensch ist, mit dem ich über alles reden kann, dass sie mein Sonnenschein ist. Nicht nur in meinem Alter, aber speziell dann sollte man solche Dinge immer aussprechen, sobald sie einem durch den Kopf gehen. Sofort. Plötzlich war es die letzte Begegnung, und man hat es für immer versäumt.

Nachdenklich gehe ich auf mein Zimmer. Im Flur vor meiner Tür steht eine kleine, magere Frau, die ich noch nie gesehen habe. Sie weint.
»Kann ich Ihnen helfen?«, frage ich sie.
»Mir kann keiner helfen«, sagt sie leise und schluchzt.
»Warum denn?«, will ich wissen.
»Man hat mich einfach hierhergebracht, und jetzt muss ich bleiben«, sagt sie, und Tränen laufen über ihre Wangen. »Ich glaube es jedenfalls.«
»Wer hat Sie hierhergebracht?«, frage ich vorsichtig.
»Meine Tochter. Sie hat alle meine Sachen eingepackt, hier eingeräumt, und dann ist sie einfach gegangen. Niemand hat mir erklärt, warum und wieso und wie lange ich bleiben muss. Die haben mich einfach stehen lassen.«
Das klingt alles ziemlich furchtbar.
»Ich will hier nicht bleiben. Dann sterbe ich lieber.«

»So leicht stirbt man aber nicht«, wage ich einzuwenden.
»Ich kann hier nicht leben.«
»Sehr viele leben hier. Ich ja auch«, sage ich in der Hoffnung, die Frau zu beruhigen.
»Ich kann das nicht. Ich will das nicht.«
Ich hole zwei Tassen Kaffee aus unserer Etagenküche und setze mich mit ihr in einen kleinen Aufenthaltsraum. Ganz ehrlich: In mein Zimmer will ich sie nicht einladen. Ich weiß noch nicht so recht, wie ich sie einordnen soll. Sie kann einfach nicht aufhören zu weinen.
»Wenn ich nicht zu Hause in meiner Wohnung bleiben kann, will ich lieber sterben«, erklärt sie wieder und wieder.
»Was ist es denn, das Sie so sehr vermissen werden? Was konnten Sie in Ihrer Wohnung tun, was hier nicht mehr geht?«
Sie überlegt. Sie muss tatsächlich überlegen.
»Eigentlich ja nichts.«
Ach?
»Sogar den Fernseher haben sie mit hierhergenommen.«
»Das ist doch gut!«
»Aber man kann mich doch nicht einfach hierherbringen, ohne mit mir zu reden, mich umquartieren wie ein Möbel und dann gehen. Hier kann ich nur noch weinen.«
»Waren Sie daheim denn glücklich?«, frage ich, um die Unterhaltung in Gang zu halten und damit sie sich beruhigen kann.
»Ich habe auch sehr viel geweint. Das schon. Mein Mann ist halt gestorben«, sagt sie.
»Oh, das tut mir leid. Wann denn?«
»Vor fünf Jahren. Oder sind es sieben?«
»Das ist aber doch eine Weile her, nicht wahr?«
»Deswegen kann ich doch trotzdem noch weinen? Ich bin immer so allein.«

»Hier werden Sie nicht mehr so allein sein«, versuche ich ihr das Heim schmackhaft zu machen. Man müsste mich dafür eigentlich honorieren.

»Daheim war ich auch nicht wirklich allein, meine Tochter wohnte im selben Haus. Sie hat sich um mich gekümmert. Aber jetzt hat meine Enkelin Leandra Zwillinge bekommen. Die Kinder sind wohlauf, aber Leandra geht es nicht gut. Dazu muss der Zwillingspapa gerade jetzt beruflich für vier Monate ins Ausland. Das Mädchen braucht also Hilfe. Und Jürg, der Mann meiner Tochter, liegt nach einem Fahrradunfall im Spital. Und deshalb schieben sie mich ab. Meine Tochter kümmert sich um alle, nur nicht um mich!«

Langsam kann ich mir die Hintergründe zusammenreimen.

»Wohnen Sie hier auf diesem Stock?«, frage ich.

Die Frau schaut sich um und ist sich nicht mehr sicher. Sie klaubt einen Zettel aus ihrem BH.

»412«, liest sie mir vor, zeigt mir dann aber sicherheitshalber den Zettel. Außer der Nummer 412 steht da auch noch ihr Name: Ida Schelbert.

»Das ist ein Stock höher. Dort ist alles gelb bemalt. Gelb, das ist die Farbe, an der Sie sich jetzt orientieren können, Frau Schelbert. Hier auf meinem Stock ist alles blau.« In so einem großen Haus kann man schon schnell mal den Überblick verlieren.

»Ich will mich nicht orientieren!«, ruft sie nun aus. Sie scheint jetzt mehr zornig als traurig. »Bei mir daheim geht es auch ohne Farben. Nur manchmal verwechsle ich etwas. Dann bin ich halt plötzlich in der Wohnung meiner Tochter statt in meiner. Das macht doch nichts, sie ist mein Kind! Und manchmal vergesse ich, den Kochherd auszumachen. Aber es brannte ja noch nie richtig. Da war nur ein winziges Feuerchen. Meine Tochter konnte es sofort löschen. Seither will sie mich loswerden.«

O mein Gott!
Ich beginne immer mehr zu verstehen. Und es macht mich traurig. Richtig traurig. Ich würde am liebsten auch weinen. Stattdessen überrede ich Ida Schelbert, mit mir in den gelben Stock hochzufahren, wo ich sie dann einer Schwester übergebe, die schon auf der Suche nach der neuen Bewohnerin war.
»Bitte gehen Sie nicht auch weg!«, ruft Ida mir nach.
»Ich gehe nicht weit. Ich wohne hier. Wir sehen uns beim Essen«, verspreche ich ihr.
»Ganz sicher?«
»Ganz sicher!«
Und so kommt es, dass Ida Schelbert Tobias' Platz an unserem Tisch einnimmt. Jedem ist inzwischen klar, dass Tobias nie mehr in den Speisesaal zurückkommen wird.
»Ein schlechter Tausch«, sagt Marlies beim ersten gemeinsamen Abendessen, als wäre Ida taub. »Eine Frau, die nur weint, ist nicht gerade eine Bereicherung.«
Eigentlich sollte ich ihr sagen, dass jemand, der immer nur schimpft und meckert, auch nicht unbedingt zur Aufmunterung der Tischrunde beiträgt. Aber wie so oft schweige ich und denke mir meinen Teil. Paul verdreht die Augen und kümmert sich ansonsten liebevoll um unseren Neueintritt.
In der Tat ist es schwierig mit Ida. Sie bricht immer wieder in Tränen aus, fühlt sich verraten und verkauft. Offiziell darf zwar niemand Auskunft geben, aber ich habe inzwischen mitbekommen, dass man sehr wohl alles mit ihr besprochen hatte. Doch sie ist dement und hat immer seltener klare Momente. Deshalb weiß sie das ganz einfach nicht mehr. Ihre Tochter sah sich irgendwann nicht mehr in der Lage, sich um ihre verwirrte Mutter zu kümmern. Verständlich, bei all den Problemen, die sie gerade hat.

Ja, das Leben ist manchmal schwierig. Und hart.
Nach dem Abendessen wird Ida von einer Pflegerin abgeholt, damit sie ihr gelbes Stockwerk sicher wiederfindet. Ida wehrt sich, hat das Gefühl, abgeführt und eingesperrt zu werden. Wir versuchen, sie zu beruhigen, aber unsere Worte scheinen sie irgendwie nicht richtig zu erreichen.
Traurig.
Ich bleibe mit Paul und Marlies am Tisch zurück.
»Wie kann man sich so gehen lassen?«, fragt Marlies kopfschüttelnd. Inzwischen schüttelt sie ständig und über alles den Kopf, und ich frage mich, ob das gut für sie ist, rein gesundheitlich gesehen. So viel Kopfschütteln! Ich glaube, man müsste dann auch mal nicken und etwas bejahen, als Gegenbewegung. Aber so genau kenne ich mich damit ja auch nicht aus.

23 : Heim-Kino

Nach dem Abendessen kommt Kipkogei. Und diesmal wie versprochen ohne Brimborium – einfach so. Er strahlt mich an, fragt, ob er mich kurz in den Arm nehmen darf, und tut es, bevor ich antworten kann. Am Morgen Florian, nachmittags Kim und jetzt er. Es tut gut, umarmt zu werden!
Wir unterhalten uns angeregt, auch wenn mein Englisch nicht so perfekt ist wie seines. Dabei ist Englisch für ihn ja auch eine Fremdsprache. Einige Sätze kann er zum Glück auch in Deutsch. Eine Schwester bringt zwei Tassen Kaffee. Den hat Kipkogei wohl schon bei seinem Eintreffen bestellt. Er zaubert dazu ein

paar Einsiedler »Schafböcke« aus seiner Umhängetasche. Ich freue mich aufrichtig, kaufe ich mir doch jedes Mal, wenn ich Einsiedeln besuche, ein Säckchen dieses feinen Honigkuchengebäcks.

»Ich war heute in Einsiedeln«, erklärt er und zeigt auf die Schafböcke. »Es ist eine Spezialität, hat man mir gesagt; ich hoffe, sie schmeckt Ihnen.«

»Ja, sehr, vielen Dank!«, sage ich und kläre ihn über meine Vorliebe für den ursprünglichen Pilgerkuchen mit dem speziellen Namen auf. »Wie hat Ihnen denn Einsiedeln gefallen?«, will ich dann wissen.

»Das war sehr eindrücklich«, beginnt Kipkogei zu erzählen. »Zuerst habe ich in der Klosterschule aus meinem Buch gelesen, in Englisch natürlich, dann gab es ein Gespräch mit den Studenten. Sehr interessant. Aber erst diese Kirche! Die Gesänge! Die Madonna! Ich war richtig gerührt.«

Er wird nachdenklich und fragt, ob er die Kerze auf meinem Tisch anzünden darf.

Ich nicke und schiebe ihm Streichhölzer zu.

»Ich war in letzter Zeit ständig unterwegs«, sagt er, als die Kerze brennt. »Ich war in halb Europa, bin von Stadt zu Stadt gereist. Schweiz, Deutschland, Italien, Österreich. Überall dort halt, wo mein Buch gerade in der Bestsellerliste ist. Manchmal wusste ich am Morgen beim Erwachen nicht mehr, wo ich war. Das ist kein Leben. Nächste Woche fliege ich wieder nach Kenia, und ganz ehrlich: Ich habe richtig Heimweh, eine riesige Sehnsucht nach meinem Land und meinen Leuten.«

Er erzählt von seiner Mutter, der es gesundheitlich sehr schlecht gehe, die sich aber weigere, auf seine Kosten ein richtig gutes Privatkrankenhaus in Nairobi aufzusuchen. Seine Geschwister hätten jedoch keine Probleme, von seinem Geld zu leben. Er

schimpft ein wenig über sie, weil sie teilweise faul und frech geworden seien. Dann erzählt er aber auch von Nichten und Neffen, denen er gute Schulen bezahle und die enorm ehrgeizig seien. »Auf sie bin ich so stolz! Auf ihnen ruht meine Hoffnung.«
Weil er nicht danach fragt – was ich zu schätzen weiß –, erzähle ich ihm, wie viel Freude mir sein Buch gemacht hat und wie mich die Geschichte rund um die Blumenfarmen beeindruckte. »Sie haben mir damit aber beinahe die Freude an Blumen verdorben. An solchen in Vasen jedenfalls definitiv.«
»In Kenia würde sowieso keiner Schnittblumen verschenken. Ist ja auch Blödsinn. Man stellt sie in eine Vase und schaut ihnen beim Sterben zu. Das dauert ja nur ein paar Tage. Sehr wenige Tage. Unsere Freude an ihnen ist also im Nu wieder vorbei. Und dafür der ganze Aufwand, dieses Leid, diese Zerstörung in meinem Land.«
Ich nicke.
Ich habe die Lektion verstanden.
Kipkogei lacht mich mit seinem warmen Blick an und sagt dann tröstend: »Aber es gibt zum Glück auch Bewegungen, die versuchen, alles besser zu machen. Max Havelaar zum Beispiel. Und hier in der Schweiz gibt es ja auch viele Blumen. Nur halt nicht im Winter«, lacht er dann.
»Stimmt«, pflichte ich bei. »Jedenfalls Ihr Buch, das war nicht nur informativ, sondern auch extrem spannend. Sie sind ein guter Autor geworden. Xaver wäre unglaublich stolz. Ich freue mich, dass sicher bald auch Ihre anderen Bücher auf Deutsch übersetzt werden.«
Pünktlich schalten wir den Fernseher an, und ich werde richtig nervös. Fast hatte ich das Drama mit den Drogen schon verdrängt. Die werden doch nicht alles in diese Sendung eingebaut haben? Ich werde doch nicht als Lachnummer der Nation präsen-

tiert? Nicht dass morgen wieder eine wütende Trudi in meinem Zimmer steht.

Aber meine Sorge war unbegründet. Die Sendung ist gut, objektiv, wohlwollend. Sie zeigt zuerst, wie arm Kipkogei aufgewachsen ist, zeigt die Lehmhütte in Chemogoch, dann, wie der Autor überall in der Schweiz bei seinen Lesungen gefeiert wird, anschließend, wie er heute lebt, in einem schönen Haus in Nakuru. Und dann sehe ich im Fernsehen plötzlich mich auf meinem schönen blauen Sofa. Man präsentiert mich als herzensgute Frau, die selbstlos regelmäßig für einen namenlosen, verarmten Jungen in Kenia gespendet hat. Ich sehe gut aus. Höchstens wie sechsundsiebzig. Und am Ende der Sendung glaube ich es beinahe selber, dass ich eine Heldin bin, dass ich allein für den Erfolg dieses Mannes verantwortlich bin, und bin fast versucht, mir auf die Schulter zu klopfen.

Und ich verspüre eine große Erleichterung, weil das ganze Drogendrama nicht in die Dokumentation Einzug gehalten hat.

Nach der Fernsehsendung bedankt sich Kipkogei noch einmal herzlich bei mir und verabschiedet sich dann höflich. Als er schon gegangen ist, kommt er noch einmal zurück und drückt mir seine Visitenkarte in die Hand. Neben die aufgedruckte Kontaktadresse hat er zwei zusätzliche Handynummern gekritzelt.

»Wenn Sie einmal Lust haben, Kenia zu besuchen, rufen Sie mich an, Nelly. Sie werden immer mein Gast sein. Kommen Sie gern auch in Begleitung. Und falls ich selber gerade nicht in Kenia wäre, würden Sie gut betreut und verwöhnt werden. Das organisiere ich sehr gern für Sie. Kenia ist ein wunderschönes Land. Und haben Sie schon einmal Löwen, Elefanten, Giraffen in freier Natur beobachtet? Eindrücklich! Überlegen Sie es sich!«

Nelly bei den Elefanten?

Das wäre ein schöner Titel für eine Biografie.

Ich lache, nehme die Karte aber gern entgegen.
K wie Kenia?
Da müsste viel passieren, dass ich dahin reisen würde. Reizen würde es mich allerdings schon. Nur fährt man da halt nicht mal eben so hin. Das liegt fast sechstausend Kilometer entfernt. Luftlinie! Diese weite Reise würde ich mir allein nie zutrauen. Aber der Buchstabe K liegt ja doch recht weit hinten im Abc. Immerhin bleiben mir da nach dem D noch fünf Buchstaben zum Üben. Zähle ich das J mit, sogar noch sechs. Wer weiß, vielleicht bin ich bis dann reif für Kenia.

Am nächsten Tag werde ich im Heim richtig gefeiert. Die meisten Bewohner schauen ja immer nur Schweizer Fernsehen, somit haben sie die Reportage nicht verpasst, auch wenn Frau Meier vorher nicht riesig Werbung dafür gemacht hat. Ich schon gar nicht. Frau Meier überreicht mir jedenfalls nach dem Frühstück offiziell vor allen Leuten einen Blumenstrauß. Jaja, Schnittblumen. Sie seien aus der hiesigen Gärtnerei, also in der Schweiz gewachsen, erklärt sie eifrig dazu. Sie hat Kipkogeis Roman inzwischen auch gelesen und hätte den Autor gestern auch gern getroffen. Aber dieser Besuch war eben total inoffiziell und nicht angekündigt. Und das war gut so. So konnten Kipkogei und ich uns näherkommen, und es gab nicht schon wieder irgendwelche Schlagzeilen.
Und dann ist das Haus in Aufregung, und ich habe rein gar nichts damit zu tun. Ida ist verschwunden. Alle suchen sie. Immerhin hatte sie ja auch vom Sterben geredet. Man sucht sie auf dem Dach und auf dem Weg zu ihrem früheren Wohnort. Schließlich kommt Monika mit dem Therapiehund Chilly.
»Chilly war früher Polizeihund. Mantrailing, die Suche nach verschwundenen Personen, trainieren wir heute noch, mehr zum Spaß und damit er ein wenig gefordert wird«, erklärt sie.

Was, unser aller Streichelhund soll Ida finden?

Keiner kann daran glauben, aber die Verzweiflung wächst, und man will nichts unversucht lassen.

Chilly bekommt Idas buntes Halstuch in einer Tüte zum Beschnuppern. So ist der Duft konzentrierter. Chilly wird jetzt von Monika an einer Fünfmeterleine geführt. Und er läuft durch die Gänge, zielstrebig, aufmerksam. Am liebsten würden alle hinter den beiden herrennen. Aber Monika bittet um Ruhe und Zurückhaltung.

Daher erfahren wir es erst später: Chilly hat Ida tatsächlich gefunden. Sie saß zusammengekauert in einem Besenschrank, wo sie sich vor diesen bösen Menschen verstecken wollte. Alle hier seien böse, sagte sie auf Nachfrage. Man halte sie gefangen. Es sei eine Verschwörung im Gange.

Viele machen sich jetzt über Ida lustig. Aber wenn man versucht, sich in sie einzufühlen, merkt man schnell, dass das alles sehr, sehr schlimm für sie sein muss. Und da sie nicht wirklich auf Gespräche anspricht, Worte sie nicht mehr erreichen, könnte ich erstmals verstehen, wenn man ihr ein paar von diesen Benzo-Dingsbums geben würde, irgendetwas halt, das sie beruhigt. Ida tut mir richtig leid.

Später sehe ich auch ihre Tochter, eine verhärmte, blasse Frau. Wie ein aufgescheuchter Geist kommt sie angerannt und umarmt unglaublich erleichtert ihre Mutter.

Das sind die Dramen, die ein Altersheim bietet.

Und eigentlich wollen alle nur das Beste.

Aber es gibt Menschen, für die es kein »Bestes« mehr gibt.

Trudi kommt mir in den Sinn, und ich überlege, ob sie auch nur das Beste für mich will.

24 : Sterben

Montag.
Heute stirbt Tobias.
Ich gehe frühstücken wie immer. Ich esse sogar etwas, auch wenn ich keinen Appetit habe, weil ich weiß, dass ich heute alle meine Kräfte brauchen werde. Da sitzt ein schwerer Klumpen in meinem Magen, in meinem Herzen. Es ist wohl die immense Traurigkeit. Und ich spüre eine schwere Last auf meinen Schultern. Tonnenschwer.
Paul und Marlies unterhalten sich über irgendetwas, Ida sitzt still und teilnahmslos dabei und schlürft ihren Kaffee.
»Ich mache heute mit Tobias einen Tagesausflug«, sage ich.
»Schön«, kommentiert Ida, die Tobias nicht kennt und der außer ihrem eigenen Schmerz gerade eh alles egal ist.
»Ihr spinnt ja total!«, schimpft hingegen Marlies. »Jetzt hast du den armen Kerl schon angesteckt mit deiner Unruhe. Tobias ist doch gar nicht reisefähig! Am Ende stirbt er noch unterwegs. Ich verstehe euch nicht.«
Paul schaut mich nur an, ganz lange, dann wünscht er mir mit Tränen in den Augen einen guten Tag. »Bitte lass das auch Tobias wissen und grüße ihn von mir. Ich gehe dann heute mal in die Kirche und zünde Kerzen an«, sagt er und steht auf. Beim Weggehen legt er kurz seine Hand auf meine Schulter und flüstert beinahe tonlos: »Danke. Du bist großartig.«
»Danke«, gebe ich gerührt zurück.

»Ich sags ja, ihr spinnt alle! Eine gondelt – total unvernünftig – mit einem Reiseunfähigen in der Gegend herum, der andere zündet Kerzen für ihn an. Ich glaube, heute ist nicht mein Tag.« Auch Marlies steht auf und läuft kopfschüttelnd an ihrem Rollator davon.
Frau Meier, unsere Direktorin, zeigt sich heute gar nicht. Sie weinte gestern, als ich ihr erklärte, ich mache heute mit Tobias einen Ausflug. Sie wusste sofort Bescheid. Sie meinte, es sei sehr schön, dass ich Tobias auf seiner letzten Reise beistehe. Und sie verstehe nicht, dass sie Exit-Einsätze im *heimelig* nicht bewilligen könne. »Immer mehr Schweizer Altersheime lassen ihre Bewohner mit Exit sterben, wenn sie das denn wirklich wollen«, sagte sie traurig. »Ich muss das leider verbieten.«
Ich tröstete Frau Meier und betonte immer wieder, dass wir doch eine gute Lösung gefunden hätten und Tobias ein schönes Sterben ermöglichen würden.
Das allerdings muss ich jetzt erst einmal beweisen. Auch ob ich wirklich so großartig bin, wie Paul meinte. Die Aufgabe ist immerhin nicht leicht, und es ist eine Premiere ohne eine einzige Probe. Ob ich ihr gewachsen bin, wird sich zeigen.

Tobias ist noch nicht bereit. Ich bin zu früh und blättere in seiner Zeitung. Er liest sie nicht mehr. Er wird sie nie mehr lesen. Ich stolpere über einen Text, der sich mit einem von Wissenschaftlern betreuten Projekt des Fernsehsenders Vox befasst. Dort wurden sechs Wochen lang Vierjährige mit Achtzigjährigen zusammengebracht. Die TV-Sendung hieß »Wir sind klein und ihr seid alt«, und in ihrem Verlauf konnte bewiesen werden – wen wunderts –, dass beide Seiten davon profitierten. Die Mobilität und der psychische Zustand der Alten verbesserten sich extrem. Die Kinder, denen heute ja immer mehr der Kontakt zu Senioren fehle, lernten,

zu helfen und Rücksicht zu nehmen. Der Journalist preist das Projekt in den höchsten Tönen, und ich frage mich: Wie weit ist es schon gekommen, dass wir darüber forschen müssen, wie es denn wäre, wenn Alt und Jung plötzlich zusammenkämen? Es müsste doch selbstverständlich sein, dass die verschiedenen Generationen gemeinsam leben oder zumindest in Kontakt zueinander bleiben. Jetzt fange ich auch schon an, den Kopf zu schütteln.
Natürlich kommt mir auch Florian in den Sinn, der mit seinem Generationenhaus wohl auf dem richtigen Weg ist. Ich werde über das »Daheim« nachdenken. Noch einmal. Und da kommt mir gleich eine Idee, über die ich nachdenken muss, eine ganz besonders gute, wie mir scheint. Von wegen Generationen…

Aber jetzt ist es Zeit.
Zeit für den letzten Gang von Tobias.
Er trägt ein frisch gewaschenes und perfekt gebügeltes Edelweißhemd an seinem großen Tag. Dazu eine Trainerhose in einem immerhin beinah passenden Blauton. Seine nackten Füße stecken in Adidas-Schlappen. Er hat sich seine riesige Brille aufgesetzt, die vielleicht nur deshalb so groß wirkt, weil sein Gesicht so schmal geworden ist. Sein Kopf scheint nur noch eine Brille mit Ohren zu sein.
Wir reden wenig.
Wir wollen einfach unbehelligt aus dem Heim herauskommen.
Tobias schaut sich nicht mehr um, als wir sein Zimmer verlassen. Ich schiebe den Rollstuhl zügig zum Lift. Unten wartet schon das Taxi.
Der Fahrer ist eine extrem unsympathische Erscheinung. Er fragt, ob denn der Patient auch »dicht« sei. »Neulich hat mir ein Alter in die Polster gepinkelt. Das will ich nicht noch einmal erleben.« Er redet mit mir über Tobias ganz so, als wäre der schon

tot oder als wären alle Rollstuhlfahrer sowieso irgendwie verblödet. Gern hätte ich das Taxi weggeschickt oder dem Fahrer unmissverständlich gesagt, wer hier nicht ganz dicht ist. Aber wir wollen ohne Verzögerung ins »Daheim«, jetzt gleich. Für Tobias war schon der Weg ins Taxi anstrengend. Er war wohl bereits vom Anziehen und Rasieren erschöpft.

Vor dem »Daheim« wartet Florian auf uns. Auch Hans und Peter stehen da. Tobias wird im Rollstuhl vor die Haustür geschoben, und dann trägt Florian Tobias, der ja inzwischen ein Extremleichtgewicht ist, die Treppen hoch in ein schönes Zimmer, das leicht abgedunkelt ist. Dafür brennen viele Kerzen. Auf einem Tisch liegen zahlreiche Papiere, beleuchtet von einer Lampe. Eine Frau von Exit ist da. Sie überprüft noch einmal, ob Tobias geistig voll da ist, und fragt ihn mehrmals, ob er wirklich heute, hier und jetzt sterben wolle und ob das auch wirklich sein alleiniger Wille sei, ohne Druck von irgendwo. Er könne alles jederzeit abblasen oder vertagen. Tobias unterzeichnet einige Papiere, ohne sie wirklich genau zu studieren. Er will sich nur noch hinlegen. Zuvor soll er aber noch eine Flüssigkeit trinken, die den Magen beruhigt, damit dieser das Gift besser aufnehmen kann.

Und dann ist er da, der Moment. Wir hatten verabredet, dass Tobias die letzten Meter auf seinem Endspurt allein gehen werde, nur mit der Betreuerin von Exit. Also muss ich jetzt Abschied nehmen. Es dreht mir fast den Magen um. Bisher war ich gefasst. Jetzt aber sitze ich auf seinem Bettrand und weine. Tobias ist ruhig. »Danke für alles, meine Freundin«, sagt er mehrmals. »Geh jetzt. Es ist alles gut. Alles ist gut. Leb dein Leben. Versprich es mir.« Ich kann nur noch nicken, umarme den liebenswerten Kerl, drücke ihn an mich.

»Geh jetzt! Den Rest schaffe ich allein. Und, Nelly, egal, wohin ich komme: Ich behalte dich im Auge!«

Jetzt lächle ich doch irgendwie gequält, drücke noch einmal seine Hand und verlasse das Zimmer. Florian ist schon draußen und nimmt mich in seine Arme. Jetzt schüttelt es mich so richtig durch.

»Schon gut, schon gut«, sagt Florian immer wieder. »Du hast alles richtig gemacht. Du warst eine wunderbare Freundin. Ich bin stolz auf dich.«

Er wiegt mich in seinen Armen wie ein Kind, bis ich tatsächlich ruhig werde. Wir setzen uns vors Haus, und Hans bringt mir einen Milchkaffee. Sein Hund Hugo schläft unter der Bank. Peter sitzt etwas entfernt von uns allen und raucht einen Stumpen. Ich könnte jetzt einen Schnaps gebrauchen – denke ich –, und schon steht einer vor mir. Ein kleines Glas mit einer klaren Flüssigkeit.

»Naturmedizin«, sagt Hans, und ich nehme einen großen Schluck, der mich innerlich fast verbrennt.

Florian stellt sich jetzt in den Hausflur und spielt auf der Panflöte »Amazing Grace«. Mir laufen wieder die Tränen übers Gesicht. Natürlich weiß ich, dass alles genau so ist, wie es sein muss, sogar noch etwas schöner. Das ist ein würdiges Sterben für meinen Freund, eines, das so ist, wie er es haben wollte. Traurig ist es halt trotzdem. Sehr traurig.

Jetzt spielt Florian »Luegid vo Bärg und Tal«.

Das sind die Lieder, die Tobias auf seiner Beerdigung hören will. Die beiden haben inzwischen mehrmals miteinander telefoniert. Da scheinen sie sich auch diesbezüglich ausgetauscht zu haben. Es ist ergreifend.

Dann wird es still. Florian setzt sich zu mir. Ganz nahe.

Ich versuche, zu beten, habe es aber anscheinend ein wenig verlernt. Doch Gott soll Tobias' Seele aufnehmen. Unbedingt. Er hat es verdient.

Wir sitzen und warten.

Die Zeit haben wir vergessen.

Wir schauen gemeinsam in den Himmel, hoffen, Tobias möge seinen Weg dort hinauf finden. Schnell.

Immer mal wieder nimmt Florian kurz meine Hände in seine und drückt sie. Ich bin unglaublich dankbar für seinen Zuspruch. Vielleicht bin ich ja gar nicht so stark, wie alle immer glauben? Dies hier geht jedenfalls an meine Grenzen.

Als die Exit-Mitarbeiterin aus dem Zimmer kommt und erklärt, dass alles gut gelaufen sei, sind wir erleichtert. Aber gut ist natürlich gar nichts. Ein Freund ist von uns gegangen – und wir wissen nicht einmal bestimmt, wohin. Immerhin hat er durch seinen Tod Erleichterung von seinen Leiden erfahren. Das ist tröstlich.

Wir gehen hoch und setzen uns noch eine Weile neben Tobias. Die Fenster haben wir weit geöffnet. Er sieht friedlich aus, so als hätte er kampflos gehen können.

Irgendwann kann ich mich lösen, lege noch einmal meine Hand auf seine Stirn. Es ist schon nicht mehr Tobias, der da liegt, nur noch seine Hülle. Das spüre ich genau.

Ich muss jetzt nichts mehr organisieren. Die Exit-Mitarbeiterin wird das Heim und die Angehörigen benachrichtigen und sich auch um die offiziellen Formalitäten kümmern. Alles nimmt ohne mich seinen Gang.

Florian begleitet mich ein Stück heimwärts.

Wir gehen still nebeneinander her.

Und ich bin ihm dankbar dafür.

Irgendwann frage ich ihn: »Woran glaubst du? An Gott? An den Himmel? An ein Fegefeuer? An ein Leben nach dem Tod? An eine Wiedergeburt? An ein Wiedersehen im Jenseits?«

Er bleibt einen Moment lang stehen, so als müsste er angestrengt nachdenken.

»Ich glaube an ein Jenseits, ein friedliches, schönes. Ich glaube, dass die Verstorbenen nicht in ein schwarzes Loch fallen und verschwinden. Ich glaube, sie bleiben irgendwie bei uns. Ansonsten habe ich auch mit zunehmendem Alter mehr Fragen als Antworten. Wie ist es denn bei dir? Dein Mann ist ja auch gestorben. Du musst doch für dich schon Antworten gefunden haben.«
»Kann man denn nur ein bisschen an Gott glauben? Weißt du, ich möchte gern an einen Himmel glauben, an ein Wiedersehen irgendwann. Ich rede mit Xaver, als wäre er noch in der Nähe. Aber er ist mir längst entglitten. Manchmal fällt es mir schwer, mich richtig an ihn zu erinnern. Klar, ich weiß, wie er ausgesehen hat, erinnere mich an jede Falte in seinem Gesicht. Aber seine Art, sein Wesen, die Gespräche, die wir führten ... Wahrscheinlich gehört ein gewisses Vergessen auch zum Loslassen. Manchmal tut das weh.«
»Heute wäre er sicher stolz auf dich gewesen.«
»Ich bin mir da nicht so sicher. Er fand, Exit sei eine Sache für Feiglinge. Man bekomme den Tod, den man verdient habe. Wenn es schwer werde, dann müsse man wohl noch etwas büßen oder etwas lernen, meinte er. Man dürfe diesen Prozess nicht eigenmächtig abkürzen. – Xaver ist an Krebs gestorben. Er blieb recht lange schmerzfrei. Aber in den letzten zwei Wochen hat er sehr gelitten, und er wollte rein gar nichts mehr von Büßen und Lernen wissen, sondern einfach mit Medikamenten vollgepumpt werden, ohne Rücksicht auf Verluste. Jeder hat so seine Theorien, aber oft gehen sie halt doch nicht auf.«
»Als Arzt habe ich sehr viele Menschen sterben sehen. Ganz bestimmt bekommt man nicht den Tod, den man ›verdient‹. Da bin ich eigentlich sicher. Aber eine wirkliche Erkenntnis habe ich auch nicht anzubieten. Ich denke immer mehr darüber nach und habe trotzdem nicht *die* Antwort. Ich glaube auch, dass wir uns

prinzipiell vor all jenen hüten sollten, die Antworten auf alles haben.«

Man kann mit Florian über alles reden, tiefgründig und ernst. Das weiß ich sehr zu schätzen.

Er ist auch in den nächsten Tagen einfach immer da, wenn ich ihn brauche. Und ich brauche ihn. Ich muss nämlich nicht nur die Trauer um Tobias bewältigen, nein, ich muss auch die tausend Fragen seiner Verwandtschaft beantworten und mir dabei viele Vorwürfe anhören. Am schlimmsten geht seine Tochter Käthi auf mich los.

»Was mischen Sie sich denn ständig in unsere Familienangelegenheiten ein? Ist das überhaupt legal, was Sie da getan haben? Ich werde es abklären.«

Ich versuche, ihr auszuweichen. Ich weiß, dass sie nicht mich persönlich attackiert, sondern unter Schock steht, bestürzt und sicher ganz einfach überfordert von der traurigen Situation ist, ihren Gefühlen ausgeliefert, die sie im Moment nicht mehr verdrängen kann.

An der Trauerfeier, die das Heim eine Woche später organisiert, sitzt sie in der ersten Reihe und weint bitterlich, worüber auch immer.

Über den Vater, den sie nie hatte?

Über verpasste Gelegenheiten?

Florian sitzt neben mir und hält meine Hand.

Nach der Feier bringen wir die Urne an den See. Käthi trägt sie höchstpersönlich und streut dann Tobias' Asche in den See. Wir andern werfen die Blume, die vorher jeder von uns bekommen hat, hinterher. Dann spielt Florian die von Tobias gewünschten Lieder. Insgesamt ist es eine schöne, stilvolle Bestattung geworden.

Danach gibt es ein gemeinsames Essen im Heim. Ich versuche, mich von Käthi fernzuhalten, aber es scheint plötzlich so, als würde sie meine Nähe suchen. Ihre Fragen sind auch nicht mehr so böse und vorwurfsvoll. Sie möchte einfach alles wissen. Alles, was ich weiß. Wir kommen vertieft ins Gespräch. Und ja, natürlich: Sie ist auch nur ein Opfer. Und sie hat den Zeitpunkt verpasst, über ihren Schatten zu springen, der sie eben schon sehr lange begleitet hat. Eine sehr große Hürde. Ich bin alt genug, um zu wissen, dass nicht alles schwarz-weiß gesehen werden kann. Und als angefressene Leserin von Romanen weiß ich, dass es sogar fünfzig Nuancen von Grau gibt. Ich werde mich hüten, zu urteilen, zu verurteilen, zu richten. Das tun andere schon immer viel zu schnell. Ich denke an eine Indianerweisheit, die ungefähr so lautet: »Ehe du über jemanden urteilst, gehe eine Meile in seinen Mokassins!« Diese Weisheit zu beherzigen, das fällt auch mir nicht immer leicht, aber bei Käthi will ich sie umsetzen. Es gab Gründe, warum sie so geworden ist, wie ich sie kennen gelernt habe. Und vielleicht ist sie ja jetzt bereit, sich zu verändern. Wer weiß.

Was Tobias mit seinem Tod geschafft hat: Er hat mich Florian nähergebracht. Einfach so. Es geschah ganz natürlich, dass wir zusammengerückt sind. Nein, wir reden nicht von Liebe und so. Aber ein bisschen mehr als Freundschaft ist das schon, so oft, wie er meine Hände in seine nimmt, wie er mich umarmt und festhält. Und es ist auch nicht nur so, dass ich ihn als Tröster missbrauche. Aber ich glaube, er hat gemerkt, dass er mich nur im Zeitlupentempo erobern kann, weil diese Liebe, wenn sie denn eine ist oder wird, zuerst viele Ängste und Zweifel und Hemmungen meinerseits aus dem Weg räumen muss.

25 : E wie Engelberg

Im *heimelig* ist es noch weniger heimelig als früher. Tobias fehlt uns sehr. Paul und ich sind jetzt Zeitungsleser geworden, als wären wir das Tobias schuldig. Seine Zeitung liegt immer noch jeden Morgen auf unserem Tisch, ist wohl noch nicht abbestellt worden. Außerdem brauchen wir Gesprächsstoff, jetzt, wo er die Themen nicht mehr vorgibt.
Heute reden wir beim Frühstück über die neueste Pflegeumfrage der Gewerkschaft Unia, über die die Zeitung berichtete. Nicht dass es neu wäre, was bei der Umfrage zutage kam: Die Situation in der Schweizer Pflege sei prekär, das Personal arbeite am Limit. Die psychische und körperliche Belastung sei so hoch, dass jede zweite Pflegeperson ihren Job eigentlich gern hinschmeißen würde. Weit über die Hälfte fühle sich ständig gestresst, ausgebrannt und sei mit dem Lohn unzufrieden. Zweiundneunzig Prozent der Befragten hätten zugegeben, dass deshalb die Qualität der Pflege mangelhaft sei. »Wir haben inzwischen eine menschenunwürdige Massenabfertigung in den Heimen. Wir hetzen von Zimmer zu Zimmer«, soll eine Pflegerin gegenüber der Zeitung gesagt haben. Und eine Aussteigerin gab an: »In der Nacht war ich allein für dreißig Bewohner zuständig.« Sie habe Arbeiten verrichten müssen, für die sie nicht ausgebildet gewesen sei, und habe sich die Anweisungen dafür aus Youtube-Beiträgen geholt.
Können sich die Verantwortlichen vorstellen, dass auch wir Heimbewohner Zeitung lesen und wie solche Texte und Umfra-

gen bei uns ankommen? Es fühlt sich an wie Ohrfeigen. Mir tun alle Pflegenden leid, aber die letzten in der Kette, das sind wir. Wir baden alles aus. Und das Bad wird immer kälter. Eiskalt.

»Geh doch einfach wieder auf eine Reise«, schlägt Paul zu meiner Aufmunterung vor. »Das wird dir guttun. Ich würde auch losziehen, wenn ich könnte.«
»Welcher Buchstabe ist denn dran?«, fragt Marlies interessiert.
»E«, weiß Paul sofort.
»Du könntest eine Wallfahrt nach Einsiedeln machen«, schlägt Marlies vor. Gar keine so schlechte Idee. Ich hätte gerade Lust darauf, ein Meer von Kerzen anzuzünden und »Maria, breit den Mantel aus« zu singen.
»Ich habe in Estavayer-le-Lac Französisch gelernt«, erklärt Paul, »aber da würde ich niemals mehr freiwillig hinfahren. Zu viele schlechte Erinnerungen.«
»E? Meine Schwester lebt in Emmetten. Oder war es Erstfeld, Ennetbürgen…?« Ida ist verunsichert. Nur dass es eine Ortschaft ist, die mit E beginnt, da ist sie sich anscheinend sicher. Plötzlich weiß sie allerdings auch nicht mehr, ob ihre Schwester noch lebt. Es muss schlimm sein, wenn der Geist so verwirrt ist.
Paul hat noch einen Vorschlag: »Du stammst doch aus einem Ort, dessen Name mit E beginnt: Engelberg. Hast du da nicht noch irgendwelche Leichen im Keller, Rechnungen offen? Du könntest auch einfach ein paar Erinnerungen aufwärmen gehen, das Grab deiner Eltern besuchen oder nur schauen, wie sich der Ort verändert hat. Sicher wurde auch alles zugebaut, wie überall.«
Engelberg.
Ich war schon lange nicht mehr da.
Vielleicht zu viele Erinnerungen?
Eine Überdosis?

Engelberg.
Da denke ich zuerst an meine Kindheit, meine Jugend, dann schon an Xaver. Aber in der Tat gab es da auch noch Walti Hurschler, meine erste Liebe. Nicht die große, das war einzig Xaver; aber eine kleine Liebe war es schon. Zumindest eine erste Verliebtheit, eine Schwärmerei.
Meine Güte! Ich war so jung.
Walti war der Sohn des Apothekers. Er hat mir gefallen. Und er flirtete ein wenig mit mir. Dann aber funkte sein Vater dazwischen: Eine verarmte Bauerstochter als Frau Apothekerin, das gehe überhaupt nicht. Der Höhepunkt unserer Nicht-Beziehung war ein Kuss auf einem Bänkchen – ein recht braver Kuss, der mir aber trotzdem viel bedeutete, weil es mein erster war und weil ich verliebt war und dachte, dieser Kuss sei der Anfang von etwas ganz Großem. Walti gehorchte seinem strengen Vater, wurde in ein Internat ins Welschland geschickt, wo er tatsächlich eine ebenbürtige, passende Frau kennen lernte, nämlich die Tochter eines Arztes aus Sarnen, die er dann auch heiratete. Seither habe ich diese Apotheke gemieden. Schon eine Ironie, dass ich am Ende doch noch immerhin einen Zahnarzt bekam, dem meine Herkunft total egal war.
»Woran denkst du?«, fragt Paul, dem mein Schweigen auffällt.
»Ich denke, ich könnte mal nach Engelberg fahren«, sage ich, »zurück zu den Wurzeln.«
»Hast du gehört, dass die jetzt auf dem Titlis so eine ganz spektakuläre Hängebrücke gebaut haben, auf über dreitausend Metern Höhe, mitten im Gletschergebiet? Europas höchstgelegene Hängebrücke!«, fragt Paul und übernimmt damit schon richtig Tobias' Rolle.
»So hoch hinaus gehe ich sicher nicht«, winke ich ab. »Nein, nein, ich werde nur mal durchs Dorf spazieren, dann mein ehemaliges

Zuhause aufsuchen, wenn es denn noch steht, und am Ende vielleicht noch in der Klosterkirche ein paar Kerzen für meine Lieben anzünden.«
Und wenn ich mutig genug bin, gehe ich unter irgendeinem Vorwand in die Apotheke und frage, ob es den Walti noch gibt und wie es ihm geht. Aber nur, wenn ich sehr, sehr mutig bin.

Die Buchstaben-Reisen bringen mir nicht mehr so richtig Glück. Mein geplanter Reisetag beginnt mit Regen, und ich überlege mir, ob ich nicht doch lieber im *heimelig* bleibe und mir die Decke über den Kopf ziehe. Ich habe gerade wieder ein Buch gekauft, das genau auf mein Alter passt: »Die Klatschmohnfrau«. Die Autorin wolle mit dem Roman zeigen, dass es für die Liebe keine Rolle spiele, wenn die Haut faltig sei und der Gang beschwerlich. So stand es im Vorwort. Ich bin total gespannt auf diese Geschichte. Also warum soll ich mir die Reise antun? Ich kann sie jederzeit nachholen.
Aber ich bleibe optimistisch, weil der Wetterbericht es auch ist, und fahre los. Von Luzern aus fährt ein kleiner Zug direkt hoch nach Engelberg. »Schmalspurstrecke«, höre ich Tobias dozieren. Er hat mir immer so wunderbar die Welt erklärt. Da der Regen an die Zugfenster klatscht, stecke ich meine Nase in mein Buch. Ich kann mich allerdings nicht konzentrieren – der Zug ist voller indischer Touristen, die keinen Moment lang ruhig auf ihren Sitzen bleiben können. Es wird eifrig exotisches Essen aus Plastikbehältern herumgereicht. Bald riecht es ziemlich eigenartig. Gleichzeitig wird fotografiert und gefilmt, auch wenn es außer Regen am Zugfenster wenig zu sehen gibt. Die Kinder rennen durch die Gänge und verteilen Essensreste über den Boden und auf den Sitzen. Eines weint, ein anderes lacht. Hier ist wirklich etwas los. Bald einmal versorge ich mein Buch wieder in meiner

Tasche. Es ist wesentlich spannender, meine Mitpassagiere zu beobachten, ihre Kleidung, ihr Benehmen.
Nach fünfundvierzig Minuten bin ich am Ziel. Und es hört auf, zu regnen, als ich erstmals nach rund fünfzehn Jahren wieder Engelberger Boden betrete.
Ich spaziere durch das Dorf, das einmal meine Heimat war. Ja, natürlich, es hat sich viel verändert. Sehr viel. Das fängt schon beim Bahnhof an. Immerhin gibt es den Souvenirladen noch. Der Kurpark ist dafür gerade eine Baustelle. Dort wird jetzt aus dem hundert Jahre alten Hotel Europäischer Hof ein Fünf-Sterne-Haus. Irgendwie soll auch der Kursaal integriert werden, und das Ganze soll zusammen zu einem neuen Hotel Titlis Palace werden. Nicht ganz einfach, das Projekt, höre ich von Leuten auf der Straße. Die vielen Lokale, die ich von früher kenne, in denen ich mit Xaver nächtelang getanzt habe, sind alle verschwunden. Live-Musik ist nicht mehr gefragt. Dafür gibt es eine Bank, eine Pizzeria, Immobiliengeschäfte … Und die kleine Papeterie, in der ich mehrmals mit Eiern meine Schulhefte und Stifte bezahlt habe, ist auch noch da.
Erinnerungen kommen auf.
An jeder Ecke lauern sie.
Schnell gehe ich an der Apotheke vorbei. Die spare ich mir bis zum Schluss auf.
Ich spaziere über den Friedhof. Das Grab meiner Eltern kann ich zwar nicht mehr besuchen – sie sind schon so lange gestorben, dass es inzwischen aufgehoben wurde –, dennoch bin ich in Gedanken ganz bei ihnen. Dann gehe ich weiter über den Klosterhügel, wo über meinem Kopf die neue Seilbahn aufs Brunni fährt.
Es ist ein ordentlicher Fußmarsch, bis ich zu Hause bin.
Zu Hause …

Mein Zuhause gibt es nicht mehr.

Da, wo früher unser Bauernhof und das niedrige Wohnhaus standen, ist jetzt alles mit grauen Wohnblöcken überbaut. Sie scheinen unbewohnt zu sein, sind möglicherweise nur in der Hauptsaison mit Leben erfüllt, was sie noch unfreundlicher wirken lässt. Böse Bausünden.

Natürlich habe auch ich Bauland verkauft, bin also mitschuldig. Schon verrückt: Meine Eltern waren mausarm. Und dann wurde, kurz nach ihrem Tod, aus der Landwirtschaftszone eine Bauzone, und die Preise für das Land schossen in die Höhe.

Neulich zitierte doch Tobias, wie viel Land in der Schweiz verbaut werde. Pro Sekunde ein Quadratmeter, sagte er, wenn ich mich recht erinnere. War es wirklich so viel? Ein Quadratmeter – pro Sekunde!? Mir kanns egal sein, ich lebe nicht mehr lange. Jedenfalls nicht mehr so lange, bis der letzte Grashalm niedergemetzelt wurde. Aber Kim und ihr Baby?

Ich spaziere zum Restaurant Schwyzerhüsli und esse dort unter einem Sonnenschirm ein Geschnetzeltes. Dieses uralte Gasthaus – es stand schon 1744 – wurde auch in einen Neubau integriert. Es gefällt mir ausgesprochen gut, wie hier alt und neu kombiniert wurde. Von meinem Sitzplatz aus sehe ich die Holzkapelle, in der meine Eltern geheiratet haben.

Erinnerungen.

Ich weiß schon, warum ich schon lange nicht mehr hier war. Wenn ich allein in Engelberg bin, dann sind da zu viele Erinnerungen, zu viele gemischte Gefühle. Es kommt so viel hoch. Nicht alles ist gut. Und ich will das auch gar nicht alles aufwärmen. Muss doch nicht sein. Diesmal merke ich auch ganz deutlich: Ich fühle mich hier nicht mehr heimisch. Zu Hause habe ich mich in dem schönen Haus gefühlt, das ich mit Xaver gebaut und belebt hatte. Das war während der längsten Zeit meines Lebens

ein echtes Zuhause. Und jetzt? Trudis und Joshuas Haus hat nichts mehr damit zu tun, ist auch nur ein Neubau ohne Seele. Erinnerungen.
Ich mache noch einen kurzen Besuch in der Holzkapelle, bete ein winziges Gebet und beschließe dann, wieder heimzufahren. Natürlich erst nach einem kleinen Besuch in der Apotheke. Ich werde dort irgendetwas kaufen. Als Alibi. Einen Lippenstift. Das erscheint mir recht unverfänglich und gibt mir vielleicht ein wenig Zeit, mich umzuschauen.

Relativ locker betrete ich die Apotheke. Die Räumlichkeiten sind nicht mehr wiederzuerkennen. Hier ist wohl kein Stein auf dem anderen geblieben, als umgebaut wurde. Oder – wahrscheinlicher – es wurde mehr als einmal umgebaut.
»Grüezi, wie kann ich Ihnen helfen«, fragt eine junge Frau. Ich mustere sie neugierig. Sie ist stark geschminkt, elegant gekleidet, die roten Haare hat sie hinten zusammengebunden. Laut dem Namensschild, das an ihre weiße Bluse geheftet ist, heißt sie Irene Infanger.
»Ja? Bitte?«, fragt sie noch einmal und zeigt mir beim Lächeln ihre strahlend weißen Zähne.
»Ich suche einen Lippenstift. Rot«, sage ich, wie geplant.
»Rot?«, fragt sie zurück, und ich sehe ein kleines, verstecktes Lächeln in ihrem Gesicht.
Ich nicke nur.
»Rot ist halt ein wenig allgemein formuliert«, sagt sie freundlich. »Koralle könnte Ihnen stehen oder dieses Weinrot hier. Vielleicht tendieren Sie zu helleren Rotnuancen?«
Ups. Tendiere ich zu etwas?
»Schauen Sie sich mal diesen hier an. Der Merlot-Ton könnte Ihnen gut stehen. Er hat ein leicht satiniertes Finish.«

Ein satiniertes Finish? Tatsächlich?
»Dieser hier, er nennt sich Orange-Blue, ist reich an Antioxidantien und frei von Konservierungsstoffen. Ein Hauch von Moringaöl sorgt für intensive Pflege.«
Ich bin ein wenig ratlos.
Ich wollte nur einen Lippenstift kaufen.
Und das nicht einmal dringend.
Schon hält sie mir ein anderes Modell unter die Nase.
»Dieser Lippenstift ist vegan«, sagt sie, und ich muss laut lachen. Ich kann nicht anders, es bricht einfach aus mir heraus.
»Tut mir leid«, entschuldige ich mich, »aber ich hatte nicht vor, ihn zu essen.«
Frau Infanger lässt sich nicht im Geringsten aus der Ruhe bringen und erklärt gleichbleibend freundlich: »Im Laufe des Lebens kann eine Frau locker bis zu drei Kilo Lippenstift unabsichtlich essen. Dieser hier ist richtig gesund. Er enthält nichts, das tierischen Ursprungs ist, und seine Inhaltsstoffe gehören zu den besten Supernahrungsmitteln der Natur.«
Ich kaufe mir das Ding. »Orient Bay Plum« heißt der Farbton. Irgendetwas mit Zwetschge also. Und ich könnte meinen neuen Lippenstift essen. Im Notfall. Gut zu wissen. Vielleicht enthält er sogar Vitamine. Beim Bezahlen bleibt mir allerdings fast der Atem weg. Vierzig Franken. Vierzig! Aber eben: Der Lippenstift dient ja gleichzeitig auch als Notvorrat. Ein Supernahrungsmittel. Da ist der Preis möglicherweise angemessen. Und der Stift ist ein schönes Andenken.
Als ich mich gerade verabschiede, kommt die Ablösung der netten Verkäuferin, die mich bedient hat, und auf deren Namensschild steht »Anita Hurschler«.
Nachdem ich jetzt so eine großartige Farbe auf meinen Lippen habe, bin ich mutig und frage sie, ob sie mit Walti Hurschler

verwandt sei. »Er war hier Apotheker. Ganz früher mal«, erkläre ich.

»Das ist mein Großvater. War mein Großvater. Er ist vor einem Monat gestorben.«

Sie erzählt mir, dass er noch letzten Winter fast täglich auf den Skiern gestanden habe. »Vor einem Monat ist er einfach nicht mehr aufgewacht. Ein schöner Tod. Wie er ihn sich gewünscht hätte. Wir alle haben meinen Großvater sehr geliebt.«

Dann will sie wissen, woher ich ihn kenne, und ich erkläre ihr, dass ich hier aufgewachsen sei.

»Tut mir leid. Sie haben ihn sozusagen verpasst. Aber im Laden stand er natürlich sowieso nicht mehr. Selten jedenfalls. Manchmal kam er noch vorbei und stand ein wenig im Weg herum. Das machte ihm Freude. Wir gaben ihm dann eine kleine Arbeit, ließen ihn Gestelle ein- oder umräumen.«

Sie lächelt traurig bei der Erinnerung.

Ich freue mich für Walti. Er wurde geliebt. Er hatte ein gutes Leben.

Und ich verabschiede mich.

Als ich draußen auf der Straße stehe und beschließe, jetzt heimzufahren, geht plötzlich die Ladentür wieder auf, und die junge Frau Hurschler ruft hinter mir her: »Heißen Sie Nelly?«

Ich nicke und mache große Augen. Wie kommt sie denn jetzt darauf?

»Kommen Sie doch bitte noch einmal herein!«

Mache ich gern. Ich bin neugierig.

Sie lotst mich eine steile Treppe hinunter in den Keller. Hinter dem ersten hell erleuchteten Raum, der als Lager dient, gibt es einen weiteren. Im Gegensatz zum vorderen ist es hier finster, und es muffelt. Alte Apothekerschränke und unzählige Kisten und Schachteln stehen herum.

Was sucht Anita Hurschler hier?
Sie wühlt hektisch in Kisten und Schränken und führt ein leises Selbstgespräch: »Wo waren sie denn nur? – Irgendwo müssen sie doch sein.«
Dann ist es plötzlich stockdunkel, und ich fühle mich gar nicht mehr wohl. Unheimlich ist das.
»Immer diese blöde Kellerbeleuchtung!«, schimpft Waltis Enkelin und leuchtet mit dem Handy in die dunkelsten Winkel. Sie schreit auf, weil eine Maus vorbeihuscht. Auch ich schalte die Taschenlampe meines Handys ein. Die junge Frau Hurschler sucht etwas Bestimmtes, das ist klar. Langsam werde ich ungeduldig. Was soll ich hier, und was sucht sie?
Sie hat zwar die Deckenbeleuchtung wieder angemacht, aber jetzt bewegt sich irgendetwas in meinen Haaren. Mich schauderts. Ich kämme die Haare mit den Händen aus, und dann sehe ich eine dicke, fette Spinne auf meinem Jackenärmel. Angewidert schüttle ich das Getier ab. Gerade als ich beschließe, dass es jetzt reicht und ich dieses ungemütliche Verlies und die Apotheke unverzüglich verlassen will, wird Anita Hurschler endlich fündig.
»Nelly Niederberger?«, fragt sie, und als ich nicke, reicht sie mir einen Bund Briefe, leicht vergilbt, altmodisch zusammengehalten von einem roten Band.
Zögerlich greife ich danach.
»Nehmen Sie die Briefe mit. Sie sind alle für Sie. Schauen Sie sie in Ruhe zu Hause an.«
Ich zupfe die obersten Briefe aus dem Bund. Tatsächlich, sie sind an mich adressiert. Sogar frankiert. Aber sie wurden offensichtlich nie abgeschickt. Meine Hände zittern, als ich den Bund in meine Handtasche stecke.
»Wir haben ein paar der Briefe geöffnet«, sagt Frau Hurschler jetzt. »Es sieht so aus, als hätte mein Großvater Sie geliebt.« Die

junge Frau flüstert es geradezu. Sie scheint richtig ergriffen zu sein, hat Tränen in den Augen.
Er hat mich geliebt?
Walti hat mich geliebt?
Ich weiß nicht, was ich sagen soll.
Und schon umarmt mich Frau Hurschler spontan, mitten in dem düsteren Keller.

Nachdem ich ihr meine neue Adresse gegeben und mich ein zweites Mal von ihr verabschiedet habe, setze ich mich mit den Briefen in die Klosterkirche. Mir fällt gerade kein besserer Platz ein. Ich brauche Ruhe und Stille. Ganz sorgfältig löse ich jetzt das rote Band, das die Briefe zusammenhält, und sehe: Nur die ersten sind frankiert. Die wollte Walti wohl abschicken und hat es dann doch nicht getan. Aber die späteren, die hat er wahrscheinlich geschrieben, obwohl er wusste, dass er sie nie abschicken würde. Bei diesen steht nur »Nelly« auf dem Umschlag.
Mein Herz klopft laut und schneller.
Walti hat mich geliebt.
Ich weiß eigentlich nicht, warum mich das nach so langer Zeit dermaßen berührt. Es ist ja nicht so, dass ich ewig darunter gelitten hätte, nicht gut genug für den Apothekersohn gewesen zu sein. Im Gegenteil. Ich habe es akzeptiert, weil ich es selber glaubte. Und bald darauf kam ja Xaver.
Dann beginne ich zu lesen.
Die ersten Briefe hat Walti im Internat geschrieben. Sie wirken jugendlich, ungelenk, unbeholfen. Er schimpft über seinen Vater.

Liebe Nelly
Ich kann nicht anders. Ich muss mich von Dir trennen.
Sonst habe ich zu Hause die Hölle. Du kennst meinen Vater

*nicht. Ich will doch einmal die Apotheke übernehmen.
Er wird mich enterben, wenn ich mich nicht von Dir
trenne, und er wird mein Studium nicht finanzieren.
Verstehst Du mich?*

So weit, so gut. Aber warum hat er diese ersten Briefe, die eigentlich nur Entschuldigungen sind, nicht abgeschickt? Waren ihm die kleinen eingebauten Liebesschwüre damals schon zu viel?

*Ich werde unseren Kuss nie vergessen. Verzeihst Du mir
irgendwann, dass ich versuche, Deine strahlenden Augen
zu vergessen, Deinen Blick, mit dem Du mich angeschaut
hast nach unserem Kuss?*

Er hat tatsächlich diesen Kuss nie vergessen und offensichtlich sein ganzes Leben lang immer wieder an mich gedacht. Denn die späteren Briefe hat er immer dann geschrieben, wenn etwas Besonderes in seinem Leben passierte oder bevorstand, fast wie eine Art Tagebuch, aber an mich gerichtet:

*Ich werde nächste Woche heiraten, und ich komme mir
dabei vor wie ein Verräter. Du müsstest doch die Frau
in Weiß sein.*

Jahre danach:

*Wir haben ein Baby. Das ist großartig. Ein kleines lebendes
Wunder. Ist es nicht verrückt, dass ich nach all den vielen
Jahren das Bedürfnis habe, dieses Glück ausgerechnet mit
Dir zu teilen?*

Der letzte Brief ist etwa zehn Jahre alt:

Kathrin, meine Frau, ist vor einem Monat gestorben. Ich hatte sie gar nicht verdient. Ich war ihr in Gedanken ständig untreu, weil ich mir immer vorstellte, wie es jetzt mit Dir wäre. Dabei hatte sie ein gutes Herz, eine reine Seele. Ich würde jetzt auch gern sterben.

Ich lese die Briefe und kann es nicht fassen. Da war einmal ein pickelgesichtiger Junge, der mich auf einer Bank, hinter Bäumen versteckt, küsste. *Ein Mal* küsste. Und ja, ich war auch verliebt. Und ja, die Trennung tat weh, und ich habe geweint. Doch dann kam Xaver, und ich habe ihn vergessen. Walti hingegen hat mich nie wirklich losgelassen und sich damit wahrscheinlich viel von seinem Lebensglück verdorben, das er doch anscheinend hatte.
Ich sitze auf der harten Kirchenbank in der prunkvollen Kirche und weine vor mich hin. Hier wurde ich getauft, und hier habe ich Xaver geheiratet. Und jetzt sitze ich hier als alte Frau und lasse meinen Tränen freien Lauf.
Nein, ich weine nicht um ein verpasstes Liebesglück. Sicher war Xaver die bessere Wahl. Er hatte einen liebenswürdigen Vater, der uns wohlgesinnt war. Und Standesdünkel gab es in seiner Familie keine.
Ich glaube, ich weine, weil Walti mir leidtut. Und weil Liebe so eine komplizierte, vielschichtige Angelegenheit ist. Und weil mich seine Briefe einfach tief im Innersten berühren.
Sobald ich mich ein wenig gefangen habe, suche ich auf dem Friedhof Waltis Grab – und finde ein stolzes Familiengrab mit einem gigantischen Grabstein. Ja, die Apotheker-Hurschlers, die werden nicht in einem billigen Gemeinschaftsgrab beigesetzt. Ich bespritze das Grab mit Weihwasser und schicke Walti gute

Gedanken. Ob er da ist, wo Xaver und Tobias sind? Ich wüsste es gern.

Auf der Heimfahrt muss ich immer wieder weinen. Ich greife in die Tasche und halte die Briefe in den Händen, weil ich es kaum fassen kann. Habe ich das wirklich erlebt?
Erst ab Luzern habe ich mich wieder so ziemlich erholt und kann frei durchatmen. Eigentlich ist es ja wirklich schön, wie dieser Mann mich geliebt hat. Sehr schön sogar. Ich trage keine Verantwortung für seinen Umgang mit dieser Liebe. Ich bin nur verantwortlich dafür, wie ich mit meinen eigenen Gefühlen umgehe. Gerade diese Tatsache bedrückt mich ein wenig und gibt mir zu denken. Ja, der Buchstabe E hat mir Denkanstöße geliefert. Viele.

26 : Sternenstaub und Glitzer

Ich komme müde und mitgenommen von Engelberg heim. Als ich in meinen Stock komme, entdecke ich Kim. Sie sitzt graziös in einem blauen Sessel am Ende des blauen Flurs und liest in einem Buch. Ein schönes Bild. Da ist jemand, der auf mich wartet.
»Hallo, Liebes. Schön, dich zu sehen. Du hättest dir doch die Tür aufmachen lassen und es dir bei mir drinnen gemütlich machen können!«
»Schon gut. Ich hatte es hier bequem. Ich habe sogar eine Tasse Tee bekommen.«
»Du trinkst Tee?«

»Ja, jetzt schon. Ich kann Kaffee nicht einmal mehr riechen.«
Ich lache, weil ich mich erinnere. Ja, so eine Schwangerschaft verändert vieles. Und doch ist man nie und nimmer darauf vorbereitet, was das Muttersein dann alles mit sich bringt. Das ist auch gut so, denn sonst würde man als schwangere Frau wohl völlig durchdrehen.
»Erzähl, Grosi. Du warst wieder auf einer Reise. Ich will alles wissen, jedes Detail!«
»Ja klar, mache ich. Aber komm, wir gehen zuerst einmal auf mein Zimmer.«
Als wir auf meinem Balkon sitzen, hört sich Kim meine Engelberg-Geschichte mit großem Interesse an. Sie will wirklich alles wissen, liest sogar einen von Waltis Briefen. Und dann weinen wir beide.
»Warum weinst du?«, fragt sie.
»Warum weinst du?«, frage ich zurück, auch wenn mir ja klar ist, dass Schwangere oft nahe am Wasser gebaut sind.
»Ich bin einfach irgendwie ergriffen«, sagt sie. »Es ist so wunderschön kitschig. Man könnte einen amerikanischen Spielfilm mit Starbesetzung daraus machen.«
»Bei mir ist es vielmehr so, dass ich beim Lesen der Briefe eine riesige Sehnsucht nach Liebe in mir gespürt habe. Es tat richtig weh. Ich habe heute gemerkt, wie sehr ich eigentlich noch Liebe in meinem Leben haben möchte. Lieben und geliebt werden. Es gibt nichts Schöneres.«
»Du könntest es haben. Alles. Das volle Programm.«
»Ich weiß.«
»Denk darüber nach!«
»Ja, ja.« Und nachdem es einen Moment lang still geworden ist zwischen uns beiden, frage ich Kim: »Sag, wie geht es dir? Jetzt bist du dran mit Erzählen. Jetzt will ich alles wissen. Jedes Detail.«

Kim lacht, weil ich ihre Worte verwende.

»Mir geht es gut. Matteo auch. Er ist wieder in Ascona. Und Maya gedeiht.«

»Maya?«

»Deine Urenkelin.«

»Ach so. Du weißt jetzt also, dass es ein Mädchen wird. Maya. Schön.«

»Ja, ich wollte das wissen. Aber ich habe immer noch keine Ahnung, wie es genau weitergehen soll. Und da ist halt Matteo rein gar keine Hilfe. Ich möchte ihn auch nicht unter Druck setzen. Schau, Grosi, er ist so liebevoll und zärtlich und witzig. Ich muss ihn so lassen, wie er ist, wenn er so bleiben soll, wie er ist. Irgendwann – da bin ich mir sicher – wird er auch sesshaft werden. Aber das kann noch dauern. Ich gebe ihm die Zeit.«

Das ist meine Kim.

Ich versuche zu helfen: »Du könntest bei deinen Eltern einziehen, in diese kleine Einliegerwohnung, die für mich vorgesehen war. Dann hättest du deine Mutter in der Nähe, deinen Vater. Sie würden dir sicher helfen. Wenn das Baby, also Maya, erst da ist, werden sie ihr Enkelkind vergöttern.«

»Nein!«, kommt Kims Kommentar wie aus der Pistole geschossen.

»Nein?«, frage ich nach.

»Nein!«

Das klingt entschieden und gar nicht so, als gäbe es da noch Diskussionsspielraum.

Also rücke ich mit der Idee heraus, die mir neulich gekommen ist, damals noch als flüchtiger Gedanke, mehr so ein Hauch von einer Möglichkeit, die man eventuell, möglicherweise irgendwann einmal ins Auge fassen könnte.

»Hast du dir schon einmal überlegt, in eine etwas andere WG zu ziehen? Du könntest dir das ›Daheim‹ einmal anschauen. Florians

Mehr-Generationen-Haus. Jeder hilft jedem. Babysitter hätte es genug.«
Ich sehe in ihrem Gesicht, wie sie denkt und überlegt, und lasse ihr Zeit.
»Du warst doch dort, Grosi. Wie war es denn?«
»Es hat gerade viel leeren Platz. Zwei alte Männer. Ein Hund. Eine Frau mit Baby, die im Moment das meiste im Haushalt macht. Dazu Florian. Ein wunderschönes Haus am Dorfrand mit viel Garten und Umschwung. Der ideale Platz für ein Kind. Und für seine Mutter. Und für einen gelegentlichen Papa-Gast.«
»Und für dich?«, fragt sie.
»Vielleicht auch für mich.« Ich nicke langsam und bedächtig. Der Gedanke, mit Kim und ihrem Baby bei Florian einzuziehen, erscheint mir wie ein viel zu schöner Traum, einer, aus dem man zwangsläufig irgendwann einfach wieder erwachen muss. Aber ja, ich denke darüber nach. Ich habe noch nie in einer Wohngemeinschaft gelebt, doch ist das *heimelig* etwas so ganz anderes? Und wie viel Privatsphäre habe ich denn hier, die ich vermissen könnte? Und was hat diese Vox-Sendung gerade bewiesen: Der Umgang mit Kindern tut uns Alten gut, in jeder Beziehung. Er sei sogar eine Verjüngungskur. Eine Durchmischung der Generationen wirke wie ein Lebenselixier. Und irgendwo las ich neulich, Einsamkeit schade der Gesundheit weit mehr als zum Beispiel das Rauchen. Besonders giftig sei das Gefühl, nicht mehr gebraucht zu werden. Das führe in die Depression und die Demenz. Das wäre in unserer WG anders: Kim würde mich brauchen. Maya auch. Und unter Umständen habe ich noch genau die paar guten Jahre, in denen ich Kim helfen kann, ihre Maya zu betreuen, bis das nicht mehr nötig ist. Was habe ich zu verlieren? Altersheime gibt es überall, und irgendwo finde ich dann im Notfall sicher einen Platz, wenn es so weit ist, dass ich auf so einen

Ort wirklich angewiesen wäre. Aber eben erst dann. Und keinen kostbaren Tag vorher.

Kim und ich sitzen noch eine ganze Weile schweigend auf dem Balkon. Es regnet wieder leicht, aber das stört uns nicht. Wir malen uns im Geist bunte Bilder einer möglichen Zukunft aus, brüten über neuen Ideen des Zusammenlebens.

Und natürlich denke ich an Florian. Er spielt die Hauptrolle in meinen revolutionären Träumen. Wenn ich mich feige vor dem Abenteuer Liebe drücke, werde ich es irgendwann genauso bereuen, wie Walti es bereut hat, nicht auf sein Herz gehört zu haben. Meine Güte, da ist ein Mann, der mir sein Herz zu Füßen legt, ein schöner Mann, ein liebevoller, rücksichtsvoller, musikalischer. Und ich zögere, nur, weil es ja vielleicht nicht gut ausgehen könnte, weil es möglicherweise einmal wehtun könnte, irgendwann. Im schlimmsten Fall, ja, aber auch dann: In der Zeit davor könnte es ja trotzdem wunderschön sein.

Ich habe Ängste und Zweifel, das darf sein. Aber ich habe soeben beschlossen, dagegen anzukämpfen und die wunderbaren Gefühle der Liebe zuzulassen. Egal, wie alt ich bin: Ich will es noch einmal erleben, das rosarote Gefühl, den Sternenstaub, das Glitzern, die Schmetterlinge im Bauch.

»Warum lächelst du?«, fragt Kim irgendwann.

»Ich bin verliebt«, sage ich, und es hört sich gut an.

Das Internet funktioniert jetzt tatsächlich immer, jeden Tag und jede Stunde, und es ist schneller, als es jemals war. Am Abend schreibe ich Florian ein paar Zeilen:

Lieber Florian
Ich bin jetzt bereit, die rosaroten Gefühle zuzulassen.
Ich sehne mich danach, zu lieben und geliebt zu werden.

*Und ja: Ich ziehe um in Dein ›Daheim‹. Es soll auch mein
Zuhause werden. Und das von Kim und ihrem Baby, aber
das handelt meine Enkelin dann selber mit Dir aus.
Danke für Dein Warten, Deine Geduld, Deine Liebe.
Nelly*

Ich zähle bis zwanzig, bevor ich auf »Senden« klicke, gebe mir damit die Chance, meine Worte zu löschen oder zumindest noch einmal zu überdenken.
Aber so bin ich: Ich entscheide mich, und dann ziehe ich es durch. Nur davor bin ich jeweils ein bisschen schwierig, schwammig, zäh in den Verhandlungen mit mir selber, zögerlich und ängstlich.
Ich gehe schlafen und weiß, ich werde lange an die Decke starren und mir alle möglichen Szenarien ausmalen. So ist es dann auch. Verdrängen möchte ich das Bild, das ich von Trudi habe, in dem Moment, wenn ich ihr erzähle, was ich vorhabe. Dann gelingt es mir, mir vorzustellen, wie ich mit Florian auf der Bank vor dem Haus sitze – er hat seinen Arm um mich gelegt – Virginias Baby Moritz, das jetzt schon etwas älter ist, und meine Urenkelin Maya spielen miteinander – feiner Rotwein in unseren Kristallgläsern – romantischer Sonnenuntergang. Kitsch eignet sich besser zum Einschlafen als Krise.

Das Aufwachen ist definitiv Kitsch. Total. Das würde kein Filmregisseur durchgehen lassen. Viel zu süß, zu unglaubwürdig, zu klebrig.
Ich höre ihn nämlich schon, bevor ich beide Augen offen habe. Er spielt wieder auf dem Vorplatz, Florian, der Flötenflüsterer. Und diesmal trägt er dicker auf. Er spielt »Ewigi Liebi« von Padi Bernhard. Ich kenne nur den Refrain, aber den dafür genau:

Ewigi Liebi, das wünsch ich dir
Ewigi Liebi, das wünsch ich mir
Ewigi Liebi, nume für üs zwei
Ewigi Liebi, fühl mich bi dir dehei

Fast falle ich aus dem Bett, weil ich schneller aufstehen will, als es meine alten Knochen erlauben. Ich werfe mir meinen geblümten Bademantel über und spurte auf den Balkon. Ist doch egal, wie ich aussehe – nach dieser unruhigen Nacht wahrscheinlich wie eine alte Vogelscheuche. Da unten steht Florian und spielt wieder nur für mich. Und wie letztes Mal gibt es viele andere Zuhörer. Sie schauen aus ihren Fenstern und wundern sich. Das ist mir heute aber total egal. Florian ist verrückt, aber ich bin es genauso. Ich winke ihm zu, würde ihm gern ganz theatralisch eine Rose zuwerfen oder, wie Rapunzel, meinen langen Haarzopf zu ihm hinunterlassen.
Was für ein schöner Morgen!
Heute beginnt mein neues Leben.
Ich frage mich nur, ob das mein Herz aushalten wird. Es klopft und tobt in mir drin.
Nach dem letzten Flötenton – es ist, als hätte Florian seine ganze Seele, alle Gefühle in diesen Ton gehaucht – wird aus verschiedenen Richtungen applaudiert. Irgendeiner ruft zwar böse: »Wer hat dir denn ins Hirn geschissen? Ich rufe gleich die Polizei! Schon mal was von Nachtruhe gehört?« – Eine sehr unziemliche Ausdrucksweise. Diesen Spielverderber blende ich einfach aus. Ich husche ins Badezimmer, richte mir meine Haare, erfrische mich ein wenig, und schon klopft es an meine Zimmertür.
Florian steht da und strahlt, und wir bleiben einen Moment still voreinander stehen, beide gerührt und berührt von dem besonderen Augenblick. Dann macht er einen Schritt auf mich zu und

legt langsam und zärtlich seine Arme um mich. Diese Umarmung hat eine ganz andere Qualität als unsere bisherigen, eher freundschaftlichen Berührungen. Sie ist ein Ankommen, ein Beginn, ein Versprechen. Dann legt er seine Lippen auf meine, und unser erster inniger Kuss, der fühlt sich an wie ein Verschmelzen zweier Seelen, ganz so, als würde jetzt etwas passieren, das nicht mehr rückgängig gemacht werden kann. Nie mehr. Er glättet sofort Runzeln und Falten, Jahrzehnte lösen sich in Luft auf. Wir sind wieder jung und verliebt und bereit für alles.

Lebendiger als genau jetzt in diesem Moment könnte ich mich gar nicht fühlen. Mein alter Freund Tobias wird applaudieren, von da, wo er jetzt gerade ist. Mein Ehemann Xaver wird sich diskret lächelnd abwenden, mir vorher aber noch verschwörerisch zublinzeln.

Ich lebe!

Ich liebe!

Melanies Skala von eins bis zehn wird von meinem Glücksgefühl in die Luft gesprengt und verwandelt sich in ein farbenprächtiges Feuerwerk, in einen Zauberregen, der wie ein Segen auf uns niederfällt.

Der größte Blumenkohl der Welt soll fast dreißig Kilo gewogen haben. Ich bin ein neuer Rekord-Blumenkohl. Mit Sternenstaub bestäubt und rosarot eingefärbt.

Es ist nicht mehr so viel Sand in meiner Uhr, aber er leuchtet plötzlich magisch und verheißungsvoll.

Das jetzt gerade, das ist erst der Anfang.

Ich spüre und fühle es deutlich und klar.

Florian hat mich losgelassen und macht jetzt ein paar Schritte Richtung Tür. »Pack ein paar Sachen ein, Nelly! Ich bin gekommen, um dich heimzuholen«, sagt er dann.

»Du bist also meine Heimsuchung«, versuche ich mit einem blöden Scherz meine Verlegenheit zu überspielen.
»Sicher nicht! Ganz im Gegenteil! Das schönste Zimmer im ›Daheim‹ wartet auf dich. Ein Bett steht schon drin und ein Eichenschrank. Alles andere hier« – Florian dreht sich mit ausgestreckten Armen einmal um die eigene Achse –, »das lassen wir abholen.«
Kann ich einfach so aus diesem Altersheim hinausspazieren und nie mehr wiederkommen?
Ich zögere keine Sekunde mehr.
Ich will.
Ich kann.
Wie sagt Trudi immer: »Erfolg hat drei Buchstaben: t – u – n!«
Ich glaube, das gilt auch für mein Lebensglück.

Danke

Ich bedanke mich bei meiner Verlegerin Gabriella Baumann-von Arx, die mir längst zur Freundin geworden ist.
Auch meiner Arbeitskollegin Daniela Welti danke ich für die fröhliche Zusammenarbeit im Verlag.
Ein spezieller Dank geht an Andrea Leuthold, die meinen Text jeweils als Rohdiamanten bekommt und ihn dann aufwendig schleift, bis er funkelt.
Danke, Thomas Jarzina. Ich liebe alle seine Buchcover.
Beate Simson danke ich für den Satz und ihr sonniges Gemüt.
Danke, Brigitte Matern, für das sorgfältige Korrektorat.

Ein Dankeschön geht an das Team des Pflegeheims Haus zum Seewadel, Affoltern a. A. Danke, Verena Feller und Corinne Vocat. Ich durfte eine Woche im Seewadel leben wie eine echte Bewohnerin und habe dabei viel gelernt und unvergessliche Eindrücke gewonnen.
Ich danke allen Pflegerinnen, aus verschiedenen Heimen, die offen mit mir geredet haben.
Ansonsten hat meine Mutter Madeleine Amstutz, die am 8. März 2018 in einem Altersheim gestorben ist, für mich recherchiert.

Ein besonderer Dank geht Richtung Stanserhorn, wo ich mit einem wunderbaren Team in extrem coolen Bahnen und unter einem Vorzeigechef als Bähnlerin arbeiten darf.

Ein Dankeschön geht auch weiterhin in großer Verbundenheit auf den Stoos und auf den Urmiberg.

Ein ganz großer Dank gilt all denen, die mir durch das schwierige Jahr 2018 geholfen haben. Besonders nahe war mir dabei meine Familie, vor allem meine Schwestern Ruth Eberle, Monika Imboden und Angela Zimmermann. Aber auch viele andere Menschen halfen mir weiter. Ich kann nur ein paar davon erwähnen: Rita Betschart-Wiget, Edith Zweifel, Lies Huizink, Orlanda Senn und Edith Schelbert, Monika Schwentner mit ihrem Therapiehund Chilly, Mona Ackermann, Cily Müller, Klara und Herbert Zumbühl mit Sylvia Wiget, Angela Lanfranconi, Dr. Hanspeter Bruggisser, Dr. Daniela Selz, Hans Betschart-Eichhorn, Hanna und Gerd Gotthardt, Margrit Reichmuth, Bernadette Kälin-Wetterwald, Sepp Barmettler, Thomas Weber, Alexandra Baumann, Monika Fasnacht mit Reto, Tina Bolfing, Anja Remmert, Leonie Schefenacker, Daniel Annen.
Ich danke für jedes persönliche Wort, jeden Händedruck, jeden Brief, jede E-Mail. 2018 war mein Supergau. Aber ihr wart da.

Danke für das Schreibbüro-Sponsoring: Roland Schelbert und Roger Gasser, Architekturbüro CR 4, Schwyz.
Danke dem besten Computerfachmann des Talkessels: Roger Schönenberger (Mythen Informatik).

Blanca Imboden, im Frühling 2019

Ich habe im Text folgende lesenswerte Bücher erwähnt, die mir Regine Frei empfohlen hat:
- Kent Haruf: »Unsere Seelen bei Nacht«, Diogenes, 2017
- Elke Heidenreich / Bernd Schroeder: »Alte Liebe«, Fischer Taschen-Bibliothek, 2011
- Noëlle Châtelet: »Die Klatschmohnfrau«, KiWi, 2001

*Unsere Bücher finden Sie überall dort,
wo es gute Bücher gibt, und unter
www.woerterseh.ch*

Angaben gemäss General Product Safety Regulations (GPSR) –
EU-Verordnung über die allgemeine Produktsicherheit, gültig seit 13. Dezember 2024

Ansprechpartner:	Verlagsauslieferung EU:
Wörterseh GmbH	Brockhaus Kommissionsgeschäft GmbH
Herrengasse 3	Kreidlerstraße 9
CH-8853 Lachen SZ	D-70806 Kornwestheim
verlag@woerterseh.ch	info@brocom.de

Sicherheitshinweis entsprechend Artikel 9 Absatz 7 Satz 2 der GPSR entbehrlich.